餘響入霜鐘

禪宗祖師傳奇

鍾玲

目錄

自序

禪宗一脈四百年

《餘響入霜鐘：禪宗祖師傳奇》是一部小說創作，但有禪宗祖師傳記的成分，也有歷史成分。這本小說我寫了四年，部分根據史料，加上創意的插曲、細節，希望能塑造活生生的祖師們。有些根據古書上記載的傳說，強化其靈異的成分，寫成傳奇。例如在〈達摩一葦渡長江〉這一章中，就把僧人神光在長江邊目睹未來師父達摩渡江的傳說，寫成一則傳奇。有些故事絕大部分內容是用想像來建構的小說世界。〈百歲慧可的天竺式行腳〉和〈獵人隊伍中的禪行者惠能〉兩章就創造了這樣的小說世界。希望這本傳奇小說能帶給讀者驚訝、感動和省思。

《餘響入霜鐘：禪宗祖師傳奇》共三十章。除了描繪六位禪宗祖師：達摩、慧可、僧璨、道信、弘忍、惠能；也寫了惠能的師兄神秀，和惠能的徒弟神會。因為我的師父白雲禪師（一九一五—二〇一一）是臨濟宗第四十代傳人，所以我由惠能祖師順流而下，寫臨濟宗的源流，由惠能的徒弟南嶽懷讓開始，傳馬祖道一、傳百丈懷海、傳黃檗希運、最後傳臨濟義玄。本書總共寫了十三位祖師的故事。由年輕的達摩祖師於五世紀初在印度受師父囑咐東去中國傳法，寫到晚唐第九世紀的臨濟義玄禪師，跨越四百多年。

在我寫作的最後一個階段，我問自己，為什麼寫禪宗祖師這個題材？祖師們的利他精神、百折不撓的堅韌、追求真理的奮勇，像各宗教的聖賢一樣，是人類的楷模。描繪這十三位祖師，是身為作家的我向他們由衷地致敬，也是作為佛弟子的我向他們學習的過程。如果能寫出一點禪宗祖師們的音容和精神，主要是因為我有幸親炙白雲老和尚，也有幸拜見幾位佛教大師。如果不是接觸過當代高僧，像我這樣還在學佛路上摸索的在家弟子，是無論如何也不敢下筆寫宗教大傳統的題材。

自從一九九八年二月在臺南關廟菩提寺拜見白雲老和尚，學習佛法，我在個性上、在本質上起了變化：自我意識變得比較輕，常試著修正自己的念頭。今天之為現在的我，今天能寫這類小說，都跟白雲老和尚的教誨有密切關係。雖然他已經離開人間快九年，跟他學的佛法我這輩子實踐不完。另一方面，這本小說中那些超世俗的、神祕的、以心接心的度人場面，大都是揣摩白雲老和尚的行止和境界想像出來的。

六位祖師每位的音容面貌背後的境界都很高深，我怎麼可能用文字形容？在〈三祖僧璨、四祖道信面貌不同〉中，我這麼描寫道信眼中的僧璨師父：「他的眼睛像蔚藍天空一樣廣闊，透藍的智慧，廣闊到包山包海、包萬物生靈。」那是因為我見過這種眼睛。一九九八到二〇〇三年間，我常到高雄市裕誠路白雲老和尚的道場拜見他，請教佛法，有幾次見到師父的眼睛就是這樣。那次我定下心來，問師父《金剛經》裡我不懂的一句，他望著我回答，他的眼睛忽然變得像大海一樣深邃，裡面含有無窮的法意，那種深邃震撼我。

二〇〇七年二月二十四日高齡九十三歲的白雲老和尚在臺南菩提寺主持「古梵密護摩法會」，為天下祈福。那時我在香港浸會大學任職，飛回臺灣參加法會。到場的出家在家眾近萬。老和尚禪密兼修，這次行的是古印度的梵密法。他帶領眾僧尼在三寶殿前列隊，隊伍即將由此出發到寺外的護摩壇大廣場。我擠在群眾中觀禮。老和尚領著隊伍前行，忽然我感覺前面走過的老和尚，像來自另外一個時空，像一座移動的、具有巨大能量的熔爐。在〈達摩一葦渡長江〉中，我描寫達摩在神光面前出現，用了我腦海中這個老和尚的印象，小說描繪達摩的出場：「神光感覺細銳，覺得像在十公尺外，突然出現一座大熔爐，落葉由黃慢慢轉褐色，法師們身後站著一位身材高大、凸額深目的番僧。」

因為我有幸受教高僧，寫禪宗祖師才有依據來想像。一九九八起那五年我在高雄中山大學任教，只要白雲老和尚講經說法我都去聽。曾聽他一字一句講《心經》，也跟蔡麗環居士，藏身最後一排，聽老和尚對出家弟子講《四十二章經》。次次都學到一些道理方法，指引我的行為。我還聽老和尚的侍者若朴和蓮盡多次說，老和尚常常晚上沒有時間睡覺，她們聽見寢室中傳出老和尚說法的聲音；中斷了片刻，又傳出老和尚回答的聲音。原來是他在向亡魂說法。老和尚這事蹟提供我靈感，編出〈僧璨不一樣的立化圓寂〉中三祖僧璨為亡魂解除疑難的故事。

一九九七年三月，在單德興教授推薦下我參加聖嚴法師主持的三日禪修營。聖嚴法師身形削瘦，聽說他身體受各種病痛折磨。但是當他帶著我們三十多人打坐時，孤瑩瑩的身影透露為道的堅韌和強大的心量。當我描寫二祖慧可的形象時，聖嚴法師的身影在腦海中浮現過。三日禪在金山法鼓山簡樸的道場舉行，那裡的土地是一九八九年募捐的。在「聖嚴法師數位典藏電子網」上，我查到在一九八九年：「法師於是帶領千位僧俗四眾弟子共同持誦〈大悲咒〉二十一遍，期望獲得安定、長久之道場用地，三日後好消息傳來……一週後便與土地所有權人代表全度法師簽訂土地轉讓契約。」可見聖嚴法師的念力修持超強。我是用他這種念力修持來理解和描寫〈道信解救圍城〉中，四祖道信帶領吉州城民眾誦神咒，以念力請來天神，嚇退圍城的賊兵。

二〇〇七年七月在香港的願炯法師帶領下，到廣東省北部乳源縣的雲門大覺寺，探訪八十五歲的佛源方丈，當時我已經知道他是禪宗史上的人物，就是他在一九六六年文化大革命中冒死搶救給破壞的六祖惠能真身。在《佛源老和尚法彙》一書的〈自述傳略〉中佛源記錄下搶救過程，看得我心驚肉跳。佛源個子又瘦又小，身體虛弱得像落葉，精神卻堅強如百煉鋼。他是虛雲大師的關門弟子之一，雲門宗的傳人。我把佛源老和尚護教的事蹟，寫進〈六祖的真身歷經滄桑〉。

佛光山的永芸法師是我的作家朋友，二〇一二年夏邀我到佛光山佛陀紀念館參觀。原來紀念館這麼親民、這麼現代化，結合了道場、文物館、教育單位、現代遊樂場的功能。星雲大師的胸襟無比寬闊，令我聯想到高大敦厚的五祖弘忍。永芸法師還安排我二〇一二年八月九日在佛光山個別拜見星雲大師。大師坐在輪椅上，很投入地、溫煦地的跟我談小說寫作、談傳記寫作，原來大師很喜歡文學。七年多後我真的寫出這本小說式的祖師傳記。此外虛雲大師弟子編撰的《虛雲和尚年譜》和印順大師寫的《中國禪宗史》都給我不少啟發。

我並不是一開始就有宏圖撰寫禪宗大敘述。三年十個月以前第一篇祖師的故事〈惠明和袈裟〉，於二〇一六年四月二十三日在臺灣《聯合報》副刊和香港《大公報》副刊，同時登刊。當時寫〈惠明和袈裟〉純粹因為在《壇經》裡惠明搶奪六祖惠能袈裟這一段事蹟本身，就含驚險、懸疑、轉折這些小說因素。之後兩年每當我找到有關祖師適合寫小說的材料，就寫一篇故事。一直到二〇一八年三月我由澳門大學退休，比較有閒暇，才萌生念頭寫一脈相承的禪宗傳統。二〇一九年六月忙完《深山一口井》極短篇集出書的事，開始全神投入把三十篇小說梳理成一本首尾串連、不違背基本歷史材料，禪宗大傳統的傳奇。這八個月來日思夜夢都為這本書。

由二〇一六年四月到二〇二〇年四月間在臺灣和香港的報刊雜誌上發表過三十篇有關祖師的小說。報刊上發表的版本跟《餘響入霜鐘：禪宗祖師傳奇》一書中的版本不同，結集書中的每一篇都增加了內容，所以全書的篇幅長很多。本書共三十章，是由報章上的重組改寫而成。書中篇章的題目也跟報章發表的題目略不同，以作區分。有關重組改寫部分，報章上的兩篇〈慧可神奇的坐化〉和〈二祖到四祖面貌各異〉增添改寫為書中的三章：〈慧可在水面坐化〉、〈平凡又不平凡的僧璨〉和〈三祖僧璨、四祖道信面貌不同〉。報章上的〈三祖僧璨對動物和亡魂說法〉是由書中兩章增添的部分組合的，那兩章為〈三祖僧璨、四祖道信面貌不同〉和〈僧璨不一樣的立化圓寂〉。

在整理出書的階段，由二〇一九年六月到二〇二〇年二月，進行了祖師們歷史資料的查勘和考據，見本書的〈禪宗祖師傳奇箚記〉，所以小說內容上增添了史料，增添了歷史事件和場景。又為了讓三十章首尾相連，成為整體的禪宗大敘述，我增添了篇章之間互相呼應的片斷。此外為了讓祖師的人物塑造更為立體、豐腴，增添了一些富人情味的修行故事。因此這三十章出書的版本篇幅增加，由發表在報刊上一千八百多字一篇，增加到每章平均兩千七百多字。因為這三十章環環相扣，首尾相接，所以在架構上、敘事上、情節上都具有長篇小說的特色。

感謝一路鼓勵我把書寫出來的陳素芳，也感謝寫「各界推薦」的八位好朋友，是他們給了我信心。更感謝奚淞，多次跟他在長途電話中談禪宗祖師小說裡要表達的佛法。奚淞看過部分小說，建議一些我沒有想到的觀念，像是〈平凡又不平凡的僧璨〉中以下這一段就是消化奚淞的想法寫成：「得悟的傳人到達一種不可言傳、泯然宇宙的境界，到達了一種文明巔峰的高度……」

我向奚淞求封面書名的題字，他欣然揮墨。本書書名是跟他討論出來的。本來我想用「霜鐘」二字做書名，奚淞建議用李白詩〈聽蜀僧濬彈琴〉「餘響入霜鐘」整句詩作書名，因為這句有傳承的含義；「禪宗祖師傳奇」作為副題。我覺得《餘響入霜鐘：禪宗祖師傳奇》雖然字數多些，但貼切主題。「餘響」是指峨嵋山上的蜀僧用綠綺古琴所奏曲子的餘響，可以理解為佛法的餘韻。「霜鐘」的鐘字又跟我的姓鍾字諧音。可以說，禪宗大師的餘韻傳入鍾玲正結霜花的心，引起迴響，寫下這本書。你說用這句詩做書名巧不巧妙！

鍾玲　於二〇二〇年二月十二日

各界推薦

讀一篇如一叩鐘

宇文正，作家、《聯合報》副刊主編

有時似奔懸崖前乍然止住，比如讀〈慧可斷臂求法〉時，只覺此心身歷其痛，沉重困惑，篇末慧可問達摩：「能不能請師父幫我安心？」達摩說：「你把心拿來，我幫你安。」慧可經歷這次難關，已無懸念，說：「我找不到那顆心了。」登時靈臺清明，即便心猶在，也已輕了。

有時自我投射，如蒙赦免。比如在〈平凡又不平凡的僧璨〉，慧可對僧璨說：「你已開悟，這八年將有大難，不只國難，佛門也會經歷浩劫，你就留在山裡修行，有時間琢磨你的文采，寫詩作文罷。」啊，原來在紛亂之世裡，寫詩作文，琢磨文采，也算得修行哩。讀者深埋書桌裡的這顆心，頓覺安適……

這系列極短篇，在史實、傳說、虛構中自在悠遊。而書中每一位宗師的教導，各有章法，有慈祥平正如僧璨；也有偏鋒奇招，如馬祖道一。種種叩問，種種機鋒，由作者清暢之筆娓娓道來，已無艱澀。這是一部禪宗歷史的整理傳述，更是對這個時代、人間的祝福！

欣聆禪唱徹雲霄

高天恩，臺灣大學外文系教授

不知道我算不算是鍾玲教授合格的粉絲？至少半世紀前我還在臺大讀外文研究所時便已拜讀過她在《中央日報》副刊發表的〈寒山在東方和西方文學界的地位〉一文，那也算是我最早接觸到的比較文學啟蒙文章之一，所以印象深刻。後來又讀到她寫美國詩人史耐德（Gary Snyder）與中國文化的論文，以及《中國禪與美國文學》，更加佩服她將中國禪宗文化與西方文學冶於一爐的功力。

其實，我更愛讀鍾玲的小說，從早年的《大輪迴》到一九八七年的《鍾玲極短篇》，到二〇一九年的《深山一口井》。如今這本八萬多字的《餘響入霜鐘》再次見證了小說家的生花妙筆與超凡心靈。

更令我由羨生妒的：她竟然還是一位有多年勤修實證經驗的禪門行者！一九九八年

起她便已拜在臺南關廟鄉菩提寺白雲老禪師門下！

不過，說實話，我非常感激鍾玲教授這本書。隨手就可舉出幾個原因。1.過去多年來斷斷續續讀《六祖壇經》多少次，一向看到的都是一代宗師「道貌岸然」，聽到的是他對摩訶般若波羅蜜的「大開圓解」。如今鍾玲教授終於讓俗姓盧的這個人，這個「瘦小黝黑、顴骨高聳、鼻頭寬大、雙唇肥厚、樣子滑稽到叫人避開目光偷笑」的男子，如何歷經試煉、如何超凡入聖、事蹟一一躍然紙上！有多少是學者的鑽研考據，有多少是作家的想像與創意，這就有勞學界探討了！2.過去我始終無法想像惠能在未出家時如何能隱身在獵人隊中長達十五年，日常怎麼過日子啊?!現在這本書也透過生動的細節，提供了合情合理的答案。3.鍾玲畢竟是見樹亦見林的學者，本書雖名「傳奇」，卻參考了豐富的史料典籍，例如，在第二十三章〈六祖的真身歷經滄桑〉，作者便交代了從西元七〇七年唐中宗時，至一九六六年紅衛兵時，直至一九八〇年習近平的父親習仲勳任廣東省長時，六祖真身所經歷的滄海桑田。

過去數十年，我曾讀過藏傳佛教蓮花生大士、密勒日巴尊者、岡波巴大師、宗喀巴大師的傳記，總為中國禪宗祖師當今沒沒無聞而心情怏怏。如今《餘響入霜鐘》終於一聲長嘯，響徹雲霄啦！在此向鍾教授恭喜之餘也公開請願：拜託儘速將大作譯成英文，教化邊地之人也是您的責任啊！

精修念行的佛傳大師們

邱顯學，醫生、作家

寫的是平常心，讀的是不凡故事，怎麼能不令人一再回味。業分善惡，起心動念皆是；魔不分彼我，舉手投足都罪。佛法傳承，以超越人類生命歲月的限制，來延續指導良善心靈的自我管理。一如《梁皇寶懺》以「慚愧」二字醒世，警惕人要除掉腦中的魔障，斬斷心頭的鬼祟，自我反省覺知，才能不落惡業惡果，不讓煩惱反覆糾纏身心。遍尋解脫之道者，何不當下自覺徹悟，常作斬心鬼的自我練習？貪婪、嗔恨、癡迷、傲慢、妒疑，均可以慚愧化解。當下慚愧，當下解脫，時時覺知，無執無惱。承蒙鍾院長寫作的平常心，分享眾人閱讀大師的不凡故事，書中文獻考據如實，堪稱佛傳故事的鼎作。

未有如此書之美、之壯闊、之神妙者

陳義芝，作家、臺灣師範大學國文系教授

《餘響入霜鐘：禪宗祖師傳奇》是我近幾年讀到最讚歎的一部作品，三十章傳奇各具神韻，貫串在一個大結構中，引人如聽萬壑松聲！

讀者沉吟其中，確能感受鍾玲擷取人生片段，構成張力情節的小說家才華；其用詞精準、語法乾淨，以詩情發揚禪意，又見證了詩人的本事。

這部作品還有一個特點：能將學術工夫融入創作中！鍾玲遍讀禪宗典籍，梳理禪宗世系，勾稽考證、辨析名義，使得《餘響入霜鐘》除戲劇情味、生命聯想，又兼具學術價值，教人長知識、廣見聞。

書中描寫的神通、靈異，超出凡人思想，論禪學之演繹，實未有如此書之美、之壯闊、之神妙者！對於想深入禪境的讀者，鍾玲真是一個不落行跡講經說法的高人。

一念不起萬念俱息

黃漢龍，作家

當達摩從爐灶取來一大把灰為「求法」的慧可斷臂上傷口止血，並施內功幫徒弟療傷；慧可開始覺得痛時，脫口請求師父：「能不能請師父幫我安心？」而達摩說：「你把心拿來，我幫你安。」他說：「我找不到那顆心了。」而當達摩回以：「我幫你把心給安了。」時，我一鼓作氣「細心」品讀《餘響入霜鐘：禪宗祖師傳奇》，企圖安定自己這顆「心」，竟發現「心」並未隨達摩的長長蘆葦渡過長江，而仍漂蕩無依。

粗淺的我想起《禮記・大學》為心列出「定靜安慮得」的進程，原來心不定，如何能「安」啊？

拜讀再三，一直迴盪著道信所示：「山水無體亦無相。」心，不也如此？於是，我立即閉目片刻，企圖先「定」下來，再隨禪宗祖師的行止，試著「安」下這顆「心」。可是，當神會對王維說的：「你的心本來就清淨，動努力修行之念，就是妄心。」妄心即貪婪之心，貪求「安」反而晃動不已。

我在「安心」的過程中，深感五祖弘忍：「一念不生，無有恐懼。」的信念滲透心靈。當今，猶如萬馬奔騰、紛擾不已的亂世，「無畏」才能「安定心志」，才能「寵辱不驚，回歸自性」，乃勇者開啟智慧的修行最精透之法門。

尋找歸來的自己

傅紅芬，作家、前香港《大公報》副刊主編

這是一本精彩的書，飽含虔敬與堅定。當我不斷翻閱欣賞，漸入佳境時，縈繞我胸懷千呼萬喚的清涼之心冉冉升起。我在尋找什麼，我又找到了什麼？似有卻無，觸手不及。這是魅力之作，直抵人心，在你輕輕撫摸每一個字眼的剎那。

鍾玲教授有一顆安靜謙卑的心，一枝溫潤克制的筆。小說以行走的故事深入淺出的佛法震撼讀者。堅定的信仰與心念的力量，強大得無法抵禦，它們來自於人純粹的本心。

心念，也就是清淨一切妄想。心念，終究是一股神奇力量。起心動念，是我們凡夫俗子最能每時每刻觸摸到的卻又揮之不去的如影相隨，而我們又常在這相隨中迷失了自己。

「人自性本來就有智慧」、「出家修行是修你的本性」。「應如是生清淨心！」《金剛經》告訴我們，人本來就有清淨心，不必消除什麼！我們只是呀，迷失之後尋找回來那顆清淨的心罷了。

猶如弘忍法師預言的，惠能終究「承擔的是整個天地的重量，他的道心和道行會把禪宗的法脈推向一個又一個高峰。」只因他的無我心。

我相信，鍾玲教授的這本禪師傳記，會將一顆顆迷茫的心靈從此岸渡往彼岸。只因我們都是在尋找歸來的自己，在輾轉而回的流浪途中……

——二〇二〇年一月五日於香港

虛實相間、文史相濟的傳奇故事

單德興，教授、中央研究院歐美研究所特聘研究員

鍾玲身兼學者與作家兩種身分。在學術上，她是華文世界比較文學的前輩，多年從事中美文學關係研究，更是早年向西方世界引介詩僧寒山的代表性學者之一。在創作上，她早有文名，於詩、散文、小說、戲劇各有所成，令人矚目。二十多年來，她有機緣從學於我國禪宗高僧，閱讀佛書，自有會意。《餘響入霜鐘：禪宗祖師傳奇》結合了學者的研究、考證與作家的想像、佈局、謀篇、文采，熔禪宗歷史與文學想像於一爐，於文獻不一之處加以揀擇，於史料不足之處濟以想像，佐以個人參訪高僧大德的親身感受，鋪陳出一篇篇傳奇故事，發揮「以史入文，以文濟史」的特色。各篇既可當短篇小說獨立閱讀，依序讀下則有如自菩提達摩始祖以降的另類中國禪宗史。佛教徒閱讀時固可參照自己的知識、經驗與體悟，非佛教讀者也得以一窺禪宗祖師的傳奇與風采，對「一花開五葉，結果自然成」的中華禪有更進一步的認識與領會。

光彩奪目的珠鏈

簡靜惠，作家、洪建全教育文化基金會董事長

我跟鍾玲算是同時代的人，她是文學界的翹楚，寫文章寫詩、電影編劇……行政工作樣樣精，我對鍾玲是久仰的，但並不相熟。

鍾玲寫的極短篇並不短而且寓意長深，都有一個相當完整，看了以後還要再想一想的內容故事。我跟她說：用極短篇登出不太合適，應是精緻的短篇小說。

後來我們成為朋友分享見聞，開始一段美好的交往。

鍾玲是白雲禪師的弟子，佛緣佛學根基學養豐富，寫佛教的故事都是如同寫論文般的認真考據備資料。但鍾玲的文學根深底蘊厚，文字優美筆鋒精練，寫出來卻是引人入勝，不知不覺已進入佛門堂奧……。

幾千年來禪宗祖師的資料檔案分散四處，如同散落一地的珠子，鍾玲以她的生花之筆串成珠鏈，光彩奪目。讓我這初學者看得明白，瞭解這一段禪宗祖師的傳奇。

鍾玲跟我說過：學佛就是在修智慧、學慈悲呀！慈是把喜悅給別人，悲是知人之苦，拔人之苦。

有幸先睹這本《餘響入霜鐘：禪宗祖師傳奇》，不僅長智慧也增喜悅，真是歡喜！

1 達摩祖師尋覓徒弟

在天竺國笈多王朝時期，今日印度半島東南部，東高止山脈一座巨嶺的山腳，簡樸的木築精舍旁有一棵大榕樹，般若多羅和他徒弟菩提達摩兩人相對盤坐樹下。師父體型枯瘦、鬍鬚盡白。達摩三十歲，他的模樣跟一千五百年後今天在中國流傳達摩祖師的雕像相似：健壯的體格，囂張的鬍鬚圍繞著嘴，凸額深目，皮膚黝黑，只有頭上的圓形禿頂面積較小。般若多羅對徒弟說：「達摩，你已經悟道了。你知道我們禪法應該傳到什麼地方嗎？是遙遠的震旦國。那裡的人心會跟禪相應，三百年後，禪法會傳遍震旦。」

的確，此時在震旦是西元五世紀初東晉末年，三百年後第八世紀初是武則天統治的末年，那時禪門的北宗風行中原，信徒以十萬計。南宗也開始在嶺南傳佈了。

達摩歡喜地跳起來，笑著說：「師父，太好了，我這就去準備。去震旦，要坐很久的船哪！我要帶些什麼？」

般若多羅用手示意他坐下來，說：「等等！無生法忍啊，徒弟，時機未到。」

般若多羅的眼眶密佈皺紋，瞳子卻重重宇宙般深遠，各種時間、空間都在裡面。忽然他眼裡出現佛寺千千萬萬座遍佈大地，許多黃色皮膚、鼻樑較天竺人低的出家眾和在家信徒，在無數佛寺中，雙手合十，面現平和的表情。瞳子裡另一個景象是大廳中兩百多個黃皮膚的僧人合十列隊站立，站法特別，一邊一百人分開站，兩邊面對面，他們沒有望著臺上。臺上盤坐一老僧說話，窗外滿院月光。

般若多羅笑著轉頭對徒弟說：「由現在算起過六十年，你才可以去震旦國，去找傳人。注意啊，東去的目的只有一個，就是找到那個傳人，一切都為這個目的。就像當年我找到你。」

達摩望著師父笑，現在可以看出來這個達摩跟我們熟悉的、瞪目昂然的達摩像不同了。三十歲的達摩，臉上流露天真的笑容，流露對師父的感激和依賴。

然後師徒二人閉目專致於密法入定，他們竟然冉冉升空，像兩顆氣球，在晨曦中，飄到榕樹頂上，法相寧靜。幾千年來，印度有些修行人可以練到人體飄浮，到今天西方仍有科學家跋涉長途，尋到印度深山中，追求解答。由十九世紀開始是人類信仰科學的時代，我用信仰二字表示現代人對科學陷入一定程度的執迷。

在古印度，修行者精於神通不稀奇。在印度禪宗傳到般若多羅，已經是第二十七代了。印度的禪宗祖師們神通廣大。根據《祖堂集》，印度禪宗由佛陀傳迦葉，傳到第十一祖富那耶奢尊者，把禪法傳給徒弟以後，顯示神通之後圓寂：「師付法已，則現神通，飛行自在。卻至本座，而入寂定。」就是說，富那耶奢在天空中自由自在地飛翔，最後飛回座位上，入定圓寂。達摩之前的二十七代祖師的法號和事蹟，最早的文字記錄撰於西元七七四年的《歷代法寶記》。這麼說，那之前一千三百年都靠祖師們的口耳相傳，不瞞你說，我懷疑這些神通記錄的真實性。

達摩的師父般若多羅圓寂時，所現之神通更為驚人。根據《五燈會元》，般若多羅舒展左右手，兩片掌心各出現二十七道五色光芒，然後他跳躍空中，位置有七棵大樹那麼高，在空中自焚，舍利子由空而降。這夠驚人了。早在佛經中有很多佛陀放光的事蹟，《妙法蓮華經》卷一說，佛陀在王舍城說法，一萬二千大比丘來聽講，佛陀的兩眉之間「白毫相光，照東方萬八千世界，靡不周遍，下至阿鼻地獄，上至阿迦尼吒天。」佛陀的眉心會發無限光芒啊！

南北朝梁國首都建業，就在今天的南京，其城郊有一座大佛寺，叫道場寺，在藏經樓裡一位滿臉棕色絡腮鬍子的番僧，瞪著深深眼眶中的大眼睛，正翻閱兩本書，他就是來自天竺的菩提達摩，已一百三十歲了，但他還是以前在天竺國時三十歲的樣子，似乎他掌握了不老的祕密。他正在翻閱求那跋陀羅翻譯成中文的《楞伽經》，旁邊放著《楞伽經》的梵文原文，達摩一句一句地對照著檢查。他正在尋找一本可以教授禪宗法意的中譯佛經。我看過一項資料說，達摩到中國以後拜翻譯大師求那跋陀羅為師，這資料是錯的，因為在達摩抵達廣州之前九年，求那跋陀羅已經過世了。

一百三十歲的達摩不僅能說粵語、吳越語、南朝官話、北朝官話，還精通古文，你說可能嗎？真是如此，這是梁武帝天監十九年，西元五二〇年，達摩在中國已經四十三年了。這些年他都潛心學習中文，當然學得精湛。四十三年前初抵廣州，便在城外珠江北岸搭了個小木屋，稱之西來庵，他先學說粵語，再學漢字的讀和寫。

後來他到江南，入住以譯場名揚天下的道場寺，他除了學南朝的官話，還勤讀儒家、道家經典。他認為儒家的治國方案、為人原則，都頗優勝。道家的宇宙法理、為君王之道，自有道理。但兩者都不究竟。然而道家注重直接回歸樸木般的天性，倒會有助於將來震旦人吸收禪法。其他到南朝來的異域僧人，像是伽婆羅，都忙著翻譯佛經，而達摩只專注兩件事，一是學中文，二是深夜練功，練天竺國幾千年傳下來的瑜伽密法。因為他知道，以後找徒弟這些都用得上。

達摩初到建業道場寺時，南朝齊國經歷亡國之禍，任宰相的皇室宗親蕭衍，脅迫十五歲的齊和帝把帝位禪讓給他，十幾天後逼死退位的齊和帝，蕭衍就是梁朝的開國皇帝，梁武帝。梁武帝學問淵博、孜孜勤政。達摩聽說他每天早上四點起床批公文，冬天手指都凍裂了。還有他篤信佛教。即位次年，天監二年，皇帝為南扶國（今柬埔寨、泰國）的僧人曼陀羅仙在皇宮裡及正觀寺設立翻譯館，翻譯佛經。未來禪宗四祖道信、五祖弘忍授徒用的一行三昧法門，就出自曼陀羅仙翻譯的《文殊師利般若經》。梁武帝在天監三年頒佈〈捨事道法詔〉，公然宣佈放棄道教、尊崇佛教。

十八年來達摩都觀察梁武帝的心性和行為，也讀了他主持編寫的《梁王寶懺》，覺得他誠心事佛。心想，也許他就是那個傳人。武帝還頒布〈斷酒肉文〉，禁止僧眾吃肉，自己也素食，並頒佈〈斷殺絕宗廟犧牲詔〉，禁止儒家宗廟用動物、家禽做祭祀品，以麵食、蔬果代替。達摩體察武帝近年來謹守殺戒，也體察到他挑戰傳統儒家勢力的大勇。到天監十八年，梁武帝受菩薩戒，包括十重戒、四十八輕戒。他想，梁武帝很可能就是他尋覓的傳人！

道場寺的方丈向皇帝推薦，天竺僧人達摩精通禪法。梁武帝就在偏殿單獨召見達摩。達摩眼中五十七歲的皇帝，一張堂皇豐滿的臉，氣宇昂揚。武帝看達摩，破舊的僧衣、僧鞋，不修邊幅，不剃頭、不剃鬍鬚，又不行跪叩之禮，對自己只隨意合十點頭，欠缺禮數，心想，既然你精通禪法，就問你一個禪法的問題。

武帝說：「朕即位以來，建佛寺、譯佛經，不可勝數，這有多少功德？」

達摩想，「既然你敢問自己的因果，應該承受得了真正的答案」，他用標準的南朝官話說：「皇上並無功德。」

這外貌粗陋的番僧竟然敢全盤否定他，武帝受不了，就板著臉問：「何以無功德？」

達摩點醒他說：「這些善行積的只是小果，無法到達無漏的境界。」

武帝心想，「我有漏的善行，也是善行，何以你不能為他人的成就而歡喜呢？」

達摩看見武帝臉上露出不悅，知道他執著於自己的佈施、自己的權位，當下知道武帝並不是他找的傳人。武帝正思索著達摩的話，抬起頭，偏殿中已經不見他蹤影，心想，怎麼走得那麼快？

你會說，達摩已經開悟，智慧那麼高，怎麼會誤認梁武帝作傳人？要知道，人一有執念，就會迷惑。當達摩對武帝的執念剎那間消散，正在皇宮外疾馳的他，腦中出現三十年後的梁武帝，他以前的殺業、惡業啟動報應了，就在建業城玄武湖南岸的皇宮內，八十六歲、髮鬚盡白的梁武帝，虛弱地躺在蒲團上，受叛軍武將侯景的軟禁和脅迫，他氣瘋了、餓得乾瘦，口中味苦，叫侍從去討蜂蜜，被拒絕，武帝用細微的聲音喊「反攻！反攻……」接著斷了氣。

達摩行瑜伽密法，運用體內巨大的能量，移位出了皇宮，出了建業城。疾走在官道上的他，感知的確應該在今天找到真正的傳人，而他就在不遠處，要趕緊找到他。

2 達摩一葦渡長江

達摩一陣風般地離開了梁武帝的皇宮，離開了建業城，他想，「要趕緊找到我的徒弟啊！他應該在甘露寺。」

達摩在南向的官道上疾行，很快就到達雨花臺山坡上的甘露寺。此山得雨花臺之名也只是十多年前的事，那年雲光法師在寺後面一塊高聳的岩石上對五百人說法，說得如此動聽，天降彩花如雨落，雨花臺因而得名。從那時起，許多年輕的法師來此寺掛單，為了砥礪講經的口才。達摩抵達甘露寺時大約下午五時多，他去到寮房後面的甘露井，在井旁的樹蔭下有石桌石凳，十多個年輕法師或坐或立，正在聆聽一位法師試講。

那位三十歲左右的法師盤坐在一礅石凳上講經，他講的竟然是求那跋陀羅翻譯成中文的《楞伽經》。達摩已經決定這四卷《楞伽經》譯本就是將來傳禪法的寶典，達摩望著正在試講的法師微笑，心想，「就是他了！」

神光法師個子修長，神態自若，俊美儒雅，雙目黑亮，皮膚如凝脂，褐色的僧衣是用最細密的棉布縫成，裁剪合度，胸前掛著一串晶瑩的水晶念珠。達摩想，看這渾身公子氣派，要花多久才能去除他的貴氣、驕氣、文氣。他想到自己也曾是王子，出家前是南天竺香至王的兒子，每天胸前掛不同的瓔珞，享受精緻的美食、喜歡作詩寫歌。師父般若多羅用了四年時間才去除他的皇家貴氣，師父帶著他在墳地徹夜打坐只算是稍小磨練。

神光法師正講到《楞伽經》的「自心現習氣因。相續妄想自性計著因……」這是秋天黃昏，林子的樹葉已經轉黃，在秋風中搖曳，忽然四周像注入了新的氣流黃葉全都不再搖擺，卻發抖似的微微顫動。神光感覺細銳，覺得像在十公尺外，突然出現一座大熔爐，落葉由黃慢慢轉褐色，法師們身後站著一位身材高大、凸額深目的番僧，囂張的絡腮鬍子，一雙發亮的眼睛凝視著他，嘴角有一抹笑，神光心中一震。神光繼續解說「現習氣因」四字。他說，「習氣一詞的梵語是梵薩那……」說到這裡，看見番僧搖了一下頭，神光想，也許是自己梵文發音不正確。

神光引經據典繼續講，「《大智度論》說：『習者名煩惱殘氣』……」這時番僧大大搖了一下頭，眼中對他噴出火花。神光知道是因為自己講的內容有問題，但是他還是鎮定地講下去，「習氣，像《大智度論》用的比喻，腳被鎖很久的人，一天解鎖了，走路的時候雖然沒戴腳鐐，但因為習性會覺得腳上還有鎖……」

番僧臉上帶著不屑，猛一轉身走了。神光忽然想起三年前離開洛陽龍門出來行腳時，師父寶靜大師的叮嚀，「你會遇到大善知識，要把握住。」神光丟下周圍那十多位聽講的法師不管，站起身來，拎起包袱跑去追番僧。

神光出了甘露寺的山門，看見番僧走在通向長江南岸的小路上，他追過去，落日把番僧的影子投射在路旁的雜草上，一路上只有幾間農舍。番僧的腳程很快，沿著江邊向東走，神光練過武功，所以跟得上，但是總落後一段距離。他們一前一後走了約一個多小時，來到獅子山下，這裡有一個渡口，就是二十世紀蓋的南京長江大橋之西約兩公里處。天已經黑下來了，神光想，「現在沒有渡船了，我可以追上你討教了。」

神光來到長江邊的渡口，空無一人。這是農曆八月十六日，一輪圓月掛在東方天空，月輝如明燈，清清楚楚看見寬闊一公里半的長江，波光粼粼，橫在眼前。再看，岸邊不遠處的樹林前，有人背對著大江，面向林子打坐，是番僧。神光不想打攪他，走近到五公尺處就止步，忽然覺得在秋天的涼意中，前方溢來一股暖流，神光想番僧的內功真深厚。他坐下來瞪住番僧，生怕自己一閃神他就脫身離開。

忽然番僧站起來，右手在地面折一枝長長的蘆葦，疾步走到長江邊，用力把蘆葦扔向江水，然後他縱身向江裡一跳。神光怕番僧淹死，大叫「哎呀」，跑到江邊，卻目瞪口呆地站著，他看見番僧輕輕地降落在水面那根蘆葦上，蘆葦怪異地向前急馳，好像番僧是立在一隻向前衝的、巨大的長江鱘魚背脊之上。達摩高大的背影越馳越遠，速度像今天的飛翼船，兩分鐘後就成為一個小黑點抵達對岸。這兩分鐘裡神光腦中轉著幾個念頭，「這位高僧有大神通，是故意洩露給我看的；他有意要我追隨他，否則由甘露寺過來根本不可能跟得上他；他對我的修行不以為然，但是沒有放棄我，那麼他一定會教我真正的佛法。」至此他對番僧已經心悅誠服，他想第二天早上要乘第一班渡船去找他。

神光到方才番僧背江打坐的地點，吃了些乾糧。然後學番僧的姿勢，背江、面對樹林坐下來打坐。番僧留下熔爐般的氣場加強了神光的定力，他的感知能力也超越以前。他能感知長江水中的魚、蝦、螃蟹各水族正安靜地休息，能感知三公里外驛道上官差和奔馬的疲累。還感知到有一個年輕人往他打坐的江邊跑來，心中充滿悲苦。神光睜開眼，一個穿著文士袍服的年輕人跑到他面前跪下，大口喘著氣說：「法師，救我。」

年輕人的焦急痛苦令神光的心也跟著糾結起來，趕忙定下心來，感知附近沒有別人，就安慰他說：「放心，沒有人在追你，怎麼回事？」

「我唯一的親人，叔叔，今早上吊了。逼他債的人在追我，我只有跳江了。」

神光看他相貌堂堂，還有官運呢。問了他姓名，說：「不要急，我會幫你，你先去藏在樹林裡。」

神光由包袱取出小木盒中的文房四寶，修書一封，叫年輕人由樹林出來，說：「這是給雨花臺甘露寺智真教授師的信，你可以在寺裡住下，好好讀書，未來會有前程。」

年輕人拿了信，向他道謝匆匆走了。神光看見他依舊是滿臉惶惑，心裡自責，自己能力不夠啊，不能真正拔人於苦，更不能令人覺悟。真的要追隨番僧大師修行、悟道和渡人！

第二天清早，神光搭最早的渡船到長江北岸，找到昨晚番僧登陸的地方，那兒有一座梁武帝新蓋的崇福寺，後來此寺改名為長蘆寺，紀念達摩一葦渡江在此登陸。神光問在山門前掃地的沙彌，昨夜有沒有一個番僧來掛單，沙彌說，「有，今早他天沒亮就走了，他要我告訴你，他的名字叫菩提達摩，要你去定山寺找他，定山寺在六合峰，你往西北走。」

當神光到達定山寺時，心想今天應該可以拜師了。他找遍全寺沒找到達摩，最後在寺後面一片斷崖前，看見達摩面對著崖岩打坐。神光對他行跪拜之禮，達摩連眼睛都沒張開，繼續打他的坐，沒理他。神光只好也坐下來打坐，又定時替達摩送齋食。幾天以後神光想通了，達摩是在教導他，修行不靠引經據典，而是靠定心一處，法門為面壁打坐。神光此覺悟方生，達摩站起來疾走出定山寺北行，神光趕忙追隨。神光不知道，要一直跟達摩北上到八百公里外的嵩山少林寺，他更不知道拜師的過程充滿荊棘。

3 慧可斷臂求法

神光根據在長江北岸崇福寺和定山寺的經驗，知道達摩大師是不會開口跟他說話的，甚至會完全不理會他。但是神光也知道達摩已經開始默默地傳授他佛法，因為只要他在正法上一有領悟，達摩就會起身去下一站。神光學乖了，只一聲不出地跟著這位他認定的師父。

農曆九月中旬，山徑上一層落葉，寒風習習，達摩到達中嶽嵩山的少室山，少林寺位於山腰。但是達摩卻過門而不入寺，只沿寺牆外緣的小徑往後山走，神光一直跟著他。寺後面立著五座三角錐形的山峰。達摩爬上五乳峰的中峰，在離峰頂不遠處，他站在一面峭壁之前，把前面石壁上的藤蔓拉開，赫然出現高兩公尺、寬一公尺半的山洞口，然後他步入黑暗的山洞。神光向山洞裡張望，山洞朝西南，下午四、五時的陽光斜射入洞中。山洞不深，大約七公尺，他看見達摩的背影，背對著洞口盤坐。神光知道大師入定了。他上中峰時看見山徑旁有一處清泉淙淙，所以往回走到山泉畔，取包袱中的陶碗喝了山泉水，吃了點乾糧，又把葫蘆注滿水，回到洞口倒一碗泉水放在石頭上，達摩出定後也許會喝。然後自己在山洞口旁打坐。

當神光張開眼，四周繚繞著破曉的白霧。他看見達摩在洞前的平地上打拳，一招一式都像猴子的動作，再看，平地旁的大樹上有一隻大野猴正全神貫注地望著達摩的舞動，原來大師童心大發，在逗猴呢。神光見放在洞口那個碗裡的水空了，大師竟然接受他的供養，一高興就起身跟著達摩打拳。打完拳神光用袖口擦汗，眼角看見樹林子裡有兩個僧人也在擦汗。應該是少林寺的僧人偷學拳。

幾天下來，神光觀察到達摩的作息很規律，想他會長期在山洞修煉，就在洞口旁用樹枝、乾草，倚峭壁搭了一個草棚。他不再開口問達摩什麼，只用心地服弟子之勞，用行動來表示尊師重道。達摩每天早上練拳，午前吃一餐，餐後即入洞壁觀坐禪到第二天破曉。他入定時神光都守在洞口，或肅立、或打坐。達摩練拳時，神光忙進忙出，去汲取山泉水清洗山洞、起火煮粥，去少林寺的廚房要些剩菜，或食材。他做過咖哩茄子飯，即使根本沒有印度口味，達摩也照吃不誤。

神光還忙著給自己縫一件夾層的百衲衣，好過嚴冬，一塊塊布料都是由少林寺僧人丟棄的僧袍剪下來的。現在神光原有的貴公子氣息已消弭，但是他感到沮喪，以前他引經據典來修習佛經，來解說佛經，現在知道這種方法不對，所以他的心沒個安頓處。兩個月來他在達摩近處打坐，感知能力增強了，但是入定做得很差，常只坐一個時辰。修行修得那麼差，他對自己失望極了。

達摩在山洞修行一個半月以後，暗地裡已經有上百位追隨者。每天早上達摩練拳時，大約有五十分鐘，周圍的樹林裡都是僧人，他們跟著達摩一招一式地練，他們學的有點像流傳到二十一世紀的易筋經十二式。總是同一個時間來，同一個時間離去。原來他們是趁著少林寺做完早課和吃早餐之間的一個半小時偷偷上山來學拳。有一天早上他們離去後，神光發現洞口放著一碗飄香的冬菇紫菘豆腐湯，他想一定是哪位偷學拳的僧人感恩，送來孝敬大師的。神光伸出雙手要去端起來，正在練功的達摩卻飛身過來把那碗湯踢落到十多公尺外的林子裡。達摩說：「這是到震旦以來第六次有人毒害我！」

自從神光從雨花臺一路跟來這兩個多月，這是達摩第一次對他開口說話，用了洛陽口音的官話。神光開心地想，「大師用我家鄉口音官話跟我說話，一定會收我為徒了，我可以學到正法、度蒼生了！」但是接下來，達摩還是不理神光。

神光到林子裡看見那碗湯灑落的地方，草和落葉變成黑色，真的有毒！是誰要毒害達摩？是這麼多僧人追隨這番僧學拳，少林寺方面震怒了嗎？達摩知道是少林寺管理僧伽綱紀的那位維那，對他憤恨所致，因為很多僧人跟達摩偷學拳術後，不再用心做早課，早餐常遲到。那位維那武功高強，也是僧人的武藝師傅，發現徒弟都在練番僧的拳術，武功竟然突飛猛進。達摩在入定中，神識曾進入少林寺那位維那的寮房，看見他的憎恨現於面容，他還認定番僧是用天竺妖術迷住少林弟子，因此想出毒湯之計，讓達摩的腸胃糜爛。

又過了半個月，到農曆十一月中旬，夜半開始下雪，神光站在洞口守護。神光想，江邊那差點被人逼死的年輕人現在如何了？有多少人在雪中貧病苦寒交迫，煩惱到夜不成眠？到破曉飛雪不斷，積雪高達神光的膝蓋。整個嵩山都一片沉寂，沒有一絲風，只有雪花落在積雪上輕微的撲撲聲，他聽見黑暗的洞中傳來達摩洛陽口音的話：「你站在雪地中，所求為何？」

神光悲從中來，他不是為自己而求，迷惘的世人等待正法呢：「希望大師收我入門牆，跟師父學正道，將來廣度世人。」

達摩依然不動如山，背對著他，心想，這神光要成為震旦傳佈正法的唯一傳人，只在雪中挨挨凍是不夠的，宗門之命，懸於此一線。達摩開口了，字字如雪一樣冷凝而剔透：「無上菩提是所有的業都消了，才修得到。你不過盡了小小心意，盡弟子的本分，服役、挨凍，竟然想求得大法？」

神光忽然勇氣百倍，腦中出現佛陀投崖飼虎的事蹟，佛陀有一輩子為了救活一隻餓到極點的母老虎和她七個剛出生的虎兒，情願犧牲身體，作為老虎的食物。他神光為了救度世人，為什麼不能犧牲自己的身體呢？要學佛陀的精神啊！他到草棚取來劈樹枝用的刀，回到洞口的外面，用右手順著左臂肘的關節隙縫把左手臂切下來，因為氣溫在零度以下，不覺得太痛，他進了山洞，跪在達摩身後，用右手把砍下的左手臂放在自己身前，血在地面和身上的斷臂傷口，慢慢淌著。達摩回過身，兩眼露出激賞，望著他說：「不以身為身，斷臂求法，可以了。我收你為徒，法號慧可。」

達摩飛步到草棚旁的爐灶取來一大把灰，擦在徒弟斷臂的傷口上止血，又施內功幫徒弟療傷。慧可開始覺得痛了，但他日思夜思的問題，脫口而出，喘著氣說：「能不能請師父幫我安心？」

達摩說：「你把心拿來，我幫你安。」

慧可以前總擔心煩惱該用什麼法門來學佛法，現在既然師父會傳法，已無懸念，說：「我找不到那顆心了。」

達摩說：「我幫你把心給安了。」

我認為一個人把自己的手臂砍斷，太不合常理。但是直到上個世紀出家人依舊有燒手指頭的傳統，這是由佛陀時代流傳下來的方法，表示追求佛道決心。《法華經》的〈藥王菩薩本事品〉說：「若有發心，欲得阿耨多羅三藐三菩提者，能燃頭指，乃至足一指，供養佛塔，勝於國城妻子，及三千大千國土、山林河池、諸珍寶物。」

慧可斷臂之後八十九年，天臺宗大志法師殘害自己身體之舉，尤為慘烈。西元六〇九年大業五年，隋煬帝下令佛教僧人還俗，人數不足的小佛寺則滅寺。《續高僧傳》卷二十七說，大志法師為了護教，為了對隋煬帝表示抗議，在嵩山上開法會，把手臂當大燭燃燒，先用鐵烙臂肉、臂骨、又用刀切到骨來烙，再淋蠟用布裹住手臂來燒，還一面燒，他一面誦經；一面燒，一面說法。現場僧俗無不動容，燒完七日後坐化，可謂驚心動魄。二十世紀的虛雲老和尚在他的自傳《虛雲和尚年譜》中記載，他五十八歲在寧波阿育王寺拜佛陀舍利時，就燃指以報母恩。所以神光應該是用佛教傳統的方式來表示他的決心。如果你知道慧可後來傳法面臨多少磨難、多大的死亡威脅，你就瞭解慧可一定要具有捨命為道的精神力量。我的理解是，達摩就是等他表現出這種力量才接受他為唯一傳人。

達摩開始教慧可壁觀的打坐心法、瑜伽密法，又跟他講解《楞伽經》的二入四行，後來慧可成為禪宗的二祖。由此可見，達摩傳法選人很挑剔，根器不對不傳，心性不對不傳。我想由達摩到三祖僧璨都如此，所以代代徒弟人數都少。

4 慧可的護教任務

達摩大師在少林寺後面五乳峰中峰的石洞裡打坐壁觀，九年如一日，但是洞外的景觀已大不相同。洞外的平地上起了一間土牆茅頂的草廬，裡面一邊是有炕的寮房，另一邊是簡樸的禪堂，堂中向南的牆下供石雕的小佛陀像。弟子共五人，除了尼總持，其他四人，慧可、曇林、道育、道副，都住寮房裡。尼總持是江南人，出家前是梁國的公主，她住山腳的尼姑庵。

這些年達摩只招慧可一個徒弟進入山洞跟他一起打坐。他叫慧可在洞底背對洞口坐，自己坐在慧可身後，也是背對洞口。也許你會問，打坐要面壁，是不是為了前面只有牆，故能心無旁騖。我想，面壁的目的就是令自己的念頭撞壁，可以轉念、化念、消念。慧可在山洞裡每次打完坐，達摩會問打坐時有無念想，慧可說心中出現對「心性」的一些疑問。達摩告訴他只要還有這些念頭，就是攀緣。慧可領悟自己由十五歲開始讀儒家、墨家，就不斷鑽研心和性的問題。如果放不下以前吸收的任何一絲思想，都還是在攀緣，還是執迷於法。我們一般人的執著大多是世俗的貪、嗔、癡，不像修行境界高的人，只餘下法執。

達摩教慧可壁觀打坐就是教他「理入」法門，是為了除去外塵，因為外塵覆蓋住本來就有的真性，如《楞伽師資記》所說：「理入者，謂藉教悟宗。深信含生，凡聖同一真性，但為客塵妄覆，不能顯了。若也捨妄歸真，凝住辟觀。」「辟觀」就是「壁觀」。慧可面壁到第八年，他才告訴師父達摩：「我已經完全息了客塵諸緣。」

達摩問：「是不是變成斷滅了？」「斷滅」是一切都斷了、滅了、一切都沒有。但是真正的悟道境界仍然是「有」，有佛性、空性。慧可答：「沒有變成斷滅。」

達摩黑亮的臉上出現難得一見的微笑：「你到達了，這就是諸佛的心性、就是《楞伽經》說的、除去一切惡習所熏的如來藏，永遠不要懷疑它。」

慧可這一刻已經悟道。你知道達摩說「永遠不要懷疑它」是什麼意思？達摩在警醒他，時時刻刻不要退轉。

到了第九年，曇林被以前的師父召回鄴城的善業寺譯場去翻譯佛經。一天達摩把其他四個弟子召到禪堂來，說：「你們學禪各有所得，慧可得髓、道育得骨、尼總持得肉、道副得皮。是時候我們下山在震旦國傳佈禪法了。我把我師父般若多羅傳我的袈裟傳給慧可，慧可就是禪宗震旦法脈第二代傳人，以後代代相傳，以袈裟為憑。」

慧可在達摩面前跪下，單臂四體投地朝師父三拜，達摩取出一件很特別的袈裟，揚開來給幾個徒弟看，布料和剪裁都是天竺的僧衣式樣，穿時從左肩披下，露出右肩，長及膝下，用木棉心織成的、極其細密的屈眴布，共二十一格布，縫接而成，顏色像晴朗的夜空，深藍色，夾衣的裡子是碧綠色，柔如嫩草的絹絲料。四十三歲的慧可恭謹地單手接過袈裟。就是在這一刻，西元五二九年，北魏孝莊帝永安二年，長江以南是梁武帝中大通一年，禪宗在中國開始有本土傳人，一直到二十一世紀的今天，廣傳近一千五百年。

五天後，弟子們清理完山洞內外就下山了。師徒分道揚鑣，實踐天竺式的頭陀行，五個人分四撥，達摩帶著道育，其他三個人獨自流浪。你說這不是勢單力薄嗎？要知道印度的頭陀行是苦修、是磨練。達摩師父兩年前就帶他們下山行腳過三個月，所以頭陀行難不倒三個獨行的徒弟。但是因為行蹤不定，沒有安定的居處，所以一祖到三祖很難聚集信徒。一直到九十年後四祖道信才首次建立禪宗的寺院，形成宗派。

西元五三四年，慧可獨自行腳五年了，他四十八歲。時天下三分，南方還是梁國，北方的北魏剛剛分裂為東魏和西魏，東魏建都河北的鄴城（河北省南端，漳河之北，邯鄲以南二十公里）。就在南北朝的東魏（西元五三四—五五〇）和北齊（西元五五〇—

五七七）時期，鄴城除了是國都，還是全中國的佛教中心，佛寺林立，遍佈城中、城郊、山野。由東魏到北齊四十三年間，長江以北、呂梁山以東廣大的地區是鼎盛的佛國，包括今日部分山西、河南、河北、山東、遼寧、安徽和江蘇的北端。

善業寺在鄴城城郊。慧可行腳五年後，就到師弟曇林所在的善業寺掛單。慧可不再是十多年前的秀逸僧人，現在他凹凸分明的臉上流露一種堅毅，個子枯瘦，僧袍左袖飄飄蕩蕩。在善業寺每天他一半時間都面壁打坐，少言少語，有師父達摩的架式。慧可在善業寺修行共三十五年，他壁觀到最後時時刻刻不生妄念，內心清寂。

慧可住在善業寺第三年，西元五三七年初，一天下午他忽然心有感應，知道師父達摩的時間到了，下山前師父曾說第七次有人毒害他，就不再避禍，因為他已找到慧可，傳了法脈，完成使命。慧可急忙往譯場跑去，在蓮花池畔遇見衝過來的曇林。他們兩人當即跪下，朝著洛陽方向拜別師父，他們知道師父在洛陽以西熊耳山下的定林寺裡，有師弟道育隨侍，料理後事。他們想師父的修為太高了，生死真能束縛他嗎？如果開棺，裡面會有師父真身嗎？傳說達摩的棺中只剩下一隻鞋子，又傳說達摩圓寂三年後，魏臣宋雲奉命出使西域，經過今中國領域西端的蔥嶺時，遇見達摩。宋雲看見他手裡提著一隻鞋子，赤足翩翩遠去。我認為這是瞎編的故事，宋雲奉北魏太后之命赴天竺，途經蔥嶺，應該是在西元五二〇年左右，在達摩圓寂之前十七年。

但是一拜完師父，慧可心中就壓下千斤重擔，現在輪到他尋覓傳人了。他在善業寺已經三年，共有三十多位僧人和居士向他請益，但是沒有一個是大覺大悟的根器。他不知道這位傳人要等多少年才會出現。慧可決定講經，吸引更多人認識他，也許傳人會在聽眾中出現。於是找曇林幫忙，曇林以慧可是禪宗法脈傳人為由，向方丈推薦他當教授師。

慧可開始在善業寺講《楞伽經》，深入淺出，聽經的人由十多人增加到上百人。附近崇德寺的方丈道恆上人也正在講《楞伽經》，不過他講的是最近才由菩提留支翻譯出來的十卷版本，比起九十多年前求那跋陀羅翻譯的四卷《楞伽經》，在內容上不同之處甚多。道恆聽說慧可正在講求那跋陀羅的譯本，很不以為然，認為其譯文粗陋不通，就派兩個弟子去聽慧可講什麼，令他們兩天後回來報告。

道恆兩個弟子聽到捨不得離開，聽了八天才回來，其中一位用欣賞的口氣向道恆報告：「慧可法師講得太精彩了、太生動了，真是一針見血。例如師父以前講習性如何令我們以幻為真，您就用《楞伽經》經文來細加解釋：『譬如幻師以幻術力。依草木瓦石幻作眾生若干色像。令其見者種種分別。皆無真實。』慧可法師說法卻用生活上的例子，他說我們誦經咒一定要誦多少遍、打坐要能觀出前生前世，我們認為這樣修行就會得道，慧可說這些法門也一樣是以幻為真的習性。」

道恆板著臉說：「慧可竟然說這種謗佛、否定佛法的話，你們不許再去聽。」道恆方丈向善業寺的方丈數說慧可散佈魔語。善業寺方丈雖然內心相信慧可，但為了善業寺的聲名，只好停辦慧可的講壇。

我想其實有一種講經跟一般講經不同，最能利益聽者，就是法師的修為已經達到該佛經中所談的修行境界，他等於是在談自己的修行經驗，能這樣講經的人如鳳毛麟角，慧可就是其中一位。我想，我的師父臺南菩提寺的白雲禪師也是這樣一位。一般法師講經止於解說文義，因為連他自己都還在按照此經文修行，道恆就是其中一位。

善業寺的方丈中止了講壇，慧可倒是無所謂，因為到寺裡來向他請益的僧人、官員、居士越來越多，只是還不見那位有根器的人出現。二十多年過去了，鄴城已改朝換代為北齊的國都，北齊初期國力強盛，鄴城成為繁華的天下第一都。朝廷又尊崇佛教，北齊的石雕佛像到二十一世紀的今天仍然是世界各大博物館爭相蒐購的藝術瑰寶。

在北齊立國第十年，西元五五九年，一個初春的下午，慧可和曇林在善業寺的庭園坐在兩塊大石頭上說話，他們搖頭歎息北齊文宣帝的暴虐、淫亂和殺戮無辜。接著這兩位七十多歲的老僧打坐入定，觀照首都鄴城的未來。忽然他們的心鏡上現出許多兵士衝入鄴都周圍的兩千間佛寺，放火燒大殿，一片火海；燒藏經樓，經書於烈焰中焚成灰；滿臉驚恐的僧人由山門蜂擁逃出來。他們兩人同時睜開眼，曇林問：「十幾年後，北周皇帝會來滅我們齊國？」

慧可點點頭說：「是，北周不滿佛教勢力凌駕朝廷。佛教將面臨大劫。」

慧可想到將來有很多年，長江以北的人會失去聽聞佛法的機會，人們會造作更多貪欲、嗔怒、癡迷的惡業。許多遊魂也得不到經懺的撫慰了。慧可的心充滿悲傷。

慧可和曇林跟善業寺方丈細談了以後，方丈決定由他們兩位帶著幾個弟子進行一項祕密的十年救寺計畫，把藏經樓的佛經和佛像等珍藏，在十年間靜悄悄地分小批運到今安徽省西南、長江北岸的天柱山寺院裡，那是善業寺的支院，把這些經書、珍寶藏在後山的山洞中。近千位寺中僧人，也祕密地小批、小批派到北齊各州的深山裡去行腳，去了就留在當地人蹤罕見的小寺院。

十八年後，西元五七七年一月，北周武帝宇文邕滅了齊國，把他在周國已經推行了四年的滅佛運動，在齊國境內全面展開，毀齊國佛寺四萬，強迫三百萬僧尼還俗，只有善業寺的佛經、珍寶，連同一千位僧人，得以完整保全。

5 平凡又不平凡的僧璨

西元五五九年夏，北齊首都鄴城善業寺的方丈決定，由慧可和曇林帶著他們幾個弟子，進行一項祕密的十年救寺計畫，就在那一年秋天，弟子領著一位居士進入慧可的寮房。慧可這年七十二歲，盤坐在蒲團上，看見走進一個相貌醜陋、闊臉平鼻，文士打扮，年四十許的居士。他臉上愁雲密佈，步履卻如行雲流水，這種不協調反而打動了慧可。居士抬眼望這位老僧，他面容枯瘦，卻眼神光潤；左袖空蕩，坐姿卻穩重如山，令他由衷仰慕。

居士向慧可作揖行禮後，沒有正襟盤坐，而是面對慧可一屁股坐在地上，因為他頭痛欲裂，也不自報姓名，就緊鎖眉頭匆匆說：「弟子患風疾四年了，老是頭痛，一定是以前犯了很多罪業，請大師幫忙弟子消業。」

那一刻居士腦中正塞滿這些煩惱，「昨天在佛堂誦經有兩次心念不專一，造業啊！」「方才拜見大師怎麼沒有行跪拜之禮！又造業了！」

忽然他聽見慧可細銳的聲音鑽入自己雙耳：「你把你的罪業拿出來，我帶著你做懺悔。」

居士心中迴響著慧可的聲音，望著慧可空蕩的袖子，雪中斷臂求法的傳說此刻化為活生生的現實，看見慧可的眼裡射出無限關愛，再往慧可眼中望進去，是蒼穹的高遠。居士感到震撼，以前天天不斷為自己的小缺小失而自責、後悔，自以為在修漸悟，其實在跟自己糾纏不休，都是在浪費生命。心力應該用在學習慧可大師忘我的求道精神，學習大師渡人救世的大願，自己才能廓然無私。於是他眉心舒展了，回說：「我找不到我的罪業了。」

慧可點點頭，望進他雙眼說：「既然我們已經做完了懺悔，你就皈依佛、法、僧三寶罷。」

居士說：「親眼見到大師，我明白什麼是『僧』了。但是什麼是『佛』？什麼是『法』呢？」

慧可說：「是心是佛，是心是法，法佛無二，你懂不懂？」

慧可看見居士眼睛深處銀光一閃，他的回答清晰：「弟子懂了，罪性本是空，無形無相；心與佛與法是不二的。」

慧可枯瘦的臉出現一抹紅暈，他的眼中出現寬慰，具有大悟根器的人終於來了，他可以對師父達摩交代了，可以對得起後世禪宗代代子孫了：「現在幫你剃度罷。」

居士開心地笑：「師父，好，非常歡喜。」

替他剃度後，慧可說：「你是僧中之寶，光照後世，法名僧璨。」

僧璨外貌不揚，個性內向，不善與人交際，一生無弘法大功業，他怎麼成「僧中之寶」了？為什麼祖師們對傳人那麼注重？要知道，得悟的傳人到達一種不可言傳、泯然宇宙的境界，到達了一種文明巔峰的高度，成為大時代的標竿。但凡有那麼一個人，成佛的境界、成佛的可能，就存在人間。他鎮住天下，令人敬仰，根基深厚的人有師父可以追隨、學習，法脈因而流傳下去。當表面平凡的僧璨得悟了，他就是那個標杆。僧璨之為僧璨，六位祖師之為六位祖師，就是這個原因。

得悟的大師要把正法傳下去，除了一定要找到傳人，還要弘法於天下。或建寺、說法、辦道，如四祖道信和五祖弘忍；或由弟子編輯師父所說之法，成為經典，如六祖的《壇經》；也有如僧璨，自己著述修行法要〈信心銘〉。因為這些原因，禪法得以傳世。

西元五六五年，北齊武成帝河清三年年底，慧可收了僧璨為徒六年後，他帶著僧璨和另外兩個徒弟，由鄴城送一批佛經、佛像到安徽天柱山，任務完成後，沒有直接回鄴城，他們先北上到洛陽以南的龍門，去參拜石窟佛。慧可師徒四人到達龍門石窟的賓陽洞，那是四十多年前北魏時期雕鑿的佛像、菩薩像，以賓陽中洞石窟最宏偉。慧可師徒入中洞時，窟中無人，巍峨的主佛像高八公尺半，慧可走到大佛像前的跪墊站住，三個徒弟在他身後一字排開，正待跪下禮拜，一位戎服軍官疾步走到後排中間的僧璨身旁，說：「請你們到旁邊的石窟去參拜好嗎？我們王爺要來此窟禮佛。」

軍官話還沒說完，洞口傳來昂揚悅耳的男人聲音說：「羅校尉，不得唐突。」後排三個徒弟都回頭看，一位年輕的將軍靴聲橐橐走進石窟，披著藍色呢絨大氅，在窟內的油燈光線中，看見大氅領口厚厚一圈黑貂毛圍著脖子，襯托出將軍白如羊脂玉的臉，精緻的五官光彩四射。兩個徒弟呆看這位美男子的風姿，只有僧璨直視來者的雙目，心想這位王爺，他昂揚的背後流露些許疑慮，他如風的疾步隱藏一絲疲憊。王爺看見僧璨一愣，心想這僧人的眼睛好清澈。一美一醜兩人對視，都沒看對方的外形。這時站在大石佛前的慧可回過頭來，王爺一看見老僧清臞的形體、爍爍的精神、空蕩的左袖，立即說：「請長老帶領我們禮拜。」

在這個大石窟中，王爺帶著十位隨扈，跟著慧可等四位僧人，先禮拜前方的釋迦牟尼佛、文殊、普賢菩薩，再禮拜左邊的燃燈古佛、兩位脅侍菩薩，最後禮拜右邊的當來下生彌勒佛、兩位脅侍菩薩。禮拜後，王爺趨前向慧可作揖說：「您一定是慧可長老，久仰了。」

慧可輕聲說：「王爺大捷後，禮佛是要務。」

王爺說：「長老說的是。除了禮懺，還要做什麼？」

慧可深深望進王爺的雙眼，說：「參因果、看破。」

王爺向慧可深揖，帶著扈從走了。他就是美貌與勇猛雙絕的蘭陵郡王高長恭，他剛剛打完勝仗。十天前在洛陽東北的金墉城，這位二十四歲的王爺率五百騎兵，個個戴著猙獰的面具，衝入敵陣，聯合金墉城的守軍，大敗北周幾萬入侵軍隊，擊退敵軍十五公里。大捷後聰敏的蘭陵王已經感受到朝廷上位高權重者對他的忌憚。這次跟慧可相見之後，蘭陵王儘量收斂鋒芒。九年後西元五七三年北齊最後一個皇帝後主高緯，對蘭陵王的聲譽、功勳和才貌既嫉妒，又懼怕，賜毒酒給他，蘭陵王飲毒酒前，對妻子鄭妃說，自己一生忠君愛國，死得太冤枉了。你說，看破容易嗎？蘭陵王死後不到四年，周武帝攻入鄴都，北齊滅亡。

西元五六九年，慧可八十三歲了，他和師弟曇林把善業寺的佛經、佛像、珍寶，逐步南遷到大別山脈天柱山的佛寺密藏，善業寺中的僧人也大都到深山小佛寺藏身。完成任務後，慧可帶著僧璨和另外三個弟子離開首都鄴城的善業寺，到深山裡去修行。他們往西走，第四天到達今安徽省西南司空山主峰的高處，慧可學師父達摩，也找個石洞修行，他找到心目中的修行處，比他師父的石洞大六倍，洞中還有滴水清泉。慧可帶著徒弟在石洞裡修行，尤其是督導僧璨學習觀想、不倒單、壁觀各種法門，訓練僧璨觀照內心，到達重雲滅盡，佛性圓照。

兩年過去了，五七一年慧可帶著僧璨跟其他五個弟子在洞口已經用石材加蓋了小佛堂、寮房、廚房，原來的石窟純作壁觀打坐的禪堂。慧可吩咐僧璨說：「你已經開悟了，照我教的繼續修行。你個性溫和恭謙，以後八年紅塵世界不只有國難，佛門也會經歷浩劫，你如果下山會遇難。我下山行腳去了！以後你就留在山裡修行，有時間琢磨你的文采，寫詩作文罷。十年以後你再去山谷寺接引傳人。」

幾天後，八十五歲的慧可在其他弟子面前把法衣傳給五十四歲的僧璨，然後帶著兩個弟子離去。留下的三個弟子送到山腳，僧璨跪送，滿眼淚水，依依不捨地問：「請問師父什麼時候回司空山？」

慧可說：「不回來了。我去清債。」

僧璨明白師父此去是實踐「報冤行」，「報冤行」是祖師達摩教的四行之一，也就是說，雖然我們今生修行，沒有犯戒，但是有始以來以前許多輩子犯的錯，會積下別人和其他生靈對我們的怨憎，當惡果成熟了，我們要甘心承受報應。

6 百歲慧可的天竺式行腳

西元五七一年，二祖慧可八十五歲，他把袈裟傳給僧璨後，帶著兩個徒弟真法、玉法北上到洛陽和鄴城（今邯鄲附近）之間實踐頭陀行。慧可高瘦的身子挺拔，步履比那兩個弟子還快，他已經八十五了，怎麼可能？別忘了祖師達摩教了他很多密法，包括天竺瑜伽密法，用現代的話語來解釋，他擁有打破體內、體外之分把能量轉移的方法。他們頭陀行一去二十年，到行腳結束，入住鄴城成安縣的匡教寺時，慧可已經一百零六歲。中國僧人到一百歲還行腳的很少，此外他還是位獨臂的殘疾者。

慧可師徒三人由天柱山往西北走，一路都托缽乞食，這種天竺苦行是師父達摩教慧可的。三人僧衣襤褸，百衲補丁，赤足而行。過了襄陽以後，一天中午時分到了一個大鎮的郊外，在土地祠旁的大樹下置放行囊。二人托著陶缽到鎮上，留下真法打水、清掃泥地、安置坐具。慧可帶著玉法在第一家門口站住，那單扇門關著，玉法把錫杖在地上震了三響，然後二人唱誦《楞伽經》的法偈三次：「世間離生滅，猶如虛空華。智不得有無，而興大悲心。」

他們的聲音悠揚。誦完呀聲門開了，一個清秀的少女拿著一大碗麵，笑瞇瞇地把湯麵倒進老師父的陶缽中。玉法才二十多歲，見到眉目如畫的閨女，忙低下眼簾，心中漣漪一晃就平復。慧可微笑地對少女說：「時時刻刻有此慈悲心，便是深入修行。」

少女尊敬地對老師父鞠個躬，這位美少女一年後嫁給富戶家的庶子，丈夫是個經商人才，生意越做越大，她時時實踐老師父教的慈悲善行，一生美滿。

他們走到第二家，雙扇大木門上裝了銅門鈕，看來是鎮上的大戶人家。玉法震了錫杖，師徒二人才開始誦法偈，雙門大開，兩個家丁衝出來，故意推慧可，把他那碗湯麵打翻在地，碗也碎了，玉法趕忙去扶住師父。一個著道袍的道士由門裡出來，憤憤地說：「我們老爺說和尚禿驢，騙吃騙喝，嚴禁以後來騷擾！」

玉法對推師父的家丁怒目而視，慧可卻對道士合十，微笑回身而去。慧可默知有一輩子他曾動氣怒責過這位道士，冤枉過他。

第三家門雖小，門聯卻文雅：「春風大雅能容物，秋水文章不染塵。」他們誦完法偈，門打開了，一個四十多歲、頭戴襆頭帽、文士打扮的男人出來，神色嚴肅地說：「看來你們不是假扮僧人，你們需要托缽嗎？向北三里路就有元覺寺，去那裡掛單，好吃好住。村子裡繳不出稅的都成了寺院的佃戶。寺院富可敵國啊。去！去！」

玉法搶著說：「我們是行天竺頭陀……」慧可用右手碰碰他的胳膊，止住他的話。慧可默知這文士前世曾向他問道，而無所得。於是他對文士鞠躬，單手行合十禮，說：「感謝施主指點。」然後深深望文士一眼，帶著玉法去第四家。

文士感到老師父眼中充滿憐憫，狐疑地望著他單薄單臂的背影。兩位僧人在第四家接受食物時，文士追過來送給他們用紙包好的三塊大餅。慧可對文士說：「轉念生，即是覺。」

文士一聽就跪下對慧可行禮。慧可對他點點頭，帶玉法離去。

慧可和玉法回到土地祠旁，真法取出兩個備用的缽，把乞來一陶缽裡的食物，平均分在三個缽中，一人加半個大餅。三位僧人用水清潔了雙足，盤坐誦迴向偈後進食。

慧可帶著兩個徒弟行腳四年了，他們一直在北齊境內，西元五七五年十一月，走到洛陽以東五十公里的洛口（今河南鞏縣東北），洛水入黃河的地方。在洛口東城郊外共有上萬人聚集，正在準備辦大法會。原來兩個多月前，五七五年八月北周武帝宇文邕率軍攻入北齊，就在洛口激戰，北周打下了東、西二城。九月因周武帝生病，班師回長安，齊軍才收復洛口雙城。北周軍隊對北齊的平民沒怎麼滋擾，但是一路攻過來殘酷殺戮北齊的將士，死了三萬人，由河陰到洛口人心惶惶，一入夜就吹冷冷陰風，平野上鬼影幢幢，洛水的水聲裡傳來咽哽。收回洛口後一個月辦大法會，就是為了超渡北齊的陣亡將士。

他們師徒三人由側方走向法壇，遠遠望見巍巍高築的木構法壇，共四層，可以坐三百位法師。他們三人站定觀看，法壇上已坐滿僧人。慧可看見最高的一層坐了二十位長老，裡面有五位他認識，包括善業寺、山谷寺、少林寺的方丈或首座。法壇前地上密密麻麻盤坐了官員、僧俗萬人，許多民眾正嚶嚶悲泣。

一位僧人匆匆忙忙向慧可師徒三人跑步過來，對他們說：「還好你們趕到了。快，就要開始了。」

慧可對僧人點了個頭，跟他走向法壇。真法、玉法臉現無奈，他們明明不是來做法事的，明明是誤認，但是師父去，只好跟著。他們給安排坐在最下層的邊上。盤坐地上的民眾大都是陣亡將士的親屬，看見法壇高聳而莊嚴，三百位法師著黃色僧袍，披朱紅袈裟，顯得氣派，民眾傷痛的心情稍微平復。忽然最下面一排左邊出現三個穿著襤褸的僧人，非常寒傖。幾分鐘後法會開始了，誦唱的是七十年前南方梁武帝帶著高僧們編的《梁皇寶懺》。

慧可當下入定，的確有兩萬將士的陰魂，渾身是血來尋求救助，他們在萬人的上空一聚集，烏雲也聚集，天就暗下來，吹起陰風，現場越來越冷。一開始那些飄蕩在風中的魂魄，試著聽《梁皇寶懺》的文句，但是不久被法壇左下角的一團金光吸引。金光中那位獨臂神僧顯現內外圓淨，光暈無邊無際的法身，開始對魂魄們說法，說他們是為護國衛民而犧牲，已經積有大功德，只要此刻起立意向善，即時往生上三道。陰魂中惡業輕的，很快領悟發心，決定此刻起向善，他們就離開了。天一絲一絲亮起來。

兩個徒弟中，真法也能入定，感受到周圍飛竄的陰魂，漸漸有些不再那麼焦躁、那麼悲苦，有些輕快地離開了，超過一半還存在於死亡剎那的痛苦中、存在於累世惡業的折磨中。坐在上層的長老，有幾位覺得有一股正法之氣揚起，來自下層的邊緣。兩位慧可認識的方丈往下望，認出是他。

法會一開始，唱誦陣天價響，臺下民眾看見整個法壇瀰漫黃光，左下角竟然出現金光，卻看不清楚是誰，那三個衣衫襤褸的僧人前面好像立著一片灰色的屏風，擋住視線。原來慧可一向帶徒弟壁觀，就是面壁打坐，他們觀想的石壁在大法會現形，遮住慧可的光明法相，不讓活人看見。到法會結束時，陽光由雲層後射出來。

慧可帶著兩個徒弟匆匆離去，首都鄴城善業寺的方丈追上慧可，是慧可住善業寺時的舊識。他喊道：「慧可大師！久沒見到，您常在念中。」

慧可回過身來，對他單手行合十禮：「寬方丈，別來無恙。」

寬方丈說：「您是高人，他們硬拉您坐下層，應該拒絕差遣，太委屈您了。」

慧可笑笑說：「我在調我的心，關你什麼事？」
方丈呵呵大笑說：「安了，安了。」

7 慧可在水面坐化

慧可帶著幾個弟子四處行腳二十年後，回到他四十多歲起住過三十五年的鄴城。這次他落腳在鄴城東北成安縣的匡教寺。匡教寺的方丈帶著執事僧在寺門等候，迎接聲名四播、高齡一百零六的慧可。之後方丈在寺裡搭建一丈的高臺講壇，請慧可登壇說法，講《楞伽經》，撼動四方，聽者一千人，這是中國禪宗有史以來聽眾最多的大型講壇。獨臂高齡的慧可本身就是傳奇，吸引很多人來。但聽眾入迷的主要原因是說法的內容，他說，每個人都有如來藏，只要去垢，就回歸清淨本性。今天我們已經熟悉「人人都有佛性」的說法，但是在一千四百多年前，那是劃時代、非常民主的新觀念。人們震驚於自己的終極潛能。

匡教寺寺門斜對面的聖山寺有一位著名的教授師辯和，他認為慧可說的法大有問題，連保留人身，免入下三道，都要積善很多輩子，修成阿羅漢更要修無數輪迴，慧可竟然說人人本就有佛性，不是在佛門散播傲慢種子，煽動造反思想嗎？還有慧可一定會天竺妖法，要不然怎麼看來年輕四十歲？辯和故意在慧可講經的同一天開壇，講《涅槃經》。要知道《涅槃經》是記錄佛陀在涅槃前，讓弟子發問，回答他們各種修行上的問題。佛陀答徒弟問，講了各式各樣的法門、各種觀想之法，內容繁富，辯和的聽眾越聽越迷糊。結果可想而知，聽慧可的人越來越多，多到一千五百人，聽辯和的人後來只剩下十人，全是追隨他多年的弟子。

辯和跟成安縣縣令翟仲侃是熟朋友，辯和在所謂的護教使命之驅使下，向翟縣令舉報慧可魔言惑民、日日聚眾，意在謀反。縣令逮捕慧可，以鞭刑逼供，慧可在刑房受鞭時，只微笑，不發一語。當夜慧可在牢房中打坐，他知道路走完了，此生不負師父達摩、不負後代禪宗代代子孫、不負有史以來虧欠的人了。這次他實踐了最後一樁報冤行，安然承受兩個人深懷怨恨的前世宿業。第二天早上，獄卒發現他的姿勢還是打坐，嘴角含笑，但是已無鼻息。時西元五九三年，隋文帝開皇十三年三月十六日，慧可壽終一百零七歲，在第六世紀那是不可思議的高壽。

第二天他五個弟子和數百位信徒在衙門外含淚跪拜。縣令翟仲侃是個色厲內荏的人，他沒想到慧可入獄才一天就死了，怕信徒鬧事，謊說慧可認罪、畏罰自殺，把他的屍體曝於城郊。幾天後平放地上的屍體不但沒腐爛，反而散發濃郁的香味。《成安縣誌》列傳九說：「棄於野，數日視之，異香馥郁。」上百位鄉民在遺體四周圍觀、讚歎、跪拜。縣令驚懼之餘，派衙役半夜把慧可的屍體拋入漳河。

慧可的五個出家弟子躲在樹叢中，衙役離開後，他們到岸邊來，準備下水撈師父遺體，卻全都呆立水邊，月光下師父的身體竟然由水底下升起，在河面上盤坐，而且逆流而上，這可是《成安縣誌》說的：「忽於水面趺坐，瞑目溯流。」弟子在岸邊跟隨，慧可的真身逆流到蘆村才停住。他們下水把師父搬上岸，後來那個村子改名為二祖村。

你見過這麼怪異的景象嗎？西元五九三年的一個春夜，月光下五個僧人沿著如今河北省南境漳河的北岸，往上游方向步行，他們眼睛緊緊盯住河心水面上瞑目打坐的一位枯瘦老僧，老僧不是坐在小舟上，而是盤坐水面，逆流而上，地心吸力失效了。他的左袖空蕩，周身有一層朦朦的光，那光就是二祖慧可的神識，其實他幾天來一直在入定之中。一百零七歲的枯瘦老人竟然顯現驚人的、超越時空的美，一種純粹的靈性由裡透外地遍佈全身，如果你看過二十世紀高僧虛雲大師一九四八年在雲門寺新起大殿地上的趺坐照，就明白我的意思。

他們五位僧人的師祖達摩一葦渡長江，他們的師父慧可圓寂水面上。五個弟子裡有慧可二十年前由司空山帶下來的真法、玉法，另外三個是這幾年收的弟子。昨天五個弟子因為師父曝屍荒野而悲痛哀絕，現在目睹師父展現的奇蹟，心中充滿敬畏，他們在河岸緊跟著水面上的師父。

慧可的真身在漳河水面上溯到蘆村附近，由河心漂移到北岸邊，停在水草中，兩個弟子下到水裡搬，三個在岸邊接，把師父的真身搬上岸，這時身體還是柔軟的，但是在他們把盤坐的真身安放在岸邊山坡岩石凹處時，師父的身子僵硬了，弟子們知道師父真的離去了，遂哭著向師父行五體投地的大禮。兩個弟子趕路回到成安縣城的棺材鋪，打造一口方形的棺木。第二天晚上，弟子和信徒挑著棺材回來，還有幾百個信徒跟來向慧可告別。由幾十位僧俗組成的扶靈隊伍，把慧可的真身送到鄴城之北的磁州滏陽安葬。

慧可是中國禪宗第一代本土禪師，他的一生顯示許多印度佛教的行跡，像是實踐沿門托缽的頭陀行，瑜伽密法的神通，壁觀打坐的工夫。

說真的，如果慧可拜達摩為師時，不曾堅毅斷臂，他能面對一生艱苦的修行和多次的危難嗎？不過慧可斷臂求法實在違反中土儒家的孝道：身體髮膚，受之父母，不敢毀傷，孝之始也。我跟朋友討論時他們問，不是有另一種斷臂的說法嗎？我想即使在慧可的時代，六世紀前半葉，一般人也不會認同為求法而斷臂。慧可圓寂六、七十年後，就是唐太宗、高宗的時代，已經出現另一種說法：慧可的臂是別人砍的。唐朝僧人道宣寫的《續高僧傳》卷十六中說，慧可是「遭賊砍臂。以法禦心，不覺痛苦。火燒砍處，血斷帛裹。乞食如故，曾不告人。」這段寫得也生動，表現慧可無畏於身體受傷，具無生法忍的修為，把斷臂處裹了傷，繼續他的頭陀行。

但是比《續高僧傳》的刊印還要早幾十年，唐朝名僧法琳為慧可寫過一篇碑文。法琳的碑全文收錄在中唐的著作《寶林傳》卷八，《寶林傳》是禪宗祖師們的傳記。法琳寫的慧可碑原文說，「大師曰，夫求法者，不以身為身，不以命為命，方可得也。禪師乃雪立數宵，斷臂而無顧投地碎身。大師乃喜曰，我心將畢，大教以行。」這段點出正因為慧可敢自斷臂，具體表達了他為道誓死的決心，達摩才敢把珍貴的法脈傳給他。達摩既有傳人，心願已了，他預見大乘禪宗將流行中土。後來的史料大多採信法琳寫的碑文。

法琳是什麼人？他是受唐朝朝廷供奉的高僧，曾深入研讀道、釋二教。在朝廷上他為保全佛教而力爭。唐高祖和唐太宗都有意藉道教勢力打壓龐大的佛教勢力，而且皇家姓李，所以追溯道家始祖老子李耳為其祖先。西元六二六年高祖下詔廢除大部分佛寺，令僧人還俗。兩個多月後高祖駕崩，太宗即位，此詔令才中止執行。法琳多次上詔對抗那些擁護道教的朝臣。六三九年法琳因受誣譭謗皇帝，入獄受刑推問，本可能判死罪，後來獲釋流放益州。法琳跟慧可一樣，也是冒著生命的危險護持佛教。惺惺相惜應該是他為慧可撰寫碑文的原因。慧可圓寂那年，法琳二十二歲，他可以說是慧可的同代人。我想那個時代最能理解慧可捨身大願的人，非法琳莫屬。

8 三祖僧璨、四祖道信面貌不同

在師父慧可下山行腳後，僧璨在司空山的山洞裡修行二十年。這期間他靜靜地完成兩件事：把達悟修到突破一切相的空寂境界，第二是他完成了〈信心銘〉，一首四言長詩，共五百八十四字。你會說，禪宗不是不立文字嗎？佛陀只做拈花微笑的動作。印度二十七位祖師們，加上達摩、慧可，都以心傳心，不立文字。而〈信心銘〉是禪宗有史以來第一篇大師自己寫的，有關修行心法之著作。慧可為什麼叫僧璨用心寫詩文呢？我想是因為慧可知道，在中國傳佈佛法還是要靠一種符合中國人心性，可以指導修心、修念，又容易消化的文字著作。後世多少禪宗弟子背誦〈信心銘〉，依據它來開啟智慧。

西元五九〇年，為了接引傳人，七十多歲的僧璨收拾衣物，包括傳法袈裟和〈信心銘〉手稿，揹著個褡褳到司空山脈裡的百年古剎山谷寺掛單。山谷寺位於天柱山之南，近處有山崖奔溪，四圍荒莽，寺旁常有虎狼出沒，僧人嚇得除非結伴，不敢走出寺門。毒蛇、毒蟲也會爬入寮房裡，僧人嚇得晚上全都關緊窗門。但是自從僧璨入住以後，雖然是夏天，蛇獸等卻絕跡了。你以為大蛇、毒蟲、猛虎、豺狼是因為有聖僧入住此寺，就自動撤離嗎？非也。

僧璨住進山谷寺第一晚打坐時，在入定中看見三隻老虎在寺門前徘徊，一條三公尺長的王錦蛇由屋頂探頭下他窗外，好奇地偷窺他，因為生靈們覺察這寮房裡透出不尋常的強光。

僧璨的神識問牠們：「你們知不知道你們把人們嚇壞了？」

三隻老虎中帶頭的在寺門外蹲下，昂首傲然地答說：「我不知道我們會嚇壞人，幾萬年來我們都在這片山林自由來去。我又沒有吃人，是人自己嚇自己。」

僧璨輕聲細語地勸導牠說：「引起恐懼是不善的行為，何況這些人正在修行。如果你們避開，讓他們專心修行，就是積功德，你們來世會轉生去上三道，那你們下輩子就可以開始修行了。」

窗外那條王錦蛇問說：「修行就會變成你這樣？慈眉善目的，像神一樣發出光芒？還可以告訴大家道理？」

僧璨對牠微笑說：「是啊，不斷地用心修行就會跟我一樣。」

有些還沒入睡的僧人，聞到絲絲腥味、聽到不像樹葉沙沙響的淅淅瑟瑟聲。原來聽僧璨說話的蛇蟲、猛獸已經聚集了一大堆，層層圍住山谷寺。牠們聽懂了，從此全部撤離寺院的周圍。

一天晚上山谷寺的方丈帶著三個執事僧由山下的梅城回寺，遠遠看見全寺籠在淡淡的銀光中，方丈說，「將來我們寺中有一僧人的荼毗會燒出許多舍利，到時佛教會大興。」

當方丈知道僧璨是慧可大師禪宗法脈的傳人以後，安排他為寺眾說法。

過了兩年，西元五九二年，僧璨的名氣傳開，〈信心銘〉也流布了。那年年底，就是行腳已二十年、一百零六歲的二祖慧可，入駐匡教寺的時候，二祖生命的終點即將來臨。就在同一時刻，慧可的徒孫、未來的四祖，一個十三歲的沙彌，走進司空山，找到山谷寺。因為那幾天寺中辦講壇，延請著名的法師說法。一群外地來聽經的僧人，正拾階而上山谷寺，他們背後跟著一個高瘦的男童。這沙彌法號叫道信。道信入寺後，撇開人群，獨自來寮房拜見三祖僧璨。

你說這個小孩，在二十一世紀的今天只是個國民中學一年級學生，怎麼可能年紀那麼小就成為宗教法脈的唯一傳人？你信嗎？道信四歲入他家附近一佛寺的鄉塾就讀，他聽僧人誦經，入耳就說得出這句經文的下一句講什麼。根據佛教界的說法，具有大根器的人應該已經修行許多輩子，前世的修為會帶到今世來。四祖道信、五祖弘忍、六祖惠能都是如此，從小不是一點即通，就是能自悟，不是平常人。

道信只有十三歲，長得高挺俊俏，一雙眼睛流露靈氣。用現代的話來講，他是智商極高的神童小帥哥，當然他的情商也破表。他的父親是蘄州齊昌縣（湖北省蘄州鎮）縣令司馬申。小神童七歲在出生地附近的梅川鎮濟北寺出家。他跟著他的剃度師修行，卻發現這位三十多歲的法空師父常常犯戒。法空向居士募款時，總是說濟北寺一貧如洗，他是替濟北寺的方丈募款。隨侍在側的道信知道，法空把募來的錢藏在櫃子裡面，所以師父犯妄言戒、偷盜戒。道信甚至發現師父趁佛殿裡沒有人，偷取香油箱中的銅錢，因此又犯偷盜戒。八歲的道信在寮房私下對師父說：「請師父不要再犯，會自食惡果的。」

師父罵他：「你懂什麼！有錢傍身很重要。」

道信知道人小言微，改變不了師父，就自己認真守戒、修行。道信常聽經、問道，學習各種法門，都很快上手，卻覺得自己沒有什麼進境，但是他一讀〈信心銘〉，就對僧璨大為佩服，一個人向東行，入山尋找他真正的師父。

道信對僧璨行跪拜之禮後，抬頭見這位禪師闊臉塌鼻，長相難看，但他的眼睛像蔚藍天空一樣廣闊，透藍的智慧，廣闊到包山包海、包萬物生靈，道信好想去那片天空翱翔，頓時感到自己學的各種法門，形成各種規範，綁手綁腳，就問說：「請大師教我解脫法門。」

僧璨的眼睛在笑，說：「誰綁你了？」

道信忽然覺得非常輕鬆，既然已經窺見高深的境界，在那個當下，他拋去以前學的種種法門，他答：「沒有人綁我。」

僧璨喝道：「既然沒人綁你，求什麼解脫呢？」

道信忽然想起〈信心銘〉的句子：「智者無為。愚人自縛。法無異法。妄自愛著。」他清澈的鳳眼發亮了。僧璨心想，「我這個憨師父收了個精伶弟子。」

僧璨帶著徒弟道信在安徽天柱山的山谷寺修行十年，這徒弟聰慧到學什麼精什麼，而且毅力超強。兩人住在同一間寮房，僧璨像慈父一樣照顧道信，常常到林子裡採水果給他吃，又泡菊花、桑葉、薄荷、枸杞、麥冬水給他養目。他教徒弟如何夜不倒單，就是徹夜跏趺盤坐，道信竟做到以後一輩子都夜不倒單。僧璨自己晚上倒是吉祥臥入眠。

但是道信到二十一歲才獲得開悟，你說，為什麼那麼聰慧的人要學八年才悟道？那是因為他很多心思用在研究醫術和採草藥上。內向的師父僧璨本來愛鑽研醫書，師徒二人不僅泡在藏經閣看醫書，還常上山採藥。道信跟一位在家時行醫的僧人學會針灸，十六歲就開始幫寺裡患病的僧人看診、下針、抓藥。

有一次寺裡傳染疥瘡，一半僧人都感染了，他們不斷抓身上的癢，連做早課、晚課時，佛殿中有一半的僧人都一面誦經或敲木魚，一面抓癢，樣子滑稽到像在跳舞。因為道信修大悲心，能深深感應他人的病痛，他自己並沒有感染疥瘡，身上卻癢得很厲害，尤其是腋下和鼠蹊部位。他是不把人醫好不能安心的，而且會想出最方便節省的辦法。道信下山買了兩大擔子的芥菜，把芥菜搗爛，混合其他草藥，叫染病的僧人們先剃掉全身的毛，尤其是腋下和鼠蹊的毛，再去浴室院洗熱水澡，然後全身敷藥，治好了大家的疥瘡。

山谷寺西邊的深谷中有激流，兩岸豎立著陡峭的崖壁。師徒在山上採完藥，常到溪邊洗藥草根、洗藥鋤。他們不知道兩百年後，因為僧璨出名了，山谷寺改稱三祖寺，代代有詩人為僧璨和清泉美景題詞，刻在深谷的崖壁上，摩崖多達四百方。宋朝詩人張同之有摩崖詩〈題三祖寺〉：「飛錫梁朝寺，傳衣祖塔丘。石龕擎古木，山谷臥青牛。半夜朝風起，長年澗水流；禪林誰第一，此地冠南州。」可見中唐以後三祖塔和山谷流泉為文人雅士必遊勝地。

聰明外露的道信開悟以後，變成另一個人，沉穩少言，靈光蘊藉。他二十二歲那年春天，跟山谷寺四個師兄弟一同到今日江西吉州的佛寺受戒，以取得朝廷的度牒。南下路過湖北黃州地區，看見驛道旁有一大片菜園子的菜苗都枯萎了，不見有人工作，遠處一個七十多歲的農民在挑水灑菜，他們五位僧人過去問他，那老農民說：「師父啊，我們村子瘟疫六天前開始流行，大家都病倒了。而且去年收成不好，正鬧著饑荒。」

道信說：「你帶我去看看。」

他們五位僧人是山谷寺三位不同教授師的徒弟，另一位教授師的徒弟瞭解道信病不醫好不罷休的個性，就阻撓他說：「信師弟，還是別去了，會耽誤我們受戒的日期。」跟道信一同師事僧璨的覺明說：「應該去的，我們應該有大悲心。」

道信聽到一位護法神默然跟他溝通：「我們會護佑你們。」

於是道信一馬當先地跟著老農走，另外四個僧人也跟了去。這是個約三百人的農村，十個人有七個都躺在床上，發燒、全身痠痛。所有兒童、青壯都病倒了。道信一看病人的下巴腫得像桃子，就知道村人得了痄腮。道信叫師弟覺明幫忙替村民把脈，叫一個老婆婆通知所有孕婦不可起床走動，然後即刻帶著另外三個師兄弟和十個體健的老人到村子旁的山上採藥。道信一找到米蘭草，就教大家學會辨認、分頭去採，他自己除了採米蘭草，還採安胎的白朮根莖。他們採了大簍大簍的藥草回村子，道信仔細教村民煲藥的劑量和火候，當晚就給所有患病的村民服了藥。

第二天，道信帶了更多的村民上山採苦菜、蕨根，回來教大家製成粑，作為全村人的糧食。到第三天附近六個村子的農民都跟著道信上山採藥，因為各個村子都鬧饑荒、鬧痄腮。五位僧人在村子裡留了七天，村裡近兩百個病患的腫腮幫子差不多全消了，十多個命根子痛的也快痊癒了，六個妊婦沒有一位滑胎，也沒有人再犯病。道信小神醫之名傳開來。第八天一早五位僧人急急忙忙跨越田地，趕路走回驛道，送他們去驛道的村長告訴道信說：「我昨天去縣衙門告訴師爺你救活大家的事，縣老爺派了縣裡的馬車送你們去吉州，以免耽誤受戒大事。車會在驛道上等你們。」

所以他們及時趕到吉州受戒。

9 僧璨不一樣的立化圓寂

道信取得僧籍回山谷寺後，依舊不時跟師父僧璨到深山裡採藥，不過每次兩人都帶著道信包好的藥草到遠處某一個山村，他們會直接走進一家人的泥牆茅屋，道信替臥床的病人把脈，僧璨教他們煎煮預先包好帶來的藥。屋裡的人目瞪口呆地望著兩位僧人，不知道他們從何得知家人生病了？怎麼預先知道下什麼藥？原來師徒打坐入定時，兩人的神識到深山的村落巡行，查看樵夫、獵戶家裡有沒有人生病。因為師徒二人的大悲心，他人的病痛感同身受，細緻到能感受自己身上同一個器官的患病部位如何不適，所以能掌握村民的病情，自然可以對症下藥。

道信二十五歲時，僧璨覺得他堪負重任，把另外三個弟子叫來，取出傳法袈裟說：「道信，你是禪宗第四代傳人，聽著，『花種雖因地。從地種花生。若無人下種。花地盡無生。』像我這樣只傳你們幾個弟子是不行的。全靠你了，你道信將來要開山建寺。」

道信一臉嚴肅地跪接袈裟。僧璨又說：「聽著！你們幾個弟子，絕不可以對人說，你們高超的法是我教的。如果有人一定要見我，就說我在深山養病，不見人的。還有，我要一個人去行腳了。」

四個徒弟們聽見高齡八十五的師父要一個人去行腳，不帶他們隨侍身邊，又擔心、又不捨，急得張口結舌，眼中含淚。

僧璨看他們著急難過，說：「我師父慧可傳我法衣後，八十五歲的他，出去行腳二十年，所以我當然也要出去行腳。」

徒弟一聽行腳二十年，嚇得四個人臉色都變白了。僧璨見他的嚇唬見效，趕忙說：「但是我的行腳時間遠比我師父短，兩三年就回來。」

他自以為幽默地咧著闊嘴，徒弟們破涕而笑。

八十五歲的僧璨背了個竹箱子由山谷寺向南走。一個月以後，由安徽南下越過大庾嶺，再進入廣東惠州風景秀麗的羅浮山，他在飛瀑流泉前，在白雲高峰上，打坐入定，夜宿石洞中。在定中他對猛獸說法，幫流落山中的冤魂解疑難。一個悶熱的夏夜，僧璨到一個懸崖突出的大岩石上坐下，那兒涼快，陣陣風吹，夜空無雲無月，只有滿天星斗。他背對懸崖下的萬丈深谷，面對山壁，瞑目打坐，進入圓同太虛的境界。

入定的僧璨默知有一個心懷恨意的黑影子由山徑走向他，黑影子充滿怨憤，一心要把僧璨推下懸崖。黑影子在五公尺外被他發出的光芒擋住了，僧璨知道站在光圈外那個黑影子的心七上八下。這是採藥人何至賢的鬼魂，他在八十五年前不小心從這個懸崖墮下身亡。

「我竟然有二十年不知道自己已經由懸崖掉下來摔死了。那二十年我一直背著採藥簍子在山裡面盲目地兜來兜去，找不到回家的路。我的妻子死了，兒子才一歲，由生病的母親帶，他們祖孫倆等著我回去，但是我不知道我已經死了。直到一個月夜，我站在這個致命的懸崖上，光輝四射的滿月照著我一邊臉，我發現地面上我沒有影子，站了差不多半支香的時間，我忽然憶起墮下山谷時，我的心在刺耳風聲中的驚恐，記起落地時全身支離破碎的劇痛，我才知道我已經死了。

「我覺得太冤枉了，自從十三歲開始採藥十多年，不像那些獵人殺生，我是從事救人的營生，為什麼不輪到作惡的獵人死？竟然輪到採藥的我死？為什麼有二十年我連自己死了都不曉得？等到我的魂回家探望，母親早已經病死，兒子不知被賣去哪裡。不公不義的老天為什麼懲罰我無辜的家人？為什麼我等了六十多年都等不到一個人，來到這個懸崖，讓我抓他做替身？為什麼終於有一個人來到這個危險的懸崖上，我竟然近不了他的身？」

僧璨在入定中，聽見何至賢一連串充滿憤恨的怨言，當下知道他最大的心結是兒子生死未卜，就觀想何至賢的兒子在二十一歲時的境遇，心鏡上出現這兒子在廣州城一官宦人家當書僮，正陪著公子去探友，主僕二人走在街上有說有笑。何至賢的眼前好像出現海市蜃樓一樣，他也看到在城裡兒子陪少主人的景象，兒子笑得開開心心的，知道兒子過得還不錯，心安了一半。幻象消失了，眼前還是銀色光圈裏住懸崖上一個打坐的老僧。

老僧回過頭來問他：「你為什麼會掉下懸崖呢？」

何至賢想了想，說：「我發現在懸崖下面的凹處，長了五株鐵皮石斛，非常珍貴的藥草，但是把它們挖出來，要半個身子懸空才能使勁……記起來了，是有一陣大風吹來，把上半身懸空的我，颳下懸崖。」

僧璨柔聲問他：「採藥經驗豐富的你，沒想到會颳風嗎？」

何至賢懊惱地說：「是啊，我應該環腰綁一條固定在大樹幹的繩子，是我的疏忽。」

僧璨問：「對啊，你也要負部分責任。現在還想找替身嗎？」

何至賢面現平和的神情說：「不找了，別人也是無辜的。謝謝大師，我去投下一輩子了。」

懸崖上只剩下面對山壁打坐的僧璨，星光中的天地一片寧靜。

僧璨又幫羅浮山山村裡的人治病，有些病好得慢，所以他常在一個村子留上半個月。因為他不收診金，村民招待他好吃好住，供養他日用品，像洗衣用的豆粉、火燧。所以他很少到寺裡掛單。羅浮山有十多座佛寺，沒有人知道這位得道高僧入山了。僧璨非常低調，從不向人提自己是禪宗法脈的傳人。在六位祖師中，他最隱忍。六位祖師只有他一人考據不出籍貫、姓氏。只有他一人出家後沒有任何紛爭。僧璨本來就清淨。他達到他祖師達摩所教的「法行」境界：眾相斯空，無染無著。

兩年後，八十七歲的僧璨完成行腳，背的竹箱很沉重，左手還提著個包袱。羅浮山以草藥出名，他帶各種珍貴藥材回山谷寺。當僧璨乘船沿潛水河而上，抵達離山谷寺十五公里的梅城時，他在船上遠遠看見渡口旁站著高挑的道信，徒弟來接他了。徒弟灰色的僧袍飄動，帥得像臨風玉樹。

道信背起師父的竹箱，拎起包袱，師徒二人並肩走回山谷寺。

徒弟問：「羅浮山的山水如何？」

師父答：「山水無體亦無相。」

徒弟問：「師父醫好了多少嶺南病人？」

師父答：「一個也沒有醫好。等你的徒子徒孫去醫，準備好沒有？」

徒弟答：「等師父回來磨。」

師父說：「很快就磨完。」

僧璨回山谷寺後，重開法筵。一年以後僅剩下寺裡的僧人聽講，居士們都沒有出席，不是因為他講的不好。那是隋煬帝大業二年，即西元六〇六年，貪婪喜功的皇帝營建東京洛陽，每月徵調民夫二百萬，又同時修運河、築龍舟。天下十男九徵。原本在山谷寺聽經的居士不是被徵調服役，就是去填補被徵者的職缺。僧璨跟道信說，「萬民艱苦，是時候為眾生祈福捨身，下次說法是我此生最後一次。」道信眼中含著淚聽。

僧璨最後一次說法，居然有僧俗五百人出席。講壇築在山谷寺佛殿前的中庭大樹下。僧璨講不二法門，就是〈信心銘〉的這一段，「真如法界。無他無自。要急相應。唯言不二。不二皆同。無不包容。十方智者。皆入此宗。」

說完法，聽眾若有所悟，僧璨說：「我們佛門注重坐化，盤坐入定離去，得眾人讚歎。我今日不以坐化，而以立化。以表現心識的無拘自由。」

接著盤坐的僧璨在講壇上站起來，合掌口宣「南無釋迦牟尼佛」，忽然上下四方的空氣散發嫩葉的清香，僧璨面容安靜慈祥，站立著圓寂了。所有聽眾五體投地膜拜。道信和三個師弟把一位信徒以前供養僧璨的香楠木棺搬來，將棺材豎直，把僧璨的真身以立姿放進去。面容肅穆的道信宣佈說：「璨大師講過現在還不是荼毗的時候。」

10 五彩璀璨的三祖舍利子

西元七四六年，唐朝天寶五年，正是唐朝的極盛時期，這時三祖僧璨已經圓寂一百四十年了，連六祖惠能都已經圓寂三十多年了。十一月十日，在舒州（今安徽省境）天柱山山谷寺的牆外，二十多座浮屠群的邊緣，有一座土墳，墳前站了兩百多人，帶頭的是任舒州別駕的李常，別駕是地方官，刺史的左右手，從四品下。墳前的石碑上刻了三行字：「大業二年中秋日暨。釋僧璨上人墓。嗣道信、惠可」。這碑是僧璨在山谷寺立化那年立的。僧璨站著圓寂，之後入棺，就葬在此處。

李常手裡拿著三炷香，站在他身後的三個人也各拿三炷香，即舒州長吏鄭遠、懷甯縣縣令和山谷寺方丈，他們後面站了一大群僧俗。李常祝禱說：「禪宗三祖僧璨大師，弟子李常將為您發棺，行茶毗之儀，以表彰大師的光明舍利，以弘揚佛教正法。」

上香之後李常帶眾人朝墳墓跪拜。李常的心中毫無疑念：三祖的真身一定會燒出舍利子。李常別駕四十多歲，白皙而儒雅，此時他站在墓坑旁，望著那群僧人用鏟挖掘三祖的墳。為什麼燒出舍利子那麼重要呢？要知道在隋朝、唐朝前期，崇拜舍利子的風氣到達巔峰，因為佛教徒相信舍利子能消罪業、消災害，帶來福慧。不僅民間崇拜舍利子，有些篤信佛教的皇帝還會資助各大佛寺起舍利塔，供信徒繞塔膜拜。舍利塔以供奉佛陀舍利為超絕，但是佛陀舍利非常稀有，所以如果高僧燒出舍利子也是全國性的大事。

讓我們回溯荼毗大典之前十個月，即天寶五年二月，李常本來就是三祖僧璨的崇拜者，但是他連三祖墓在哪裡都不知道。那時他還在洛陽河南府擔任少尹，府尹的副手，從四品的官職。嶺南禪宗的神會和尚是六祖惠能弟子，剛好被朝廷派任洛陽荷澤寺的方丈，神會是第一位打入中原政治宗教中心的南宗法師，中原盤踞著勢力龐大的北宗。河南府衙門座落洛陽城東，李常不時騎馬到東城門外的荷澤寺探訪名僧神會，請教佛法。一天在荷澤寺客堂，兩人盤坐蒲團上喝熱茶，窗外下著細雪。六十三歲的神會和尚雙眼精光閃閃。李常說：「去年我才到黃梅縣雙峰山的四祖寺，拜塔內道信大師的真身。四祖法相寧靜，令我欽佩。可是，神會和尚，我更想去上三祖的墳。」

神會問：「為什麼厚此薄彼？」

李常說：「是〈信心銘〉帶我入禪門，現在還是讀〈信心銘〉來修行。三祖僧璨修為好高。聽說他葬在嶺南羅浮山，您是他的徒孫，應該知道他葬在羅浮山哪一座佛寺？」

神會微笑望他說：「不在羅浮山，在舒州天柱山的山谷寺，我十七歲參學行腳時，給三祖上墳過。有一個預言說，三祖的真身會燒出許多舍利子，以彰顯佛教流行天下。荼毗大典將在這一兩年舉行，而且大典應該跟你有關係。」

這話令李常驚呆了，問說：「怎麼會跟我有關係？」

神會意味深長地說：「你將為佛門立下大功。」

神會真靈驗，果然半年後，就是天寶五年八月，李常貶職到舒州任別駕，山谷寺就在他轄下。真是因禍得福，他有幸為最欽佩的僧璨大師盡一點心力。李常想，三祖僧璨和他是什麼因緣呢？是不是自己以前累世都是他弟子？李常體會到此生的使命就是為三祖荼毗。天寶初年，禪門北宗一脈在中原如日中天，圓寂才幾年的普寂大師曾受朝廷尊為國師，萬民膜拜。普寂就是神秀的弟子，追溯起來，僧璨是普寂四代前的祖師，事關國師的祖師，怎可怠慢？李常輕易獲得上司舒州刺史的批准，進行三祖的荼毗。

山谷寺的僧人挖沒多久，就挖到棺蓋了，木材是上好的嶺南香楠木。棺材平放著，埋得不深，整個棺完整無缺。揭蓋的時刻，所有人在墓坑邊圍三層往下望。棺內飄出濃郁的香味。棺中三祖露在僧衣、僧鞋外的只有頭部和合十的雙掌，膚色如生，面目慈祥。所有人都感動到不由自主地跪拜。方丈跟李常耳語說，不必送去寺後面的荼毗爐，因為楠木堅實，又在地下受潮百多年，不會燒燬。李常點點頭，方丈令僧人們用乾柴把棺內的真身墊高，把乾樹枝堆滿棺內，覆蓋了真身，然後點火燃燒。周圍一百多位僧人合掌齊誦《心經》。

在初冬寒涼的空氣中，棺內棺上烈火炎炎，大家覺得暖烘烘的，疏林枝椏之上的藍天，上午居然會出現晚霞般的橙色雲彩，佈滿天頂。

棺內堆滿的樹枝燒完，火熄滅了。等熱度稍微消散，李常和方丈走下墓坑，棺材裡堆了一半高度的灰燼，棺的內壁焦黑，燒出不少裂痕。方丈用拐杖把真身上的灰燼輕輕撥開，墓坑周圍傳來一片驚呼聲。灰燼下舍利子寶光四射。兩百多人都向舍利子跪拜，之後他們盤腿在枯葉上打坐，內心一片空靈，很多人首次體驗到禪悅。

《寶林傳》卷八記錄唐朝宰相房琯寫的三祖僧璨碑說：「灰燼之內，其光耿然，脛骨牙齒，全為舍利，堅潤玉色，鏗鏘金振。細圓成珠，五彩相射者，不可勝數。」三祖的一顆顆牙齒，還有兩條長長的脛骨，都變得像和闐白玉般的堅密、光潤，而且相碰時發出金屬之聲。其他骨骼化為一粒粒紅、黃、藍、白、透明的圓珠，光彩耀眼。共有三百多顆舍利子。

李常把三百多顆舍利子分成三份。第一份留在山谷寺。李常想，三祖在六位祖師之中踐行殊異，大隱無聲，立化圓寂，展現他的舍利子也要不同凡響。李常自己繪製一幅三祖畫像，請一位巧匠把這一百多顆舍利子和脛骨、牙齒黏合，製成三祖的塑像。李常又捐出十年薪資，在山谷寺後面的山峰上蓋一座五層寶塔，這座八角塔高二十公尺。在塔底層南寶的龕中安放這尊三祖舍利子塑成的像，好讓寺眾和居士、遊人前來頂禮。二十年後唐代宗賜名此塔為覺寂塔，後人稱山谷寺為三祖寺。

第二份舍利子，李常派人送去洛陽荷澤寺，贈與神會和尚，神會在荷澤寺築塔供養之。第三份，李常供養在自己家中，他對三祖的舍利子專注到癡迷了，一心認定〈信心銘〉中說的「十方目前，極小同大」，就是指家裡神龕水晶盒中供的三祖舍利子。

一千兩百七十多年以後的今天，三份舍利子下落如何？荷澤寺在唐朝滅亡後不復存在，舍利子不知所終。歷史上找不到其他有關李常的記載，天寶初年以後，他家中的舍利子也下落不明。三祖寺的覺寂塔歷代翻修多次，變成七層寶塔，至今依舊屹立。塔中僧璨的舍利子塑像倒是歷一千兩百年無恙，但在一九六〇年代的文化大革命中，塑像被紅衛兵毀了，現在放那裡的三祖像是仿製品。

11 無姓兒弘忍

這是隋煬帝大業五年，西元六〇九年。周姑才二十三歲，但皮膚乾枯，瘦得像竹竿兒。她在郡府長吏洪家做傭工，日落時分停了織布機，到後院去找劈柴的忍兒一同回家。八歲的忍兒有十歲的個頭，他正背對著她劈柴，劈柴動作很有韻律，口中低吟：

「二由一有，一亦莫守。一心不生，萬法無咎……」

周姑望著兒子堅實的身子想，這兒子八年來給她帶來極大的屈辱，但也不時帶給她驚喜。八年前她才十五歲，肚子突然大起來，父母逼問她是哪個男人，她總說沒有，她的確沒跟任何男人有過身體關係。父母把她逐出家門，斷絕關係。她由濯港鎮流浪到黃梅縣城（湖北省黃岡市），靠打零工賺點錢，快臨盆時，以乞食求生。後來她想起來，在溪邊洗全家衣服洗累了，會到一個小岩洞睡覺。是睡著時出了事嗎？但是那小岩洞很低，只容得下一個人。到底忍兒是怎麼懷的呢？

周姑還想起一件事，有一天她在溪邊洗衣裳，一個老道士向她走來，彎腰駝背，連牙齒也沒有了，看來七十多行將就木了，在那個年代七十古來稀。道士瞪著一雙深藍眼珠子對她說：「我想找個地方借住。」

那時十五歲的周姑娘說：「你到我家問我爸爸或哥哥。」

老道士說：「你說可以，我就住。」

周姑娘憐憫他老弱，想父兄也不會拒絕他在家住一夜，就說，「可以的。」

她後來回家問，才知道老道士沒有來家裡求宿。

其實我們都看得出來，道士是用語言的曖昧設了一個陷阱讓周姑娘跳進去，是啊，是她自己答應讓他住進她肚子的。沒有人知道當天她洗完衣服在山洞小睡時，道術精湛的道士，元神已經煉成元嬰，就在山洞後面的樹林中，他的元嬰出竅，進入周姑娘的肚子，他的身體頃刻屍解。周姑前世跟老道士一定有很多糾葛、很多業緣，她這輩子非得為他受這麼多苦。儘管忍兒帶給她那麼多羞辱和痛苦，周姑還是無條件地疼愛他。

縣城那幾條街的人都喊忍兒叫「無姓兒」。忍兒只平靜地望望對方，既不憤怒，也不羞慚。他像他母親一樣堅強。

周姑跟打柴的兒子說：「回去了。」

忍兒回頭對她微笑，收拾他劈開落在地上散亂的木條，迅速地把木條織布似地搭好，一層一層地，他完全都不需要人教，自己會做。記得在溪邊的軟草上生下他，用小刀割斷臍帶，嬰兒的哭聲嘹亮。她想自己活不活得下去都成問題，孩子跟著她太苦。身旁有一塊浮木樹樁，她把嬰兒放在木樁凹處，掙扎爬著把浮木放到水上。漂走罷，希望有善心的富戶收養他。然後她到那個小岩洞昏睡了一天一夜，醒來心中掛記嬰兒，走到溪邊張望，那塊浮木還在水邊，不但沒流走，竟然往上游移動了十公尺。她撈回浮木，抱起嬰兒，奇怪的是，經過一夜初秋的寒涼，嬰兒身子依然溫暖，臉色紅潤。她充滿了母愛，抱緊他想，「再也不拋棄你了。」

母子二人走出東家洪長吏家的大門，周姑問兒子：「剛才你劈柴的時候唱的是什麼歌？」

「那首歌叫〈信心銘〉。」

「是誰教你的？」

「是個年紀大的和尚，他在路邊的亭子唱這首歌，我請他由頭到尾慢慢誦三遍給我聽。」

周姑想，忍兒聽三遍就記住了，她臉上現出遺憾，可惜沒錢送他上私塾。

他們回到的棲身處，就是在李鐵匠店後牆屋簷下搭的小草棚。由於房子裡那座冶鐵爐，即使冬天那道牆仍有餘溫。周姑到市場去收集菜攤賣剩丟棄的菜，還買兩個雞蛋給兒子吃。忍兒到鐵匠店門外的大路邊踢毽子。
落霞為迎面走來的兩個人剪出身影，兩人都穿著長及腳面的僧袍，手持錫杖，是行腳的出家人。忍兒站定看他們。走在前面的人個子很高，走在後面的背著竹箱行囊。高個子三十歲左右，面貌英俊，讀書人的樣子。忍兒注意到他眼中的柔光，從嬰兒時期就嘗盡人間卑視的他，對仁慈特別敏感。忍兒感到這個和尚的心好，全城人心中的仁慈加起來才有他那麼多。他就是四祖道信禪師。
道信正在趕路，到江西廬山的大林寺去講經。他看見前面這個小孩，身上的衣褲縫了很多補丁。晚霞映照這孩子紅潤的臉，一雙大眼睛瞳子一抹藍色，雙頰隆滿，身子各部位也隆滿，牙齒細密整齊，雙手過膝，手指細長，還有只有他道信才看得見的、在小孩雙眉之間那中心點，發出一小撮白色光芒。三十二相中他有那麼多相，找到他了。
道信身後的侍者弘如低聲說：「他就是外號『無姓兒』的小孩。」
道信走到孩子面前說：「孩子，你有姓嗎？」
忍兒答：「我有性（姓），但不是平常的性（姓）。」
道信問：「那又是什麼姓呢？」
忍兒答：「是佛性。」
道信和侍者被逗得哈哈大笑。道信問孩子：「你認得我嗎？」

忍兒望著他慈愛的臉，感覺以前見過，正是他要跟的人，就跪下來說：「您是我師父。」

道信把忍兒拉起來，腦海中出現八年前那個七十多歲的老道士，眼角佈滿皺紋，眼瞳一樣有一抹深藍色。八年前，二十二歲的道信，已經開悟了，他在山谷寺的寮房打坐，眼睛雖然閉著，但是他的神識看見進來一個牙齒掉光的老道士，老道跪下，正要開口說要拜他為師，道信仍然閉著雙眼，開口回說，「你年紀太大，下輩子來。」

老道嚇得下巴大大張開，因為這二十歲出頭、儒雅的僧人竟連眼睛都沒有張開，就知道他年紀太大，就預知他的目的是來拜師。

道信也沒料到老道士如此守信，竟一刻也不浪費就穿越輪迴來拜師了。

道信禪師對孩子忍兒說：「那你就跟我走罷。」

他對侍者說：「這是個不平凡的小孩，三十年後會光大禪宗，你帶著孩子去見他的家人，說道信禪師想要收他為徒。你還要安頓好他的家人。」

侍者弘如把他們師徒去大林寺的盤纏全數給忍兒說，「等一下你交給你母親。」侍者跟著忍兒來到鐵匠店後牆的屋簷下，見到一個瘦削的婦人用小泥爐在煮芋頭。侍者向周姑打個問訊，說明道信禪師想收忍兒為徒。周姑的眼睛一亮，說：「就是那位三年前大饑荒救我們的道信禪師嗎？他帶著師兄弟和信眾到山上採苦菜和蕨根，做成粑，施給我們饑民，要不是他，我們母子活不過前年。當然可以，忍兒能跟著道信禪師是他的福氣。」

她向侍者合十為禮。忍兒向母親跪下，磕三個頭，把師父的盤纏奉上給母親，說：「娘，以後我經過縣城會來看您。」

周姑緊緊抱了兒子一下。兒子的眼中溢出泛藍光的淚水。當晚師徒三人在黃梅縣城外的寺院掛單，繼續去大林寺的旅程。

之後弘忍只要手頭有錢，都會託人送給母親，周姑衣食居住基本上沒有問題，她手上也不閒著，為弘忍和他師父道信縫製僧鞋。

道信把徒弟弘忍帶在身邊三十多年，教他壁觀、觀想、不倒單，授他《楞伽經》、《華嚴經》，還有《文殊師利般若經》的一行三昧法門，弘忍修此法門有成，幾十年後他傳給神秀等弟子。貞觀年間，道信禪師六十五歲時，把法衣傳給四十三歲的弘忍禪師，七年後四祖道信圓寂。因為追隨弘忍禪師的出家者眾，四祖寺住不下了。弘忍在黃梅縣四祖建的幽居寺之東，另建東山禪寺，寺中弟子千人。他還把母親迎到東山禪寺養老。東山禪寺的後代僧人對弘忍的母親周氏仰望備至，為她起了聖母殿。

12 道信解救圍城

隋朝大業十三年，西元六一七年，道信禪師三十八歲，他的面貌轉為莊重而堅毅，這年年初帶著五個弟子由廬山大林寺回到他僧籍所在地祥符寺，弘忍在五個弟子中。祥符寺位於吉州的廬陵城城門外，廬陵城在今日的江西省吉水縣境內。這一年天下大亂。隋煬帝的霸氣已經消磨殆盡，在江都揚州做他的鴕鳥，安逸享樂，沒有回京師長安的打算。是年五月任太原留守的李淵起兵叛變，一個新皇朝已開始醞釀。

各地的農民因為飢荒和重稅、苦役，紛紛加入本地的土匪隊伍，大股大股的寇軍攻城掠地，廬陵城也不例外，一股一萬人的寇軍包圍此城，寇軍頭頭叫曹武衛。由七月圍到九月，廬陵城受困已經六十九天了，道信禪師和五個弟子也困在城中，他們在寇軍圍城之前退入城裡的祥符寺分院，道信帶著弟子在分院開醫館替百姓治病。

廬陵一座小城，居民兩萬，守軍兩千人，存糧和水竟能供他們食用兩個多月，怎麼可能？都因為六年前開始，全國各地土匪橫行，每一座城池都致力於加固城牆，囤積穀糧，所以關上城門倒是守得住。但是適逢大旱，到了第六十九天，存糧快吃完了，護城河的水淺到可以涉水了，居民蓄存的雨水喝光了，城裡十多口井也抽乾了，接下去就會發生殺戰馬而食，易子而食的慘事了。

慈悲的道信跟城裡兩萬居民的心相應，他感受到他們餓得情緒低落、沮喪，感受到他們的恐懼，怕城破以後家產被搶光、妻女被姦淫、自己被殺死。道信憶起七年前在大林寺有關修持念力的一件事，他跟智鍇方丈曾聯合用他們的念力阻止一個人犯偷戒。那日智鍇方丈跟道信在方丈寮打坐入定，他們的神識察覺觀音殿中一個外來的男子正伸出手，要偷案上的木雕小觀音像。他們兩人用念力恭請觀音現身。木雕小觀音像忽然身放金光，把小偷嚇跑了。道信在思考如何用念力幫忙廬陵城的百姓。

在祥符寺分院一間寮房小室內，道信帶著他的弟子弘忍打坐。弘忍十六歲了，個子高大，橢圓的臉，一雙充滿仁愛的、深藍瞳子的眼睛，他的臉原來圓如滿月，餓兩個月下來變窄了，胖子變成標準身材。師徒二人垂目而坐，無比平靜，都入了定，運用念力觀想。兩人的神識潛到贛江的水府，懇請水龍君救吉州的百姓，因為城裡的井都乾枯了。水龍君看見一團團金色的光芒圍住這兩位僧人，知道如果應其所求，必能積大善功德。忽然兩人同時睜開眼，道信說：「快找另外四個弟子一同到城南長春里的井那裡去。」

道信和他五個弟子帶著蒲團來到長春里，在乾枯的水井前盤坐，五個弟子在師父身後一字排開坐，弘忍坐到右邊尾端去，他總是非常低調。坐在道信正後方的是三十歲的大師兄弘如，九年前就是他領著弘忍去見他娘，求她捨兒子出家的。他們六人高聲誦：「摩訶般若波羅蜜多」八個字。弟子們專心地誦這八字的字眼，只有弘忍和他的師父心念相通，專注在神咒的內涵，即《摩訶般若波羅蜜經》中八字神咒的內涵：「大智慧渡人至彼岸」。

他們師徒的誦唱直穿地底，護衛著贛江水龍君穿透地底下堅硬岩石的隙縫，引水入吉州城的枯井。這時一百多民眾聚集圍觀，他們面容枯槁而焦慮。七、八個圍在井邊的民眾，聽見井底傳來淙淙水聲，開心地大叫：「水來了！」

道信在城內祥符寺分院的客堂向方丈報告引水的經過時，知客僧前來通報，郡太守劉修和軍府都尉韓冠兩位大人來訪。兩位官員步伐整齊走進房中，二人先向方丈一揖，再轉向道信一揖，太守說：「感謝信禪師引水，救了全城軍民。但是現在情況非常危急，城池的水乾了，寇軍已準備好雲梯攻城，聽說會運來一根巨木好撞城門，廬陵城怕守不住了，我們官兵願奮戰而死，可是無辜老百姓會遭殃。信禪師可有解救本城之法？」

道信答說：「我們試試看，明天在州府衙前做一場法事。煩請太守大人通令全城民眾同聲誦念『摩訶般若波羅蜜多』八個字。另外一件事，就是明天全城禁屠，不可食葷。」

當天黃昏五個弟子帶祥符寺三十多個僧人到府衙的照壁外搭法壇，大個子弘忍專挑粗活做，銅香爐就是他一個人扛去的。第二天中午道信率五位弟子登壇，六人分三排，坐成一個正三角形。道信坐在頂點，這次他明令弘忍坐他正前方，即第一排中央。其他弟子對弘忍側目而視，怎麼是大傻做弟子們的領誦？平常他們都欺負他，因為弘忍什麼都替他們做，替他們頂，只有大師兄弘如知道弘忍的精進，昨晚忍師弟夜不倒單，通宵打坐，為民祈福。

道信登壇之前，太守已率眾官員盤坐在壇前，壇左、壇右的大街上密密地排了坐席，坐了三千民眾。道信個子高挺、相貌俊雅，不到四十歲，卻道行深厚，他著一件古樸的深藍袈裟，全身發出碧青色光暈，是達摩祖師傳下來的法衣。香爐中燃起各種香木，青煙裊裊上升高空。

不久城中央升起唱誦神咒之聲，許多民眾也在家中盤腿而坐，高聲誦神咒。這是九月底，陽光普照，卻泛著初秋的清涼，微風陣陣。上萬人同心專心地高誦神咒，在道信禪師制心一處、轉識成智的念力帶領下，那些城內枯瘦的居民，忘記了懼怕、痛苦、饑餓，他們的念力瞬間形成一張巨大的光幢，覆蓋廬陵城上，引起天界的關注。根據《摩訶般若波羅蜜經》卷八，像道信這種「斷諸災患、疾病、飢餓」菩薩般的念力，會通向三十三天，各天界諸神瞬間相應來「守護」。

寇軍在城池半公里外紮營，形成一個大弧形，圍住廬陵城。奇怪的是城外敵營中的一萬寇軍卻沒有一個人聽得見梵唱，他們只聽見雨聲。因為從法事開始那一刻，烏雲由四面八方湧到敵營上空，下起大雨來，只有廬陵城的上空無雲無雨。土匪們有些在帳篷中避雨，有些在廢棄的民居避雨，大部分人只好在樹下淋雨。法事做了四小時，敵營之上的雨也下了四小時。雨水都淹到土匪們的膝蓋了，他們在雷聲隆隆，雨聲霍霍中想起家鄉餓死的爹娘、不明生死的妻兒，他們看見自己殺死的人出現眼前，猙獰地索命。土匪不只軍心渙散，還心智迷亂，寇軍頭子也失去奪城的意志。守在城牆上的軍士親眼見到奇蹟：四面敵營陰雨不斷，我方整座城卻陽光普照。軍士全部放下兵器，盤坐高誦神咒。

到了下午五點半，雨停了，土匪們的耳邊忽然響起震耳的「摩訶般若波羅蜜多」。他們由帳篷中，大樹下，腳踏著及膝的泥濘水出來望廬陵城，強光扎痛他們的眼睛。夕照中整座城大放橙金色的光芒，城牆上立著幾百個巨人，每個巨人有十個人高，全都披著黃金鎧甲。土匪們大叫：「天兵天將來了！」一萬人全身濕濡，像鬧營一樣尖叫著四散潰逃。寇軍頭子曹武衛見身邊只剩下一百多人，只好上馬率部倉皇離去。

由廬陵城解圍第二天開始，每日都有許多人來祥符寺求見道信禪師，有的要禮拜他、有的要供養他、有的請他收自己為門下弟子。道信知道是時候實踐自己應承師父僧璨的話，去山中建立禪宗第一座寺院。次年他由江西吉州帶著十多個弟子北上，到長江之南的廬山頂上四望，看見江北的湖北黃梅縣雙峰山上，籠罩著紫色的雲彩，那是在大別山脈的南端。他知道那裡就是建立寺院的地點。道信帶著徒弟們花五年時間在雙峰山蓋了幽居寺。此寺是中國第一座禪宗佛寺，後世稱之為四祖寺。之前的達摩祖師、二祖慧可、三祖僧璨都是獨來獨往，或只帶一兩個徒弟，行腳天涯的頭陀。

13 道信禪師的受死和捨報

唐高祖在位期間，由西元六二〇年起五年，四十多歲的道信禪師在黃梅縣雙峰山前建起幽居寺，距離西元四七七年達摩祖師在廣州登岸，已經一百五十年。禪宗由印度傳來，傳到第四代在中國已經站定腳，建立自己的寺院。

唐太宗貞觀十七年，幽居寺成立二十年了，成為規模不小的道場，僧伽五百人。一入山門，左邊是一大片整平的農地，種水稻和蔬菜，四十多位僧人正在出坡。是的，不錯，寺中僧人要勞作，自食其力，這是道信構想出來的，付諸實踐。

山溪在農地邊緣流過，兩位僧人腳踏著龍骨水車的拐木，以轉動輪軸，汲水灌溉水稻田，其中一位個子高胖的就是弘忍。這座龍骨水車是弘忍四年前監造的。弘忍一面踏拐木，一面想：「武德八年，朝廷准許幽居寺成立，那時我們師父信大師就決定不接收賣身的奴僕，也不收他人抵押的田莊，他說我們寺要自耕自足。師父真有遠見，這幾年大唐皇帝採高壓政策，已經沒收了許多大寺的田莊。因為師父，我們自己種的糧食蔬菜就能養活全寺的人。」

忽然守山門的師弟向水車跑過來，氣喘吁吁地說：「弘忍首座，又有禮部祠部司的官員來了，你快去迎接！」

弘忍看見山門石階下站著兩位官員，兩位隨從正把四匹馬綁在山門外的拴馬石樁上。他向兩位官員打個問訊：「歡迎大人蒞臨本寺，貧僧是首座弘忍。」

兩位官員一聽他是弘忍，滿臉不可置信的表情，心想，「這個大和尚滿頭大汗，僧衣上沾滿了泥，打了十多個補丁，他就是名傳京師的高僧弘忍？」

帶頭的官員身材魁武，向弘忍一揖：「弘忍首座，本官是祠部司的令史何尚忠，這位是書令史洪濟。我們特地來傳聖旨給您師父道信方丈。」

弘忍看得出腰上佩著長劍的何令史個性剛猛，武藝高強；而洪書令史一看就是虔誠的佛教徒。但是為什麼這兩個人的心情陰晴不定？這是朝廷第四次遣使來，前三次召師父入京，都被師父上表婉拒了。

方丈道信在佛殿前的平臺接旨，他帶著十個執事弟子跪在兩位官員之前。這次何令史宣讀的聖旨，前面部分與以前三次聖旨大同小異：褒揚道信禪師佛法精湛，讚揚其施藥救濟瘟疫、製粑救濟饑民的事蹟、解救吉州圍城的事蹟，但最後一段辭鋒一轉：「今召汝入京，入皇廷設席，宣講佛法。前三召不就，有藐視朝廷之嫌，此次接召後即隨祠部司使臣進京。欽此。」

道信跪著雙手接了旨，何令史嚴厲地說：「道信方丈，陛下口諭，下令你聽完聖旨，立即親口回覆是否在五日內跟我們出發回京。」他又說：「你們可以平身了。」

道信站起來，身長秀立，六十四歲的人看來才四十許。他平靜地回答：「貧僧仍在修心調心，未達圓滿。欲達圓滿必須在山中修行。所以無法進京，恭請將貧僧微願轉呈陛下，祈求原諒。」

何令史瞪目大喝：「這次又推託！修行什麼地方都可以修。你要抗旨嗎？頭顱還要不要？」

何令史說完手把劍柄欲拔劍，執事弟子們嚇得臉色發白，要如何救師父呢？師父快答應去罷！弘忍跟其他九位執事弟子一同跪著，但是他心中的想法卻不同，弘忍覺得入了京城只服務天子和皇親貴族，出家人救渡的應該是天下眾生。

道信立即趨前兩步，到何令史跟前，一聲不出，五體投地匍伏地上，伸長脖子，額頭頂地，還用雙手把頸背的衣領往後翻，然後一動也不動。弟子們嚇得「啊！」聲此起彼落。何令史一下子反應不過來，楞在那裡，洪書令史忙拉住何令史的胳膊說：「令史，我們回去稟報陛下再說。」

接著洪書令史又去扶起道信。何令史站在一旁悻悻地不出聲。

弘忍想：「我要學師父甘心為道受死。一念不生，無有恐懼。」

八年過去了，幽居寺西邊那座孤矗的高崗上，一座巍峨的真身塔完工了，俯瞰幽居寺。塔四方型，長寬各十公尺，高十一點五公尺，有今天四層樓那麼高。這是道信選擇捨報的地方。因為他知道幽居寺未來會是禪宗的四祖祖庭，他在塔中的真身將激勵出家人精進苦修，將凝聚在家弟子的向佛之心。道信還知道自己的真身將在此塔中守護禪門八百年。

什麼是真身塔？初唐時期高僧會在寺院附近起四方型的大塔，高僧在塔中坐化，也有些塔是用來置放佛陀或高僧的舍利子。幽居寺的真身塔是弘忍奉師命建造的。弘忍真是建築天才！第一，他決定用磚來蓋，他先去考察陝西、扶風的法門寺裡，由刺史張亮所建的木構佛陀舍利四方塔。他又去山東歷城的神道寺，考察石材修建的四方塔。弘忍認為木構建築容易遭火燭，為了真身塔能長存人間，他決定用磚來砌。每一塊磚都是精心設計燒出來的，形狀不同，砌出各種圖案，甚至砌出斗拱，唯肖唯妙。還燒出像石材浮雕一樣的字磚、蓮瓣紋磚和忍冬草紋磚。第二、弘忍精通力學，整座塔採用束腰設計，把重心引到地底：地基高廣，牆部束腰，所以能支撐磚砌的、張起的重簷。

北京清華大學建築系徐伯安教授認為這塔「造型絕特，於穩重裡帶些軒昂的氣魄，是我國現存第二座古老的四門塔珍貴實例。」二〇二〇年的今天，這座真身塔仍屹立高崗上，俯瞰幽居寺，即四祖寺。

西元六五一年一個三月天是幽居寺的大日子，七十二歲的道信選擇這天捨棄報身。道信早已安排弘忍接了禪門的傳法袈裟，也接了方丈的位子。你說弘忍在幽居寺接法衣沒有任何紛爭？而二十年後六祖惠能在西元六七一年於東山禪寺接五祖傳的法衣之後，何以竟然有那麼多人追殺他？要知道弘忍追隨信大師四十多年，他忍辱寬厚、胸襟宏廣、修行臻無我境界，多年來寺裡眾僧對他已經心悅誠服。不像當惠能出現在東山禪寺時，神秀追隨弘忍已十六年，已得到大部分師兄弟的認可。兩樁傳位事件的客觀條件和因緣關係完全不同。

在初春金陽照耀下，清臞而莊嚴的道信站在真身塔的南門之前。有上萬人來恭送他圓寂，包括他的出家弟子，在家弟子，蘄州刺史、黃梅縣、蘄春縣、廣濟縣、羅田縣的縣令等官員，還有各地來的民眾。有的人擠在塔的四周、有的在登塔的山徑上，有的在全寺每一個角落，全都朝著道信的方向跪拜。

道信大師對大眾做生平最後一次開示，宣講捨身之法，《楞伽師資記》記載了道信說的捨身之法：「先定空空心。使心境寂淨。鑄想玄寂。令心不移。心性寂定。」坐化時一定要入定，心境寂淨。道信說完法，在僧眾的誦經聲中，道信回身由塔南邊的門登階入塔室，弘忍和六大弟子尾隨其後，塔室內明亮，光線由南、東、西三門射入。

塔室北牆下有一座石臺，上放一個匣形的高龕，漢白玉做的。龕中放置一個大瓦缸，弟子扶道信入缸內盤坐入定，他坐在缸內的木座上，座下有生石灰和木炭，然後蓋上缸的大瓦蓋。七個弟子分別由南、東、西三扇門出去，再把木門用銅鎖鎖上。他們想，要三年後才開門、開缸再見到師父，心中悲慟，淚如雨下。整個山崗，整座寺院，一片啜泣聲。

但是不到三年，徒弟們就再次見到師父了，因為南門的銅鎖自動打開。《祖堂集》說：「葬後二年四月八日，塔門無故自開。容貌端然，無異常日。」六祖慧能之前，四祖就現不壞真身了。道信圓寂六百多年後，元朝一位詩人趙國寶到四祖寺遊歷，入塔見過道信禪師的真身，寫了一首詩：「一層石塔一層雲，塔外梅筠九萬根。大聖自然身不壞，遊人如見佛常存。」

14 神秀拜弘忍為師

那是西元六五五年，神秀法師已經行腳三年，正攀爬黃梅縣城之東十二公里屬大別山脈的馮茂山。他聽說因為投入五祖弘忍禪師門下的弟子太多，四祖寺住不下，所以弘忍在四祖寺之東十公里的馮茂山，興建東山禪寺。神秀聽說去年東山禪寺開山了。在山徑上神秀駐足向南眺望，遠遠山腳下長江波光閃爍，長江邊上就是江州城，雖然在視線中縮成一個拳頭大小，但城中的房屋歷歷可見。

神秀高大而昂揚，身長一百八十公分，在古代是驚人的身高，他眉毛像黑刷子，一雙明亮逼人的眼睛，耳垂有大拇指長。他五十歲了，年齡增添了他的威儀。三年前他由僧籍所在的洛陽天宮寺出發行腳，去大江南北深山中的古剎名寺尋訪大德。他參訪過廬山的東林寺、終南山的化感寺、風穴山的香積寺、天臺山的國清寺、崛山的法華寺等。當他跟這些寺院的方丈、首座或教授師討論佛經時，就知道這些所謂高僧對經義的瞭解只是字面上的，對經文背後的修行境界，還沒有做到體悟力行，這方面神秀覺得自己都比他們強。

神秀聽聞東山禪寺的弘忍禪師修為很高，就立意去見識這位接了禪宗法脈的五祖。他繼續攀登蜿蜒的山徑。前面出現用木柱、木板搭成簡樸的山門，橫板上面刻著東山禪寺四個字。入山門沒多久，看見右邊順山坡而上有五塊梯田，種了各種蔬菜，三十多個僧人正在出坡。路旁一位中年僧人正在用小鋤在除草，神秀向他合十問說：「貧僧是洛陽天宮寺僧神秀，來此行腳參學，請問方丈弘忍今日是否在寺中？」

那位僧人用袖口擦額頭的汗望著他：「法師是來參學的？你可以逕去方丈寮，向侍者求見我們方丈。」

神秀一聽，心想弘忍方丈真是胸納百川，大開方便之門，凡是來參學的，他竟然都親自接見！神秀愉快地大步拾石階而上，繞過佛殿、法堂、直奔方丈寮。方丈寮的門開著，神秀跨入小院落，一位年輕的侍者由方丈會客的寢堂走出來，直接對他說：「你是洛陽來的法師罷！方丈說過你可以直接進方丈室。不過他正在入定，你進去要安靜地等候。」

神秀愣了一下，弘忍方丈竟然知道他今天會來！他對侍者說：「方丈正在入定，我不應該進去打擾他的。」

侍者說：「不礙事。接見你，是師父兩天前在入定之前吩咐過的。師父說他今天會出定。」

神秀躡足進入方丈室，看見一位高胖的僧人在胡床上端然靜坐，法相寧靜祥和，猶如淨土的一朵白蓮，全身散發一種柔和的銀白色光暈。神秀再仔細看弘忍的面容：滿月一般的臉、厚實的唇，神秀大吃一驚，他不就是方才在田邊除草、用袖子拭汗的僧人嗎！一剎那間神秀悟到，弘忍所現的分身相是為了點醒他，修行不在經文，而是專致在生活中的勞作和靜坐上。他全身汗下如雨，心中明白弘忍大師的境界自己這一輩子是修不到了，雖然弘忍只比他大五歲，出家三十年來第一次遇見修到菩薩境界的高僧。這時蒲團上的弘忍睜開眼睛，深藍色的眼瞳射出晶瑩的光輝，慈祥地直視神秀說：「你來了。」

神秀五體投地向弘忍三拜，說：「弘忍大師，懇請您收神秀為弟子。」

弘忍點點頭。

神秀向師父自請服勞役，他給派去浴室院工作，到寺外的山林拾柴枝，到後山的山泉挑水。以前他在洛陽天宮寺從出家到任法師，從來不需要勞作，寺裡有僕役、有不識字的僧人，包辦寺裡的粗工。神秀一開始覺得水桶很重，去山泉的路遙遠，一路走一路濺水。寺院人多，到浴室洗澡的人一批又一批。柴枝怎麼拾也不夠，水怎麼挑也挑不完。幾個月以後，他學會挑水時，專心調整身體和腳步，一滴水也不濺出來。他熟悉了後山的林地和樹種，知道哪個節氣去哪片林子拾柴枝。他放下了滿腹經綸、消弭了傲氣，打坐時已經能專心一志。

弘忍看他沉潛下來，就傳授他《楞伽經》，神秀這才知道經文中的「自心現習氣因、相續妄想自性計著因」，是教修行人要如何去追溯到、掌握到心念初起的前因。在心念初起的剎那，要追溯到那個念的前因談何容易？

弘忍問神秀，「你首次上東山禪寺，半路上那個出坡的胖和尚是誰？」

神秀恭敬地答：「師父，是您的分身。」

弘忍搖搖頭說：「不，弘忍，那是境界法身。」

神秀恍然說：「師父，《楞伽經》說『正覺法身與生死苦道。無一異之相可見。』到了境界法身，就是正覺與老病死諸苦，都泯而為一了？」

弘忍點頭說：「我的報身在方丈寮打坐，我的法身無處不在，包括那個在山坡上出坡的，山坡的石頭也在打坐，你懂嗎？」

弘忍公開向大家師稱讚神秀對《楞伽經》的領悟，又教他《文殊師利般若經》的一行三昧攝心法門：「繫心一佛，專稱名字，隨佛方所，端身正向，能於一佛念念相續。」就是說，要不斷地端正此心在觀想佛陀上，儘量每一念都如此，正念漸漸堅實強大，惡業不近身、妄念遠離心。神秀充分在生活中運用一行三昧的修行法門。

不久弘忍升神秀為教授師，幾年後升他為首座，首座等於是今天佛寺的住持，地位僅只在方丈之下。神秀成為東山禪寺一千多名比丘和沙彌的首席。東山禪寺裡當然也有師兄弟對神秀的修為，並不拜服，包括傑出的弟子智詵、慧安、玄蹟、義方、智德、惠藏、法如、老安、玄約、惠明等，他們不是出家前已在朝廷當過高官、或出任將軍，就是拜弘忍為師之前，已經是名僧了。所以這些得力弟子，各個對自己修為都有自信。即使在二十一世紀的今天，哪一位山派的開山長老圓寂了，他的眾弟子也不可能會全部對某一弟子心服，有些人會出走另立山派。因為他們共同心服的，只有師父一人。

你會問弘忍的弟子為什麼那麼多，比追隨他師父四祖道信的多到翻一倍？那是因為弘忍不挑弟子，大開方便法門。他嚴於律己、寬懷待人，什麼人都包容。還有他寧靜虛遠，能吸引其他宗派的出家人。有底子的修行人，一接近弘忍就會感受到常人不能企及的高超境界，不追隨他，追隨誰呢！

到六七〇年，神秀在東山禪寺已經十六年了，他時時刻刻都在調整導正自己的心念，常用弘忍師父教的一行三昧，不斷地念「南無本師釋迦牟尼佛」，念念專注在佛陀身上，清淨一切妄想。因為他刻苦修心，因為他對師兄弟們一視同仁地懇切指導，又替他們排紛解難，東山禪寺不少僧人對他心服。許多居士因景仰他而出家，成為他的弟子。

但是神秀六十五歲這年，他命定的磨難出現了，那天他由弘忍的方丈寮走出來，跨過門檻那一刻，跟一個矮小黝黑，前來求見方丈的居士打了個照面，互通一句寒暄，神秀不由自主對這粵人起了嫌惡之心，覺得這人長相難看、覺得他腔調難聽。神秀一跨出方丈寮，就發現自己起了垢想，起了偏執，立刻運用一行三昧法門，除去妄念。

等他回到自己的僧房，深入思慮《楞伽經》的「自心現習氣因、相續妄想自性計著因」，他察覺這個粵人能引起他的垢想，必有長遠的原因，他想起兩人打照面那一剎那，粵人眼中流露的清澈，猶如高山流泉，淵源清澈。神秀全身打了個顫，這個粵人不簡單，前世自己一定做過對不起他的事，未來這個粵人會持續挑動自己的思緒，這粵人可能是他一生的功課。

神秀在寮房盤坐，專心於弘忍老和尚教的東山法門一行三昧，專於一念，修習正定，口中喃喃不斷稱佛陀的法號，捨諸亂意，不取相貌，繫心一佛。神秀寂靜地入定了。神秀還沒修到能預見這粵人在悟道方面，很快超越自己。也沒有修到能預見自己在老耄之年，聲譽隆盛，會接受兩位皇帝參拜，尊為天下國師。更不知道自己生前之名高入雲霄，身後之名一落千丈。

15 惠能聽人誦經

村子裡的人叫這個結實、瘦小、黝黑的年輕人能仔，其實他已經三十三了，因為生性開朗，看起來年輕。他的全名叫盧惠能，相貌又奇又醜，顴骨高聳、鼻頭寬大、雙唇肥厚，樣子滑稽到叫人目光避開偷笑。他穿著洗到褪色的灰色衫褲，盤腿坐在驛道旁的古樹下，跟前放著他的木材。他跟村子裡八、九個男人一排坐在白雲山腳下的驛道旁，賣他們的鹿皮、羌皮、臘肉、木材、蘑菇、藥材。

能仔望望驛道旁坐他身邊一臉愁苦的偉仔，知道他正擔心爹的病。一早能仔還去探過偉仔臥床的爹。能仔有感受他人身體痛苦的能力，這是他的異能之一，只要他專注，病人痛的部位他會感同身受。站在偉仔爹床旁，能仔的大腸部位也劇痛起來，因為偉仔爹腸子裡長了很多蕈一樣的東西。他感知死亡正籠罩這老人，不出三天這一生殺了三千頭動物的獵人就會往生，這三千頭動物臨死的痛苦會把偉仔爹牽扯進動物的世界。但是能仔不對偉仔說破，沒有必要叫他事先承受痛苦，也不能讓別人知道自己超越凡人的感知能力。

惠能自己的父親盧行瑫老爺在他五歲時就去逝了，父親由中原被貶到嶺南的新州（廣東西部浮雲市），任錄事參軍，八品的小官。能仔是在父親新州任上出生的。父親清廉持正，一家三口過著節儉、平順的生活。

病重的盧參軍拉著能仔的小手，用微弱的聲音說：「孩子，我知道你很懂事……」他知道父親擔心什麼，母親是官宦家小姐，個性柔弱，能仔說：「父親，放心，我會照顧母親。」

一個五歲的小孩居然有大人的口氣，大人的心思。大夫診斷父親患的是胃瘻，應該是今天的胃癌，痛徹全胸。他過世之後，第三天能仔臉上就沒有了悲戚。母親埋怨他說：「難道你不難過嗎？兒啊！」

能仔可以感受到父親的魂還在家裡徘徊，照看他們母子，是他健康時的模樣。能仔答：「父親病時，身體痛苦，現在走了，他輕鬆了。」

母親啞口，想這孩子是太冷靜了，還是有些瘋病？

父親歿後三年，家裡的積蓄用完，又碰上饑荒，母子二人由新州逃荒到南海縣城（廣州市），最後向北流浪到白雲山山腳下，落戶在一個獵人和樵夫住的小村子，母親做針線，九歲的能仔跟樵夫上山去打柴，艱苦度日二十多年。但是在這二十年間能仔自然而然學會一些導人向善、減輕傷害的方法，他也察覺自己瞭解、發現的人生道理比別人多太多了。

能仔十三歲的時候，跟十二歲的偉仔一同去打柴，看見山坡上兩隻幾個月大毛茸茸的幼狐狸在團著圈圈跑，見他們來，牠們站定望著能仔，能仔知道是向他求救。獵人的兒子偉仔說：「陷阱裡一定是狐狸媽媽。」

他們二人果然看見幼狐跑的圈圈中間的確是個陷阱坑，坑裡面有一隻奶尖下垂的雌狐狸，牠也以哀求的目光望著能仔。能仔一望偉仔就知道他心想回去通知獵人爸爸來取狐狸。能仔趕忙說：「偉仔啊，你媽上次犯腸絞痛，你不也是像這小狐狸一樣團團轉嗎？我們放了狐狸媽媽罷！」

偉仔想到那天媽媽的痛苦、自己的焦急，就點頭同意了。他們把柴丟到坑底的一邊，狐狸媽媽踏著柴堆跳上地面，趕忙帶著兩隻小狐狸鑽進森林裡。能仔想，如果要改變人的心意，令這個人做善事，總會有方法的。其實十三歲的惠能已經在施行佛教的善巧方便法門。

能仔十七歲那年跟三個年輕樵夫一同上山打柴，他們匆匆疾步上山徑，個頭最大的勇仔高呼一聲：「牛肝蘑菇！」

眼尖的勇仔在山徑旁幾棵大樹樹幹的縫隙裡，瞧見潮濕的林地上長了很多名貴的、淺褐色肥厚的牛肝蘑菇，四個人趕忙採蘑菇。採完蘑菇，勇仔說：「蘑菇是我發現的，你們三個每人要分我一半。」

另外兩個青年跟勇仔爭吵說，誰採的應該歸誰有。能仔發現他們三人每個都認為自己是對的，別人是錯的，都陷入了「不是對，就是錯」的陷阱，都陷入了只圖自己利益的陷阱。五十多年以後，能仔早已經成為惠能法師，他在大梵寺講《壇經》，內容講到「直與曲對」，「出入即離兩邊」，他十七歲經歷這次蘑菇事件時，就領悟了這些道理。

能仔對三個樵夫夥伴說，我採的牛肝蘑菇全部給勇仔，因為我媽不吃蘑菇。能仔一出口紛爭就解決了。那三個青年都不說話，沉思起來。惠能不動聲色地觀察他們，勇仔對能仔的慷慨感到羞愧，決定下次他要聽能仔的話；另外兩個青年覺得自己小氣，下次要分些給有功的人。惠能自發的智慧就這樣在他生活中累積起來。

讓我們回到惠能三十三歲在白雲山腳下擺木材攤子的時刻，有一匹馬在能仔的地攤前勒住，一位中年男子下馬，拾起能仔跟前的一根木材說：「這是櫸木。」

能仔聽得出他是北方人，就盡量放慢說話，因為知道自己模擬的官話帶濃重的粵音：「是櫸木，我修整過，每根都是拐杖長短。」

那人說：「不錯，稍微加工就能以拐杖出售。」他跟能仔講好價錢，叫他送到鎮上的八達客棧。

下午能仔揹著二十根櫸木杖到鎮上，遠遠見到客棧大門的匾有四個字。那四個字立刻各自分解移動。「八」字的兩撇旋轉起來。「達」字的部首「辵」一下在下面，一下跳到上面。「客」字的寶蓋和「各」字不斷易位。能仔趕忙移開視線，知道再看下去會頭痛。記得父親過世半年前，拿出《千字文》來教他。父親誦讀「天地玄黃，宇宙洪荒。日月盈昃，辰宿列張。」

能仔跟著誦一次，朗朗上口，旋即問父親：「玄黃的黃字應該是指土地的顏色，玄是什麼顏色，為什麼不說『天地碧黃』？」

父親見兒子問聰敏的問題，欣慰地答：「玄是黑色，取黑夜之天色。」

接著父親攤開千字文書冊，帶他認字。問題來了，能仔看見每一個字的部首各自移動，令他頭痛眼花，小能仔雙手捂住眼叫：「眼睛痛！」父親想他才五歲，不急著認字，就先把《千字文》由頭到尾解釋一次，能仔不但聽懂了，還能全篇背下來。接著父親跟他講《論語》，不久因為父親生病而中止授課。

能仔進了八達客棧，找到那個行商，把櫸木杖交給他，兩人銀貨兩訖。出了行商的房間，聽見有人用粵語大聲誦經，是隔壁房間，透過敞開的房門，看見四足大矮床上，盤坐一位三十多歲的儒生，頭裹黑色羅巾襆頭，袍子外面套一件藍色團花織錦背心。儒生搖頭晃腦地朗誦：「……是故須菩提，諸菩薩摩訶薩應如是生清淨心，不應住色生心，不應住聲香味觸法生心……」

能仔聽到「應如是生清淨心」一句，霎時有如雲霧全消，山嶺上光明貫徹天地。正在誦經的粵北人劉至略忽然覺得整個房間亮起來，望向房門外，天井還是陰的，一個矮小黝黑的年輕人站在門口，他雙眼射出金色的光，劉至略大奇，忙招呼他：「這位朋友，請進來，請到胡床上跟我坐，一起聊聊。」

能仔脫了布鞋，上胡床盤腿而坐，迫不及待地問：「請問你誦的是什麼佛經？」

劉至略說：「《金剛經》。敝姓劉，名至略。請問大名。」

能仔說：「敝姓盧，名惠能。《金剛經》說得真好。這幾年我會有時難過，偶而也會生氣，為什麼做不到把這些情緒消除？『應如是生清淨心』告訴我，人本來就有清淨心，不必消除什麼！」

劉至略一臉訝異，顯然這瘦小年輕人的修為比他高，自己還在辨識什麼是「非想」，什麼是「非非想」，他已經直指清淨心了。他捧起經書，奉上給能仔說：「盧兄，由你來誦《金剛經》罷！」

能仔急忙雙手推開書說：「劉居士，我不識字，但聽得懂經，你跟我講《金剛經》罷！」

劉至略搖頭說：「此經太深奧，我根本沒有能耐講，你領悟力那麼高，應該去跟弘忍禪師學法。其實我半年前還在黃梅縣東山禪寺，在那兒聽弘忍禪師開壇講《金剛經》。」

兩人談了兩個時辰，劉至略取出十兩銀子給能仔說：「你用這銀子安頓好令堂，就可以北上東山禪寺去拜弘忍禪師。但是過大庾嶺梅嶺關以前，你先到韶關城東南的馬壩鎮來找我，我家在那裡，我們可以好好聊佛法。」

果然在兩個月以後，能仔北上，先訪劉至略，又去馬壩鎮附近的寶林寺盤桓了兩個月，才越過大庾嶺，到東山禪寺拜見弘忍禪師。忍禪師收留了他，令他去舂米。過了八個月一個深夜，忍禪師私下把能仔招來，一對一地跟他講《金剛經》。這個南粵來的小個子遂獲得大悟。

一千三百年來，一位禪宗祖師竟然不識字的事令很多人納悶、懷疑。其實如果祖師文采燦然，下筆千言，那才會出問題。試問不立文字，教外別傳的禪宗，能出現一位不認字的祖師，這不是命運最妥善的安排？

16 弘忍門下人心大亂

弘忍禪師七十歲了，在小小的方丈室中盤坐蒲團上，室中佈置簡單，木板地上，放置一小案、一木櫃、一書架。書架上疊放了《楞伽經》四卷、《文殊師利般若經》一卷、《華嚴經》四十卷，小案上攤開一冊《金剛經》。弘忍剛剛才出定。他知道那個人快到了，一定要護他周全，不要讓別人傷害到他。儘管東山禪寺僧伽千人，可是其中沒有一個人能承接法脈。如果這個人不能存活，法脈就會斷絕，由達摩祖師來中土，傳了不到兩百年法脈就斷絕在他弘忍手上，這事萬萬不可以發生。

方才在禪定中，忍禪師的神識巡視了東山禪寺各殿、各堂。在藏經樓下的法堂中，首座神秀教授師盤坐臺上講經說法，法堂中盤坐僧俗三百人，包括兩百位僧人，一百位居士，因為天氣冷，都穿著夾衣僧袍。秀首座六十五了，身軀偉岸，耳垂長大，聲音宏亮。他正在講《楞伽經》中「住無分別」一句的修行法門。

三十多歲的法如微笑著聽講，忍禪師察覺法如正起一念：「忍老和尚的境地，我此生絕對修不到，但秀師兄的境地應該修得到。」

法如算是精進。出家前身為將軍的惠明，身如立松盤坐聽講，忍禪師聽見他心中的雜念：「禪坐秀首座打坐比我久，釋、儒、道的學養他比我深，但他悟性不及我，六年前我聽忍老和尚講經，當下就醒悟出家，那時已官拜遊騎將軍，說拋下就能拋下一切！他比不上我。」

忍禪師默知惠明很快會有大悟，但仍不能究竟，因為他依舊執著於自己高超的悟性，有傲慢的問題。

忍禪師的神識進入幽靜的禪堂，弟子智詵和慧安二人正在禪坐。智詵多年前是玄奘法師的弟子，深入經藏，自從投弘忍門下，能夠拋棄文字，專致修心，已經大有進境，但是在智詵入定前，曾有一念：「我快修到初地了罷！」他仍然執迷於修行次第。八十多歲的慧安，入定的法相安詳，他身旁有兩位天界護法守衛著，因為慧安修大悲行有成，已經達無我的境界。隋煬帝末年處處鬧饑荒，年輕的慧安日夜忘我地托缽乞食，所得全部救濟饑民。弘忍暗自讚賞慧安的願行。

忍禪師的神識進入佛殿，殿中十多名弟子擦地板的擦地板、抹供台的抹供台，但他們的嘴巴沒閒著，在背後說人八卦。

「到底老和尚會把袈裟傳給誰？他身體不好有一陣子了。」

「一定是傳給秀首座，你看老和尚已經有兩個月不出來說法，都叫秀首座代講，當然是傳他。」

「智詵也修得不錯，但比不上秀首座的大度，論寬容大度，秀首座得忍老和尚的真傳。」

「我覺得法如也不錯！」

「法如才三十多，哪裡輪到他接袈裟！不論是戒臘，還是執事經驗，我都比法如強！」

弘忍想，這麼膨漲的自我！這些弟子一開口就是造業！他的神識探知佛殿中勞作的僧人沒說出口的話，更充滿惡意：一個眼現凶光的僧人，念想一如其相，「看得出惠明覬覦袈裟！袈裟非秀首座莫屬！惠明要是敢矇騙老和尚，我們師兄弟把他狠狠打一頓，趕出山門！」這僧人原先是土匪頭子，用錢買了度牒，來佛寺藏身，惠明出家之前任統帥軍隊的將軍，正是他的天敵。

「誰敢騙取袈裟，我會把他扔到山溝裡去！」另一個面現猙獰的粗壯僧人這麼想，他原來是流氓，殺了人躲到寺裡來。

出了定的忍禪師仍然盤坐著沉思。他已經接引了一千八百個弟子出家，但是能大澈大悟的連一個也沒有。很多弟子不止貪心重、瞋心重，甚至會動殺機。這是初唐時期，朝廷開始明令沙彌受戒時，要嚴格考核，通過了才頒發度牒，以加強管控出家人的佛學修養和梵唄經誦能力。但在朝廷下詔規範和考核以前，寺院已經收了很多不良份子，因為之前出家容易，出錢買度牒就行了。有錢人逃服役的、逃稅的，犯罪的，遊手好閒的，都很容易改變身分為僧人。甚至有人用偽造度牒蒙混進來。所以在西元六七〇年前後，東山禪寺的一千多比丘、沙彌、行者中，不少是來混日子的，來躲避追捕的。

雖說如此，方丈是可以把關、拒絕心性差者。有些人認為弘忍收徒太鬆、太濫，但是弘忍的想法跟達摩起四位祖師都不同，先輩們一心尋找法脈傳人，弘忍除此以外，還發了願普渡有緣，跟弘忍有緣的人可多了，有些人是前世的緣分。而且弘忍想如果不渡根器差者、念想不善者入佛門，他們在世間會造更多惡業，累人累己。弘忍平時可以維持寺內的平靜，但是他擔心如果發生動搖人心的大事，要如何控制局面？禪門再過一百年，傳了四代以後，才會出一位眼光遠大、規劃能力高超的百丈懷海禪師，訂出禪門規範，雷厲風行，把一些矇騙混入寺裡的人，或嚴重犯戒的僧人，行杖刑、燒其僧衣、由偏門逐出寺院。

弘忍雖然有很多不像樣的徒弟，但是他卻教出一位千秋萬世的國寶——六祖惠能，還教出三位唐朝國師——神秀、慧安、智詵。

忍禪師走出他起居的方丈室，進入會見僧俗的寢堂，堂中案桌後面的牆上供了四祖道信老和尚的畫像，畫像前香煙裊裊，地板上放了七個蒲團。寢堂門外的庭院中，一排站了六位執事僧人，由神秀首座帶頭，他們是來向忍老和尚請示寺務的。他們六人脫鞋進了寢堂，叩拜後，面向忍老和尚盤坐，向他請示。弘忍說：「在僧眾勞作時，你們要嚴格執行禁語，要教他們專注於當下手上的勞作，不可心猿意馬。」

秀首座想一定是師父入定時，神識出巡，聽見師弟們的胡言亂語。

這時老和尚的侍者進入寢堂通報：「師父，有個南海來的粵人盧居士，想向您請教《金剛經》。」

秀首座知道老和尚一向廣開大門，不論貴賤、貧富，也不論根器資質之高低，都接見。秀首座走出寢堂，在門檻上跟這個三十歲左右的粵人打個照面，他又矮又小，臉黑如鍋底，嘴唇肥厚，雙顴高聳，長得夠醜，秀首座足足比他高一個頭，他低頭向粵人合十說：「施主好。」

粵人拱手回禮怪腔怪調地說：「佛事耗。」猜他是說：「法師好。」

秀首座忽然自覺，不知是何緣故對這南蠻起了嫌棄之心。他剎那糾正了自己對粵人在色相和聲相上的歧視。

這個姓盧的粵人脫鞋進了寢堂，向忍禪師磕頭三拜。弘忍見他穿著粗布夾衣，面貌黝黑精瘦，知道他這三十多年來，吃了很多苦，但他散發著堅毅和寧靜。禪師問：「你來自何處？想求什麼？」

粵人說：「我從嶺南來拜見您，想學成佛。」

弘忍想，這是個探究竟，求了生脫死的，又看見寢堂外站著的五個比丘，全都豎起耳朵，禪師忙說：「你這個南蠻子！竟妄想成佛？」

惠能看見禪師眼中的光，柔如白雲，便朗聲答：「人有南北之分，佛性沒有南北之分，弟子內心常生智慧，人自性本來就有智慧。」

弘忍知道將來光大禪門的就是他，接著問出他俗家姓名叫盧惠能。

弘忍說：「法號也叫惠能罷。」

惠能知道五祖弘忍已收了他這個徒弟。接著弘忍叱責他說：「南蠻子，你說話和做人都太尖銳了，沒有修養，不要信口胡說，你到後院舂米房去勞作罷。」

惠能明白師父暗示他要收斂自己，不能讓其他人知道自己的內心境地。他一聲不出，恭謹地跟一位執事僧人去了舂米房。

17 法脈細如絲

西元六七一年，唐高宗咸亨二年，這是初秋的黃昏，馮茂山上清越的雲磬聲響澈整個東山禪寺。這種連續不斷敲打的雲磬聲召告大家，弘忍方丈有要事向受過戒的弟子宣佈。六百個弟子迅速來到佛殿前的廣場，列隊肅立。不是說東山禪寺僧伽超過千人，怎麼只有六百人來集合？這六百人是忍禪師門下已受過戒的比丘弟子，他還有三百多在寺裡修行的沙彌和收留的行者，不在召集之列。也有許多由弘忍剃度、受過戒的弟子外出行腳，或成為其他寺院的常住，他們也不可能參加。寺中還有三百多個再傳弟子，也不在召集之列，他們是神秀首座、智詵法師、慧安法師等收的第三代比丘、沙彌和行者，光是神秀首座的弟子就有一百五十人。

弘忍方丈個子高大肥胖，卻垮垮的，由兩個侍者扶著到大眾前的墀臺上，一副病殃殃的樣子，弘忍知道幾個月前叫神秀首座代他講經開始，弟子們就期待這次集會，他們會想：我們方丈已經七十二歲，身體又差，選擇傳人的日子到了！

弘忍盤坐在墀臺上一張胡床上，有氣無力地宣告重大事項，每講一句以後，侍者就大聲重複一次：「出家修行是修你的本性，求了生脫死。你們要朝這個方向努力，不能只求福田。今天你們回去自己反省，把修行得到的覺悟寫成一首偈子，給我考核。得大悟者，我會把袈裟法衣傳給他。我離開以後，他就是禪宗的六代祖。你們即刻回去寫偈子！」

六百個弟子往寮房走，在路上有些開始議論紛紛。只有神秀首座、慧安、智詵、法如這些修行有成的弟子，能心無雜念走回寮房，其他人心中大都對未來起念想，許多人的想法類似：「論修行，秀首座比我強，何況忍師父早就選中他了，師父當眾說過：『東山法門，秀已經得到真傳。』我還寫什麼偈子呢？」

那些心性凶暴自私的，更為自己的未來盤算：「忍師父圓寂以後，我就追隨六祖神秀，他勢力最大。」

還有，慧安、智詵、法如等的心念全在修行上，無意承接法脈。所以一連三天沒有一個人交偈子。

神秀首座由集會回到自己的寮房沉思：「我戒臘四十年了，出家三十年後才有幸找到一個已經悟道的忍禪師做師父，這十多年來他諄諄教導我，提拔我做教授師，做首座，真是師恩重如山。我要遵師命，用心寫偈子，不可有一絲貪念求六祖之位，要念念在佛。」

第三天的晚上，神秀首座打坐淨心後，拿了毛筆和硯臺到方丈寮，在外牆上寫下：

「身是菩提樹，心如明鏡臺。時時勤拂拭，莫使有塵埃。」

第二天早上弘忍拄著拐杖，走出方丈寮，看見二十多個寺眾圍著讀牆上寫的一個偈子。他一看就知道是神秀寫的，馬上對這群弟子和再傳弟子說：「你們要按照這偈所言來修行，大有益處，不會墮落。」

下午弘忍把神秀首座叫入寢堂，說：「你的修行只走到門口，但還沒有進入門內。回去用心思惟，再做一個偈子。如果你進了門，就傳你法衣。」

神秀首座離開寢堂的時候，發現心頭有一絲失望，是不是自己有點期望六祖的位子？他立刻用一行三昧心法，念念在佛，消弭這一絲貪念。

當日下午惠能正在碓房勞作，聽見窗外有個沙彌口唱神秀的偈子。惠能想，寫這四句詩的人不太懂修行的目的。他放下工作，出來問沙彌方才唱什麼。沙彌興高采烈地說：「弘忍老和尚在找傳人呢！他說誰的偈子寫得好就傳給誰。老和尚還說秀首座這一首，只要誦唱就可以出離。」

惠能走到方丈寮的外牆看偈子。這時江州別駕張日用也在看神秀的偈子，惠能對張別駕行合十禮說：「我也有一個偈子，請大人替我寫在牆上可以嗎？」

張別駕覺得這個古怪的行者太有意思了，就教隨從侍候筆墨，替惠能把他的偈子寫在牆上。張別駕寫完，仔細體會惠能的句子，回頭找他已不見蹤影，惠能回碓房勞作去了。

當天黃昏忍禪師由佛殿回方丈寮時，看見牆上神秀首座的偈子旁，有人寫了另一首偈子：「菩提本無樹，明鏡亦非臺。佛性本清淨，何處有塵埃。」

他知道東山禪寺的弟子中能寫出這種直指本性的偈子，只有惠能一個人。牆前有三十多個圍觀的寺眾，都在思索這偈子的含義。忍禪師說：「這個偈子沒有得悟。」為了強調這個偈子寫得很差，他脫下僧鞋，用鞋底把字跡抹得糊開來。

當晚在打了安板以後，寺眾都上床了。到九點弘忍穿過黑暗往寺後頭走，奇怪的是他不但沒有拄拐杖，而且步履輕快，完全不像最近舉步艱難的樣子。寺後頭舂米房的窗口透出油燈的光。推開門，原來惠能還在專心舂米。他一見師父來，黝黑的臉上露出燦爛的笑容，好像說，「果然您看了偈子，就來了。」

弘忍歪歪下巴，示意跟他走。聰慧的惠能立刻熄了油燈，跟著師父走去方丈寮，進入隱密的方丈室。弘忍把他平常穿的黑色僧衣攤開掛在衣架上，遮住小油燈發出的光，再示意惠能坐在蒲團上。師徒二人相對盤坐，弘忍把《金剛經》由頭到尾講一遍，惠能用心地聽，師父每講完一段，他就微笑點頭，臉上發出光輝。兩個小時就說完了。惠能像是原本就懂，只是在溫習。然後弘忍傳他壁觀禪坐法、止觀法門、夜不倒單。

接著弘忍由木櫃中取出法衣，一件深藍色的斜披袈裟，用二十一片細密的棉布縫接成，布表面泛出淡綠色的光芒，因為裡子縫了翠綠色的絹。弘忍示意惠能跪下，並向惠能交代禪宗法脈的傳承，釋迦牟尼佛傳迦葉，再傳阿難等等，直傳到第三十二代弘忍，傳接法衣的時候，弘忍的雙眼大海一般深邃，惠能則淚眼迷離。弘忍說：「惠能，你是禪宗三十三代傳人，中土第六代傳人。法脈像絲一樣脆弱，風吹就斷。現在法脈傳給你了，將來靠你去宏揚。你不能留在寺中，有人會因為法衣來謀害你，快快南下，將來這件法衣可以證明禪宗的正法隨你南下。我送你下山。」

弘忍取出一個大包袱，裡面有在家人的衣、褲、帽子、乾糧、碎銀，他叫惠能把傳法袈裟也放進去。惠能就把包袱揹在肩上，跟著師父走出方丈寮。

那夜大片大片雲遮住星月，整個東山禪寺一片漆黑，初秋的涼風習習，僧伽一千多人沉入深深的夢鄉。這寺院是弘忍在二十多年前親自帶著徒弟建造的，他閉上眼睛也認得路。惠能感受著師父的體溫和輕輕的步聲，緊跟在後。他們在凌晨三點多打開寺門，下山南行，朝長江北邊的九江驛趕去。

師徒二人不停地趕路，路上弘忍只偶而說一兩句話。

「這三年你要藏身在他們絕對找不到的地方。我三年多以後會走。」

惠能想這三年可以北望想念師父，三年後呢？弘忍在黑暗中感受到徒弟的悲傷。

「不要浸在傷心之中，三年後你可正式剃度、受戒出家，可以開始說法、收徒。到時東山禪寺我那幾個弟子，有的做了本山的方丈，有些在其他寺院作方丈、首座，對追隨他們的人來說，法衣不那麼重要了。」

當天下午四點多，他們到達長江北岸的九江古城驛站。剛好有一艘渡船正在上客。惠能方跪下，打算恭敬地行五體投地之禮，拜別師父，弘忍卻一把拉起他說：「上船要緊，快去，趕路要緊。」

弘忍望著惠能瘦小的背影，心想他承擔的是整個天地的重量，他的道心和道行會把禪宗的法脈推向一個又一個高峰。船離岸的時候，惠能站在船尾，向師父大聲喊：「師父度我，從此刻起，我自度度人。」粵腔的「度人」兩個字，聽起來像「都忍」，散佈在涼風中。

18 惠明和傳法袈裟

江西大庾縣城位於嶺北，由中原往嶺南的驛道經此縣城南下，越過大庾嶺，通向廣東北部。在縣城北門內的糕餅舖裡，高大威武的僧人惠明打聽到，的確有一個操濃重粵語口音、個子矮小、頭戴便帽的人，在一個時辰前來買糕餅，然後出城了，他知道終於找到狡猾的南蠻了。惠明立刻衝出北城門往北上山。別人都不知道這條小山路其實通向北粵，因為這條路先朝北，再朝南。只有惠明發現這條小路，其他一百多個東山禪寺的僧人都往通粵的南向主驛道上追去。

惠明健碩挺拔，步履帶風，眼中不時閃著出家以前統帥軍隊時的銳光。這是初秋天氣，樹林葉子開始落了，獵物更不易藏身。他用以前帶兵時追敵的方法，縝密地確定逃亡者的行蹤，查詢注重細節，像是南蠻有張鹿形的臉，闊嘴唇，他一定時時刻刻戴著帽子，好掩藏剃光過的頭。

過去八個月惠明一直看南蠻不順眼，說話腔調難聽至極，連一個大字不識，竟然敢作偈子強取六祖的寶位，是他騙走了鎮寺之寶，騙走祖師傳下來的法衣袈裟，是他蒙騙了師父弘忍老和尚。他望見大庾嶺樹林頂上出現一座寺院閃亮的瓦，想起了自己的東山禪寺，長江之北群山環繞的東山禪寺，僧伽千人的大寺院！半個月以前寺內大亂，因為弘忍老和尚的侍者說，袈裟不見了，又說老和尚兩天前一早就不見了。管舂米房的僧人說惠能也是兩天前早上不見了，三者竟同時失蹤！於是寺裡的耳語大海波濤一般地推進。有人說惠能偷了袈裟，老和尚追去了。心裡頭轉著邪念的僧人，像是那些犯了案，買度牒藏身佛寺的凶暴之人，話一經過他的口，就增添了他的邪念。所以甚至有人說，惠能把老和尚騙下山，殺害了老和尚，帶袈裟逃走了。

正在人心惶惶之際，守山門的僧人上來傳話，老和尚回來了。啊，那麼老和尚並沒有被殺害。惠明記得他跟兩百多個僧人一起到寺門口去迎接老和尚，個個心中都在想：袈裟呢？

方丈弘忍七十多歲，個頭高胖，身上的褡褳扁扁的，顯然沒有把袈裟帶回來。他們齊向老和尚行合十禮，但是沒有人敢開口問袈裟的事，兩百僧人只在他後頭遙遙跟著。老和尚一直走進方丈寮，叫侍者傳話出來，他閉關了。這下子寺裡不只是耳語，而是公開討論了。有一半的僧人認為，老和尚要把袈裟傳給誰就傳給誰，我們只管修行，包括神秀首座、慧安、智詵、法如這些修行有成者和他們的徒弟，他們繼續努力修持，摒除雜念。一半人憤憤不平，心想，惠能可以深入經藏嗎？像神秀那般？況且老和尚站在牆前看惠能的偈「菩提本無樹，明鏡亦非台。佛性本清淨，何處有塵埃」時，很多人聽見他說，「也還沒有見到本性。」

老和尚甚至用自己的鞋底把惠能的偈子擦掉。惠能當然沒有資格擁有袈裟。但是他非常會狡辯，你不見他的偈子句句把神秀的偈子給封殺嗎？他一定半夜去找老和尚，作了另一首偈子，把袈裟騙到手。「我們要把袈裟拿回來，給老和尚好好選出六祖。」尤其是那些打算要向神秀靠攏，但是還沒有表態的人，更急於表現。於是有近百位僧人下馮茂山去追惠能。

在大庾縣城北山上，惠明看見林子裡有一個戴了便帽的身影閃動，正在匆忙地上山，由他身形可以斷定是惠能。他施展輕功追上去。在一個小山腳下他快追上了，那兒有十多塊大石頭。他們之間距離十多公尺的時候，惠能站定，回過身來，他的皮膚黝黑，雙眼細得像針。惠能想這是身外之物、但也是法脈的信物，誰能扛它就取去罷！他把背上的包袱取下，把它丟在一塊大石頭上，對惠明大聲用粵腔的官話說，聲音清晰而平靜：「這法衣是一個信物，得到法的信物，是可以搶的嗎？」說完就走進枯草叢中消失了。

惠明的眼睛發亮了，走近那包袱，由包袱打結的縫裡看見深藍色細織的棉布料，正是鎮寺之寶袈裟的衣料。他伸出雙手去取包袱，雙手卻停在空中，因為他忽然想到自己為什麼來奪取袈裟呢，是的，是為了把袈裟送回去給弘忍老和尚。於是他的雙手抓住了包袱，臉上陰晴不定，雙手用力提，卻使不出勁。

他心想，自己真的沒有私心嗎？當年他聽弘忍老和尚說《楞伽經》卷二的偈「真實無生緣，亦復無有滅。觀一切有為，猶如虛空華」，他一下子就悟了，他不是把四品官位的將軍一職說拋棄就拋棄嗎？自己不是認為神秀勝在經藏，自己卻在放下執著上比他優勝？他的確有過想做六祖的念頭，這就是執著啊！而惠能竟然能把袈裟拋棄，他才是真的沒有執著，是一個真正得法的人，自己追求的不就是法嗎？惠明後悔自己的魯莽了，大叫說：「行者，行者！對不起，我是為法而來，不是為法衣而來。」

惠能由十公尺外的長草中站起來，跳上袈裟包袱旁的一塊石頭，盤膝坐下。惠明跪在石頭前。這是一幅有趣的畫面，一個穿舊短衫、垮褲、戴便帽的醜八怪小個子，如山不動地坐在大石頭上，前面跪著一位穿僧袍，高挺健碩的法師，滿臉慌恐。

惠明說：「請行者為我說法。」

惠能說：「我教你，現在把心中各種善的、惡的想法全部摒除，什麼念頭都不要生，然後我再說法。」

惠能的聲音有一股撫平的力量，粵語口音不再重要，惠明聽到聲音中的聲音，一種無風無雨、天地之外的聲音。惠明雙目下垂，不久他臉上平靜了。他心中不但沒有任何念頭，似乎聽見一切聲音消弭到無邊寂靜，看見空間豁然開朗到無限大。他在這無際的時空中，心平氣和了。

過了一陣子，惠能說：「現在你心中沒有善緣、也沒有惡緣，此時此刻是否就是惠明上座的本來面目？」

惠明覺察方才一剎那他已進入不二境界，達到自性的開悟，他說：「在東山禪寺修行六年，從來不瞭解自己真面目。謝謝您的開示。從今起您是我的師父。」

惠能搖搖頭：「惠明師兄，我跟你都是弘忍老和尚的徒弟，讓我們一起護持師父的禪法。」

惠明大聲說：「是，遵命，我會將忍老和尚教您的法，弘揚出去。」

惠明向惠能行五體投地頂禮後，下山離去，北上去弘法。惠明開悟了嗎？是的，跪在惠能面前那個時刻他悟道了，但是修行人要自那一刻開始，每分每秒都處於悟道的狀態，才是真正的、不退轉的覺悟。惠明這一生並沒有做到大徹大悟。

19 獵人隊伍中的禪行者惠能

惠能翻越大庾嶺的關口梅嶺之後南行，背後有追兵一百，都是長江之北東山禪寺的僧人，他們認定惠能偷了傳法袈裟，所以個個義憤填膺，滿面怒容，有些恨不得置他於死地，有些是為了向首座神秀輸誠，鞏固自己未來的地位。惠能謹記弘忍師父的叮嚀：「你要藏身在他們絕對找不到的地方。」

他知道他們一定會尋到白雲山腳下的村子，找到跟他一同伐木的樵夫，追問他的行蹤。他們會尋到新州，在他母親家的附近埋伏，想抓他個正著。於是他決定藏在他們絕對猜不到的地方，離白雲山和新州很遠的地方。想想看，一個佛門行者怎麼可能在殺戮動物的獵人隊伍中呢？

惠能越過大庾嶺後，先去寶林寺的山澗庵藏身，再南逃進滑石山脈的層峰裡，在一片高山林地找到一個小小的獵戶村子。他到達村子的時候，村裡男人都上山狩獵去了，剩下老弱婦孺。他發現一位老人臥病在床。惠能在白雲山伐木二十多年，曾跟一位採藥人同行，所以學會採藥，也會開簡單的方子，他把老人的風寒治好了。等獵人隊回來，惠能就跟老人的兒子阿衛成了朋友，住進他們家。之後他跟狩獵隊伍結伴入山，他們打獵，他採他的藥草。那麼惠能又要隱藏身分、又要渡獵人、又要救被捕的動物，他如何做到呢？

隱身獵人隊伍一年後，一天惠能獨自由山谷底往上爬，背上的籐簍比平常沉重，但是他心情輕快，因為方才在山谷底一個山洞裡發現滑石礦脈，他輕輕用藥鋤就鑿下幾塊滑石。簍裡還放了他採的野菜：山葫蘿蔔、山芹菜、高山蕨菜、五種蘑菇。正思索如何運用這個滑石礦，他聽見吱吱叫聲，是猴子的哀叫聲。惠能放下簍，看見兩棵大樹中間他們獵隊設的圈套陷阱套住一隻猴子的前肢，是一隻黑葉猴，瘦長的身子上長滿黑亮的毛，小臉上的雙眼充滿驚恐。牠見前面這個人，身上放出金光，雙眼用牠懂的語言說：「不要怕，我救你。」

牠安靜下來，動也不動地讓惠能解開套索。重獲自由的黑葉猴抖動四肢後，凝望著他，眼中流露感激，然後飛身上樹消失了。

惠能聽見山腰傳來人聲，是他的獵隊，爬上山腰，看見他的八個夥伴站在他們設的坑洞陷阱周圍，空氣中瀰漫一種古怪的味道。有人說：「啊！這是麝香貓！非常罕見。」

「對，牠的尾巴黃白黑三色一共九道，又叫九節狸！」

「背上的花紋那麼好看，皮應該很值錢。」

「先用石頭砸死牠，再取皮。」

惠能衝到坑洞邊，忙插話說：「你們看，牠還是隻小狸貓，才三、四個月大，剝的皮太小，賣不到好價錢，不如帶出山去賣，有錢人家喜歡養這種稀奇寵物。」一個獵人跳下坑去，把狸貓舉上來，他們把牠關在竹籠子裡養。惠能又救了一個生靈。

他們回到營地。三個獵人把今天獵到的兩隻山羌和一隻兔子都剝了皮，切成肉塊，大塊的用鹽醃起來好帶下山，碎塊當今晚晚餐。惠能一竿揹著兩桶水走過，雙唇無聲地開合，他看得見兩隻山羌和一隻兔子三亡魂慌張地在他的周圍飄繞，原來惠能是在跟牠們溝通，柔聲安撫牠們，告訴牠們這一輩子已經結束了，痛苦已經成為過去，要儘早去投胎。

惠能由近處的山泉取來水，用枯枝起了兩堆火，一鍋煮飯，一鍋煮肉，等那鍋肉快熟了，他把自己採的野菜和蘑菇全放進去，滿滿半鍋青菜。慧能當然只吃鍋邊菜，那八個獵人夥伴也大口吃香鮮的蔬菜。阿偉問說，「阿能，你為什麼老不吃肉，好吃啊！」

惠能說：「我為我母親的康健許過願，終生吃素。」

飯後惠能由籐簍中取出拳頭大小的五塊滑石說：「你們看，這是藥店很需要的藥材：滑石。我在一個山洞裡發現了礦脈，我想不再採藥，專門去採石，賣到山下的韶關城，有人要跟我採礦嗎？」

當下兩個獵人表示有意願。

惠能又問：「你們哪個人有法子幫忙賣礦石？」

阿衛馬上說：「我有個叔叔在韶關城菜市場賣蔬果，我和弟弟阿平可以跟他一塊去藥店談買賣。」

惠能說：「好，阿衛、阿平，你們兄弟在工作上要跟大家一起開礦，也要負責運礦下山，和負責買賣。這樣藥店賣得的錢，就五五分，你們兄弟二人得五成。剩下的五成由採礦的人均分，我自己不多拿，算一個採礦的。」

大家都覺得他大方厚道，又有一個獵人說要跟他採礦。不到兩年，八個獵人一個也不剩，全轉業採滑石、賣滑石了。另一個獵戶找到其他藥店買家，這獵戶也跟採石的人對分收入所得。因為收購的藥店多了，賣滑石的三個人，採礦的六個人，包括惠能，收入都增加了。在惠能領導下，大家的分成合理，合作愉快，生意興旺，都賺了不少錢。三年來，惠能親手救了兩百多隻動物，但沒有人知道他放了生，也沒有人知道他是行者。

有一天惠能在松樹下打坐，內心忽然一沉，像退潮的海灘，他知道弘忍師父圓寂了。他眼角濕了，師父在千萬人中一眼就認出他來，一眼就相中他這個貧窮、醜怪、大字不識的鄉下人，把畢生的法寶給了他，還為了他擔很多心，師恩如何報啊！師父送他下山的時候說過：「三年後你可以正式剃度出家，正式說法。」過了半年，惠能把自己採滑石的分成，均分八份給其他人。把他的儲蓄大半贈給村子裡只剩下老人、寡婦的那五戶。然後把法衣放在包袱裡，告別了八個夥伴，就向南出發，目的地是廣州城最大的乾明法性寺。

這是西元六七五年，唐高宗上元二年暮秋，惠能三十八歲。他離開獵戶村十天以後到達法性寺，以行者身分掛單，因為他能採藥，就分配到寺裡的醫館幫手。第一個月惠能還參加寺裡的早課、晚課、法事、禪坐、經行，發現他們只在形式上修行。後來勞作之餘他只去聽經，還有到達摩祖師鑿的洗缽泉靜聽水聲。

次年鳳儀元年元月八日，西元六七六年，印宗方丈在法堂講《涅槃經》，講到「汝今當觀一切行雜諸法，無我無常不住。」此時，北風大作，窗外一支大旗幡拍拍翻飛，方丈看大家都望著窗外的幡，就問：「是什麼在動？」

一位僧人說：「是風在動。」

另一位僧人說：「是幡在動。」

有人朗聲說：「是這個人的心在動。」

全場人都驚呆了，循聲望去，是一個盤坐後排，個子矮小，皮膚黧黑的行者。印宗方丈是江南人，一聽他用粵語說出境界如此高深的話，再仔細看他古怪的面相，印宗立即想到兩年前他在東山禪寺跟弘忍大師參學時，寺裡的僧人跟他耳語說，老和尚把法衣傳給一個矮小醜怪的南蠻。他也讀過牆上那首「菩提本無樹」的偈子，心想莫非是他？印宗令侍者延請行者坐到臺上，問他：「請問行者法號？」

「惠能。」

印宗方丈說：「兩年前我曾到東山禪寺向弘忍和尚問道，也知道弘忍和尚已經把傳法袈裟傳給一位粵人，法已南下，莫非是您？」

惠能點了一下頭，方丈請他取法衣來示大眾。惠能取來傳位袈裟，寺眾眼睛一亮，點頭讚歎。七天以後，印宗方丈在大菩提樹下替惠能剃度。二月八日請來律宗智光法師，為惠能受戒。禮成之後印宗跪下五體投地拜六祖惠能為師。第二天惠能披上深藍色的傳法袈裟，在淡綠色的光暈中，對寺眾宣講不二法門。

20 惠能和寶林寺的緣法

西元六七六年，唐高宗鳳儀元年元月，三十九歲的惠能以禪宗傳人的身分現身廣州法性寺，我們知道他在法性寺剃度、受戒、宣講佛法。禪宗的六祖出現在廣州法性寺了，消息慢慢在嶺南傳開。他明明可以留在法性寺，連方丈印宗都已經成為他的弟子。但他只在法性寺傳法一年，次年二月北上去了粵北韶關城附近的寶林寺常駐。他為什麼竟然在寶林寺常駐三十七年？最後連真身都放在寶林寺？那是因為他跟寶林寺有很深的因緣，那裡是他初次砥礪禪法的地方。

惠能現身法性寺之前六年，他還只是個樵夫，驚天動地的法脈傳承之事尚未發生。他跟一見如故的劉至略居士在白雲山腳下的小鎮八達客棧分手後，先安頓母親。惠能帶母親回到新州（今廣東浮雲市東南）龍山山麓的故居，那是父親在惠能出生以前買下的。惠能把房子修整好，留下家用給母親，然後背著包袱上路。他仰慕長江北岸東山禪寺的弘忍大師，決心去跟他學《金剛經》。他先順路去探望恩兄劉至略。惠能往東北走十天，抵達韶關城。然後折往東南走到馬壩鎮，去布莊打聽劉至略住處，原來劉的父親是鎮上的大財主。劉至略把惠能迎到家裡住。

劉至略非常開心惠能踐約而來，他們日夜談佛法、談修行。至略是劉家三公子，他鄉貢考中了，但沒有中省試。至略也是家中唯一能讀書的兒子。劉家老爺虔誠信佛，所以他很支持至略修習佛法。老爺也是附近寶林寺的大護法，此外老爺有個親妹妹出家，法號無盡藏。惠能到馬壩鎮第三天，至略就帶他去姑姑主持的山澗庵，此庵屬寶林寺支院，其土地和精舍都是劉老爺捐的，裡面住了八位比丘尼。至略先帶惠能到庵後面，兩人幫幫粗活，挑水、砍柴。然後到山澗庵客堂見無盡藏，她五十多歲，一張慈祥的圓臉，正跟寶林寺的教授師志恆討論《涅槃經》。至略說：「藏尼師，這位是我的義弟盧惠能，你們請繼續談，我們兩人剛好可以聽講。」

無盡藏說：「《涅槃經》卷二的這一段故事，是為了點明：我們不應該修習『無常』、『苦想』，因為那是不真實的，為什麼呢？為什麼不能觀想無常？」

她接著讀《涅槃經》經文的這段故事：「譬如春時有諸人等在大池浴乘船遊戲，失琉璃寶沒深水中。是時諸人悉共入水求覓是寶。競捉瓦石、草木、沙礫。各各自謂得琉璃珠，歡喜持出乃知非真。是時寶珠猶在水中，以珠力故水皆澄清……是時眾中有一智人，以方便力，安徐入水，即便得珠。」

志恒教授師還在皺著眉頭苦思答案，惠能已經朗聲說：「如果我們總是觀想抓不住的事、觀想痛苦的事，就像進入混濁的水中，只會撈到石頭、泥沙。有智慧的人有安然的定力，觀想清淨的事，他慢慢進入清水中，自然會找到琉璃寶珠，恢復寶珠一樣的佛性。」

無盡藏訝異地瞪著惠能；志恒教授師欣賞地望著他，深深點了一下頭；劉至略臉上現出見怪不怪的微笑。

無盡藏把《涅槃經》經書遞給惠能，惠能擺擺雙手，說他不識字。無盡藏說：「連字都不認識，如何能解釋佛經中的意義？」

惠能說：「佛性的道理，不是識字就能理解。不識字有什麼奇怪？」

志恒法師愉悅地點頭說：「真是天機自悟，歡迎你來我們寶林寺出家。」

志恒法師得知惠能沒有在佛寺裡住過，就邀請他來寶林寺小住，體驗體驗。惠能在這山中寺院一住兩個月，過得很開心，天天跟法師們談佛法。有一天方丈如明上人叫志恒帶惠能來方丈寮，六十多歲的方丈望進惠能清澈的雙眼說：「你的根基深厚，跟著我出家、修行罷。」

惠能答說：「我已經發了願，跟弘忍大師學法，得法後一定回寶林寺來。」

這是第一間認可他的寺院，那年他三十三歲。

惠能辭別寶林寺眾僧，北上東山禪寺。不料十個月以後惠能以逃亡者的身分回來。他翻越大庾嶺逃到山澗庵。無盡藏把他藏在寺牆外的柴房。她立刻通知外甥劉至略和志恒法師，兩位當晚就來探望惠能。他們提著燈籠推開柴房門，惠能正背著房門，面對堆得高高的柴枝，盤坐地上打坐。他站起身來，對至略和志恒開心地咧嘴而笑，神情安然。至略問：「出了什麼事？為什麼要躲藏？」

惠能說：「弘忍師父把禪宗法脈傳給我、也把法衣傳給我。師父教我要藏到東山禪寺僧人找不到的地方，因為他們會來奪法衣。」

至略和志恒目瞪口呆地望著惠能，過了幾秒，至略說：「兄弟啊，恭喜你。這是天大的喜事！你接了禪法正宗，正法過嶺南來了。」

志恒點點頭，說：「法傳對人了，你的悟性本來就無人能及。」

他們約好，如果至略或志恒發現東山禪寺的追兵，立即給惠能通風報信。才過四天志恒派一位僧人傳信說，二十多個東山禪寺的僧人，凶巴巴地到寶林寺要人，因為他們知道惠能在寶林寺住過。志恒勸惠能為了安全趕快離開，他的法是人間至寶，要好好保全。惠能離開山澗庵，逃進無際的森林裡。

又過了五年，惠能音訊全無，教授師志恒已經升為寶林寺全寺一百多位比丘的首座了。一天劉至略興匆匆地趕上山來說，「首座！首座！惠能沒事了！兩個月前他在廣州法性寺出家，開講壇了！」

志恒和劉至略去見如明方丈。方丈修書請惠能來寶林寺任教授師。幾個月後收到惠能的覆函，答應來寶林寺常駐，志恒首座和劉至略親自下山去廣州接他。

次年六七七年二月十五日，寶林寺的方丈聽侍者說惠能率眾上山快到了，他帶著執事僧人到山門迎接。那景象連方丈也吃一驚，惠能、印宗、志恒、劉至略等人才在山門前方出現，後面山徑上的人龍，在樹木的掩映下，一直排到山腳下還沒完沒了。近千人跟著惠能上山，有的是依依不捨的居士們，由廣州遠送他來寶林寺。其中約有三百人跟來寶林寺長住，包括出家弟子、準備出家的行者、來長期聽法的居士。寶林寺和周圍支院的僧寮暫時擠一擠還可以，但非長久之計。

劉至略帶著惠能去韶關城見寶林寺周圍最大的地主，殷實商家陳亞仙，他也信佛、五十多歲。惠能被引進陳亞仙大宅的廳堂，主客相對盤坐兩張矮足方床上，他對陳居士說：「貧僧想向檀越要求坐具大小的地方，可以嗎？」

精明幹練的陳居士不含糊：「禪師的坐具有多大？」

惠能拿出一軸卷起來的坐席，陳居士看這半公尺長的卷席，心想他要的地太少了，不管怎麼變，也變不出多大的地，就點頭答應。惠能雙手把坐席在前面地板上舒捲開，叫陳亞仙隨著他打坐，惠能閉上眼，即刻入定。剎那間陳居士閉住的眼前出現奇景，那一公尺長、半公尺寬的竹席子無限地伸展，他自己升在空中，俯瞰下面的坐席幻化為山水，他認出那是寶林寺以北他擁有的土地。在這片土地上，法堂、寮房一棟棟在迷霧中浮現，彪形的四大金剛站在四個角落，鎮住這塊土地。

不久惠能和陳亞仙都張開眼，他們還是在陳家的廳堂中，在惠能前面鋪放了那張小坐席。陳居士向惠能行跪拜之禮，說：「大師，您是肉身菩薩，捐地給您是我的福分，只求保留我家祖墳之地就行了。」

惠能在那塊地上建築隸屬寶林寺的花果院，共十三棟法堂、禪堂和寮房。這段坐席的故事見惠能弟子法海寫的〈六祖大師法寶壇經略序〉，收在《全唐文》裡。

21　國師神秀和武則天

西元六七一年，唐朝咸亨二年初秋，一天早上，東山禪寺的首座神秀正在自己的寮房靜坐，忽然他睜開眼，因為在靜坐中五官都會開放，連最細微的聲音、最細微的動作，都會放大傳入耳中、感覺中，現在整個寺院在震動，很多人在跑步，更多人在耳語，甚至大聲說話，個個情緒波濤洶湧。追隨他十年的弟子普修快步進入寮房向他報告：「師父，出事了，因為忍老和尚的侍者說：『袈裟失蹤了。忍老和尚也不見了。』還有，舂米房那個南蠻也不見了。」

接著出家才半年的普因衝進來，上氣不接下氣地說：「師父，那個南蠻把袈裟偷走了！」

神秀微微皺了一下眉，平靜地說：「普修，你立刻去召集我一百五十個出家、在家弟子，都到法堂去，我有話說。」

法堂中一百五十個弟子列隊端立著等師父神秀來，他們議論紛紛，一個說：「忍老和尚本來就要把傳法袈裟傳給我們師父，他說只要秀師父寫好第二首偈子就傳給他。」

另一個說：「南蠻的偈子說：『菩提本無樹，明鏡亦非臺』，故意踩低我們師父的『身是菩提樹，心如明鏡臺』，南蠻藉機抬升自己，太陰險了，我們一定要把袈裟取回來。」

高大的神秀步入法堂，他六十六歲了，挺拔、莊嚴依舊。弟子們向師父合十為禮。神秀上臺盤膝而坐，閃亮的眼光四射掃過他們，用洪亮的聲音說：「行者惠能，你們口中的南蠻，其實修行有成，從他寫的偈子就可以看得出來。如果忍老和尚把袈裟傳給他，那是因為惠能開悟了。你們不要再管袈裟的事，你們只管自己的修行。現在全都回你們寮房，用一行三昧法，專心念佛，去除心中的嗔念。」

一百五十個弟子回寮房途中，個個心裡想：「我們師父完全不在意能不能獲得傳法袈裟，對南蠻也完全沒有怨念，真是定力超凡，心胸寬大。」

他們對神秀更死心塌地了。

那天下午忍老和尚由山下回來了，因為老和尚人健在，寺眾的心就安定下來。但是現在東山禪寺缺少了鎮山之寶傳法袈裟，許多人心中深感遺憾，甚至憤憤不平，只有一些人，包括慧安等大弟子們、神秀和他的弟子，能心無旁騖地修行。

次年，神秀從來訪的居士口中得知，皇帝唐高宗李治敕令在洛陽之南的龍門崖岸，監造盧舍那佛大石像，皇后武氏還捐出她的脂粉錢兩萬貫。神秀感知皇后武氏跟他的宿世因緣很深，感知以後幾十年她會是佛教的大護法。而且她有絕世的政治才華，未來的文治武功不可限量，在她治下的子民能安享豐饒的太平歲月。

三年後六七四年，弘忍老和尚七十四歲了，自知離圓寂時刻不遠，他要神秀接東山禪寺方丈的位子，神秀以修行為由拜辭了。次年忍老和尚圓寂，神秀更加謙和自抑，勤於靜坐。又過兩年湖北、當陽山古剎玉泉寺的方丈圓寂，朝廷詔令神秀接任方丈，他帶著弟子赴任，那時他門下弟子已有四百人。

又過了二十多年，神秀以修為深湛名滿天下。武則天已經自立為女皇帝，建立周朝，她派禮部祀部司的主管侍郎，赴玉泉寺恭請高齡九十六的神秀到洛陽皇宮接受供養。神秀陷入沉思，唐太宗詔令師祖道信老和尚進京，師祖竟寧死不肯應詔。唐高宗下詔請師父弘忍老和尚去京城，師父婉拒了。那麼現在皇帝詔請入皇宮，他神秀去不去？神秀在玉泉寺的方丈寮入定，神識接通女皇帝，感知七十八歲的女皇帝氣神漸漸衰散，以前的殺業正開始引發果報，她需要人指點。他們之間有累世的師徒緣分，他應該協助她度過難關。

神秀乘坐御賜的馬車由湖北赴洛陽，入洛陽城門後，改坐八人抬的輦轎去皇宮，輦轎前出現高舉旌羽的杖儀隊，祀部司侍郎騎馬帶一隊官兵開道，沿路許多佛教徒自動出來跪拜。入了皇宮，歡迎陣仗令神秀也暗驚。不但增加了更多旌羽杖儀隊，還有樂隊前導。路兩旁各羅列一排人，左為男官員和僧人，右為女官和尼師，排了一公里路。一見他的輦轎出現，全都跪拜在地。

輦轎直上皇帝聽政的通天宮殿內。他看見威儀萬千的周武皇帝由龍座起身，她年近八十歲，依舊豐滿挺直，氣勢淩人。她步下玉階，神秀也下了輦轎，皇帝恭敬地向神秀跪拜，行弟子之禮。天下沒有人被女皇帝這般跪過、拜過。神秀從容地用雙手把她扶起來。

神秀在皇宮的內道場住下來，開始給皇帝和群臣設席說佛法，他九十六歲了，聲音依舊洪亮，眼神依然逼人。第一次說法完畢以後，皇帝移駕到內道場的禪房見神秀。兩人面對面盤坐，中間小茶桌上的牡丹花紋銅鎏金香爐，焚著裊裊的沉香。皇帝說：「國師，近來寡人思緒不寧，晚上睡不著。」

神秀開門見山地說：「開國君主必然背負殺業。現在請皇上靜坐，一一觀想你殺過的人，觀想你當年殺那個人的原因。」

在神秀神識的引導之下，皇帝靜思溯源，她發現她處決的人之中，有三百二十多個死有冤屈。神秀指點她密設水陸法會超渡他們，她要親自到法會全程禮拜，虔誠迴向。神秀告訴皇帝，業報不能免，但是虔誠懺悔的話，會重業輕報。皇帝又請教國師：「有很多造成傷害的事，不是我下的決定，而是臣下揣摩上意造成的。」

神秀說：「是啊，現在就很多人說，是你命令按照你的面容來雕刻龍門的盧舍那佛像的臉，我知道那是無稽之談。」

女皇帝點頭說：「但後世會認為是我的決定。很多事不知道有多少人會污蔑我！尤其我是有史以來第一位女皇帝，以後的天下世世代代應該依舊是男人當權，一定把我說得很不堪。我在意歷史評價，所以會起煩惱。」

神秀說：「你只需要細察自己下決定，起心動念之時，是否是為了安邦定國，是否為了天下百姓，如果是，後世批評你的人，是他們自己在造業。如果你的決定是為了獲得權勢，而加害他人，我引導你做懺摩。」

神秀在內道場帶皇帝做了一個月的懺摩，每天晚上做三小時，帶著她誠心禮拜諸佛諸菩薩，真誠懺悔傷人罪衍，祈願藉佛菩薩力，發大慈悲心，深種恩德心，迴向功德給受害人，願他們感受功德力，不再怨恨，心獲寧靜。行完懺摩法，女皇帝的神色比較平和，也能安眠了。神秀知道對武則天的護持已經完成，他以不慣宮中生活為由，向皇帝請辭，回湖北的玉泉寺。皇帝感念他的大力協助，敕令在神秀的故鄉汴州建一座報恩寺，並請神秀留在洛陽，方便她請益。神秀移駐洛陽天宮寺，那是他七十多年前出家的地方，也是四年後圓寂之處。

七〇五年周武皇帝病重，太子李顯登基，李顯尊母親為則天大聖皇帝。是年十一月武則天駕崩。三個月後國師神秀在天宮寺圓寂，享年一百零一歲。武則天葬於乾陵，留下無字碑。碑上無字，是不是在神秀引導她做懺摩之前，開示過她，起心動念才至關緊要，她是否因而得到靈感呢？碑上無論寫什麼，都會有無盡的爭議，重要的是她內心是否無愧，不如留白，任憑後世說去。

22 法衣之北上南下

西元七〇五年，京師洛陽快要天旋地轉了。一過完年，八十二歲的周朝武氏女皇帝就臥病癱在床上，她一天只有幾小時神智清明，其他時間都陷入沉睡。太子李顯每天帶大臣到迎仙宮來請詔處理政務，總見不到她，全由寵臣張易之、張昌宗兄弟傳話。宰相張柬之密告李顯一定要盡速清君側、殺寵佞，以免張易之兄弟謀取皇位。李顯決定不下，憂心忡忡，親自到洛陽天宮寺拜見百歲的神秀國師。太子李顯行弟子之禮後，側立老師父旁邊說：「國師，自從聖上臥病，我常夜不成眠，國師可有安心之法？」

神秀知道太子難眠是因為懼怕母親，但他也能預見太子很快會發難，取得皇位，高僧大都能預知未來，但是他們不會隨便洩密。神秀想是時候舉薦師弟惠能了，這個宿願壓在他心底已經三十多年，自從他師父弘忍老和尚把傳法袈裟傳給惠能，神秀一直對能師弟愧疚，因為他沒有為獲傳法脈的惠能做過什麼事。高齡一百的他顫巍巍地對李顯說：「說到能在傾刻間安頓人心的，有一個人道行比我還高，就是嶺南曹溪寶林寺的惠能禪師。」

李顯點點頭說：「聽說過，就是那位得五祖弘忍老和尚傳法衣袈裟的禪師。」

於是太子取得聖旨，派內侍薛簡南下寶林寺迎接惠能來洛陽。惠能上表謝辭，自稱老病，願在山林修行，終其一生。在內侍抵達曹溪寶林寺之前，經宰相張柬之周密策劃，羽林軍先衝入迎仙宮，殺了張易之兄弟及其隨從，太子李顯跟著張柬之等大臣再闖入。周武皇帝不得已下詔讓位給李顯，他就是中宗。國號恢復為唐。

中宗即位一年後，國師神秀圓寂了，但是中宗已經知道還有一位得道高僧在嶺南，他感佩六祖惠能高潔的志向，敕令在惠能的出生地廣東的新州（今浮雲市）修建報恩寺，並賜他一件摩衲袈裟，是精美絕倫的唐代刺繡，傳世到一千三百年後的今天，此袈裟仍供在粵北的南華寺，就是寶林寺。它是用高麗的摩衲絹製成，杏黃色，其上用黃金絲線精工密密麻麻繡了一千尊小佛像，針法以金線繡出佛的輪廓，再配以正藍、淺藍、朱紅、正黃等色絲線陪襯，還繡藍色光芒。千尊佛像四圍用金線繡了十二條金龍。華麗的摩衲袈裟與古樸的傳法袈裟形成南轅北轍的對比。

就在唐中宗賜摩衲袈裟這一年，七〇七年，也是神秀圓寂次年，曹溪西南三百公里的廣州城裡，有一位和惠能因緣很深的官員，叫韋璩，長安人，當時他任職廣州都督府的參軍，就是都督的軍事參謀官。他是位勤修北宗法門的佛教徒。在廣州都督府他已聽過幾十位官員和士子盛讚曹溪的惠能禪師道行高深。終於在兩年後機會來了。朝廷下召令他出任韶州的司馬，兼代刺史。韋璩嘆了一口氣，自己一直外放偏遠的州府，官運不佳。但不幸中有大幸，現在當了韶州地方首長，一則可以時常去親近惠能大師，二則韶關城是他的知己小友張九齡的故鄉，他可以就近照顧張的家人，以前在長安就認識小他十多歲的張九齡，小友才華高絕，氣度恢宏，將來會成為國之棟樑。

韋璩到韶關上任才三天，就著便衣，輕騎簡從到城南十八公里山上的寶林寺，拜見惠能大師。惠能大師的首座弟子法海和眾師弟到山門來迎接本州的父母官韋刺史。法海把他引進花果院簡樸的客堂，一位個子瘦小、皮膚黧黑的老僧盤坐矮足方床上，韋璩沒穿官服，所以他可以向惠能行跪拜禮。韋璩抬頭看見大師雙眼金光閃動，瑩澈如朝陽照射的高山泉水。他虔敬地問：「弟子努力打坐，以清淨自己的內心，但何以不得清淨心？」

惠能說：「得悟不在打坐，而在心悟。內心清淨和內心煩惱，其性無二。住煩惱而不亂就是清淨。」

這幾句話像狂風掃去韋刺史眼前的迷霧，他以前認為認真打坐、勤念佛號、求清淨心三者就是智慧法門，不知道自己已經陷進門道的糾結之中，能大師一語點破他的執著。大師已經修到菩薩的境地，所以可以用幾句話就令他覺悟，韋刺史臉上出現心悅誠服的微笑。當下他發願要把惠能的佛法傳出去，嘉惠世人。

參見惠能出來後，他問首座法海，他們曾否記錄下大師歷年來的開示？竟是完全沒有。法海說，因為大師不曾打算用文字來傳法。韋刺史想大師已經七十多歲，事不宜遲。當即恭請大師出山到韶關城外的大梵寺說法，這樣城裡的人也有福分聽到他的正法。他又得到大師允許，為他的講壇作記錄，以後可以印成書流通。韋刺史下山前指導法海召集精於文書尺牘的僧人，組成六人的記錄團隊。

大梵寺大佛殿前的寬廣石墀上，搭起了兩公尺高的講壇，共有一千多人前來聽法，全盤坐在石墀上下，有的用坐席，有的用蒲團。坐前排的有韋刺史和他三十多位下屬，另有三十多位士子，慕名而來的僧尼居士一千人。壇上左右兩側共六位僧人伏案準備好作記錄。惠能大師升壇了，在他的僧衣外，由左肩披下一件袈裟，深藍色，二十一塊木棉心織成的屈眴布縫接而成，但是卻透出淡綠色的光，因為裡子是碧盈盈的絹料。這就是達摩傳下來的法衣。坐在壇上的惠能法相莊嚴，陽光下全身罩在淡青溪水般流動的光中。他一連說三天法，留下來的記錄就是《六祖壇經》前面的五分之四。現在流傳下來最早的版本是敦煌石窟中發現的唐末、五代手抄寫本：《六祖惠能大師於韶州大梵寺施法壇經》。

四年後七一三年七月八日，七十六歲的惠能召集門下弟子，包括法海、志誠、法達、神會、智常、智通、志徹、志道、法珍、法如等，說：「下個月我就會離開世間，你們有問題，現在就提。」

首座法海個子高瘦，神情嚴肅，個性幹練而通達。他問說：「請問師父，應當由誰繼承傳法袈裟呢？」

惠能平和地問他們：「你們知道法衣會帶來什麼？」

弟子們靜靜地等師父的答案：「帶來貪念。你們知道法衣被偷過多少次嗎？四祖信大師的時候，被偷過三次。五祖忍大師時，被偷過三次。在我處，被偷、被取六次，我還為它差一點丟了性命。你們還想接嗎？」

法海問：「沒有法衣，繼承法脈以什麼為憑呢？」

惠能說：「誰得法誰就是繼承人。我弟子中有不少開悟的人。你們幾個人，就可各為一方師。衣止於我，不再傳。達摩祖師爺說過：『吾本來此土，傳法救迷情，一華開五葉，結果自然成。』既然是『自然成』，就不必靠外物。」

由達摩祖師踏足中土到六祖惠能圓寂，才兩百三十多年，惠能就不怕禪宗的法脈斷絕嗎？沒用傳法袈裟來指定傳人，不怕弟子起紛爭嗎？具有無上智慧的惠能一定知道，未來接法得悟的徒弟和徒孫人數不少，達摩祖師才會說「一華開五葉」。在六祖圓寂後不到兩百年，已經出現臨濟宗、曹洞宗、溈仰宗、雲門宗、法眼宗五宗，大師輩出。惠能知道後世代代有根器深厚的弟子投入因緣相應的宗派，禪宗必然得以延續。

七一三年八月三日惠能大師圓寂。韋璩刺史為他撰寫碑文。但是在八世紀前半葉，禪門北宗的門徒常壓迫南宗，手段激烈。惠能圓寂後四年，韋璩在任上過世，北宗信徒知道南宗的靠山韋刺史不在了，隔年就到寶林寺來，把韋刺史寫的惠能禪師碑所刻的文字，由石頭上鑿除。

惠能圓寂後四十二年，西元七五五年年底，發生安史之亂，唐朝由盛世轉衰敗，神州板蕩。到七五七年年底肅宗回到光復的長安，大亂已經滿兩年了，但天下尚未平定。七五九年叛將史思明的軍隊聲勢浩大，他還在范陽自立為大燕皇帝。肅宗覺得最好請來聖器鎮住京師，他知道六祖惠能圓寂前沒有傳法衣給弟子，就詔令寶林寺把法衣送入皇宮供養。到七六三年終於平定了八年的安史之亂，但肅宗已去世，太子就位，即代宗。

到七六五年傳法袈裟已經在長安皇宮供奉了六年，那年端午節晚上，唐代宗夢見一位操粵語口音，個子瘦小的老僧站在一輪淡綠光圈中，對他說：「把法衣還給寶林寺吧！」代宗驚醒，脫口大叫：「惠能大師來討法衣了！」

幾天後皇帝代宗敕令鎮國大將軍劉崇景把供在皇宮內道場的禪宗傳法袈裟，送回寶林寺。

根據《宋高僧傳》卷八，惠能圓寂後，傳法袈裟藏在寶林寺惠能的真身塔，陪伴六祖。一千三百年後的今天，不知在南華寺的傳法袈裟安在否？

23 六祖的真身歷經滄桑

唐中宗神龍元年，西元七〇七年，惠能七十歲，他在廣東曹溪寶林寺說法三十年了。中宗對他的高風亮節和深湛道行很推崇，除了賜他摩衲袈裟及絹五百匹，還在廣東新州，今日浮雲市之南，為他蓋一座報恩寺，皇帝恩賜在高僧的家鄉建佛寺是極大恩寵，這是惠能首次受到朝廷重視，南宗聲名始傳中原。報恩寺的地點在惠能故居左近。故居為一間獨立小屋子，是惠能父親盧行瑫初到嶺南新州任職，在龍山山麓置的產業，他過世後，母親跟五歲的惠能離開官舍，在這小房子住了三年。然後母子逃荒東去白雲山，故居就荒廢了。惠能三十三歲那年，北上去追隨弘忍大師前，先把母親安頓在新州故居。後母親年老，在故居逝世。惠能那時任寶林寺教授師，親自去料理後事。可見出家人一樣心懷父母，一樣報慈恩。

高僧能預知自己死期，提早一兩年為法脈、為圓寂做準備。在唐代佛教開山的方丈會蓋塔來放置自己的真身，那麼惠能蓋塔安置自己真身，是選擇寶林寺？還是報恩寺？

惠能圓寂於西元七一三年農曆八月三日，壽七十六。圓寂前一年多，即七一二年七月，他下令徒弟到新州報恩寺建真身塔，看來他選擇了報恩寺為永駐之地，他父母的墳就在此寺後面。弟子們一想到正在建造的塔，就害怕師父真的會離開人間，他們不願意接受事實。要知道，徒弟對師父的依賴會很深，因為追隨師父出家，放棄了世間一切，修行靠師父、了生脫死更靠師父，所以不能想像沒有師父的出家生涯自己如何前進。

七一三年夏天新州報恩寺的真身塔已經在一年內完工。七月八日惠能跟弟子作完開示，對當家的寺主弟子說：「快去安排到新州的船。」

由韶州南下到新州，要乘船由北江，轉西江，再轉新興江。他的出家弟子大都住在寶林寺花果院，一聽師父要去新州，三百多人把方丈寮擠爆，全都垂淚。惠能說：「佛陀在世上多年，也要涅槃的。有來必有去。我的形骸也一定有個去處。」

弟子們聽不進去，搶著說：「師父去新州，要快快回來。」

弟子都想，他們要勸師父駐世，要把師父勸回住寶林寺，所以一大堆人跟去新州，人多到乘十幾艘船。到了報恩寺，惠能在法堂對弟子說法，解答他們修行上的問題。惠能又說：「你們要小心，我滅後會有人要取我人頭。」

八月三日晚上在報恩寺禪堂，十大弟子陪著惠能一同打坐，午夜他們聽見師父說：「我走了。」

弟子睜開眼，惠能已經坐化，面帶微笑。他們都聞到異香滿堂，寺外東岩傳來無數隻鳥的哀鳴，聲音大到弟子們的耳膜都要震破了。弟子們一面哭，一面把惠能的真身放入神龕中的瓦缸裡，並蓋上瓦蓋，封了龕。他們要學習靠自己修行，要學習管理寺院、傳佈佛法了。

十一月初報恩寺舉行真身入塔大典，由新方丈，即惠能的弟子志誠，主持典禮，並邀請新州刺史等官員、新州各佛寺住持、各地居士來觀禮，冠蓋雲集。忽然報恩寺山門出現三百多人，是由韶州南下的僧俗眾，包括寶林寺新方丈，即惠能的大弟子法海、韶州刺史韋璩及其屬下、廣州府官員，以及出家、在家眾。志誠還以為他們來觀禮，哪知法海見面就說：「誠方丈，我們是來接師父回寶林寺。」

兩寺人馬在報恩寺佛殿前的廣場相持不下。最後志誠和法海請師父決定，他們兩人先虔敬禮拜惠能和尚，再在案上銅爐裡各插三炷香，兩股香煙裊裊平行地直線上升，兩位方丈又行五體投地大禮請示師父，忽然兩股煙匯成一縷，直貫向東北韶州的方向。六祖惠能為什麼改變了主意？是他的神識感應到寶林寺的能量較強？十一月十三日，寶林寺僧俗眾把惠能真身迎回韶州。惠能的決定很對，寶林寺近大庾嶺驛道，方便中原人士來參拜，香火鼎盛一千多年。

一年後七一四年，在寶林寺新蓋的真身塔中惠能的真身出缸，果然遺體不壞，栩栩如生。因為惠能曾預言未來有人盜頭，弟子僧才辯是巧匠出身，他用鐵葉和漆布固護真身的頸部，全身塗泥和漆後，置真身入塔中的神龕。

開元二十七年，西元七三九年，惠能圓寂後二十六年一個深夜，寶林寺禪堂有八位年輕的僧人在練不倒單功，忽然他們聽見鏗鏗金屬相碰聲，猶如他們練武時戒刀撞擊的聲音，靜坐中聽覺特別敏銳，撞擊聲音是由六祖真身塔方向傳來。他們警覺地追去，月光下有一個穿麻布孝衣的人持刀往山下逃。在塔前的石板地上六祖真身背靠著地平放，脖子下還墊了石頭，但是真身完整無恙。

一千兩百多年過去了。一九六六年的秋天，韶關城的大街上，一個穿軍服、戴紅臂章、十三、四歲的紅衛兵，推著手推車前進，後面跟著兩百多個紅衛兵，他們扯著喉嚨大呼：「壞蛋！」「是假的！」「要鬥！」

手推車上放著六祖的真身，皮膚褐色，面目如生，僧衣上披著紅色袈裟。路兩邊圍觀的人也大喊：「騙人的！」「要燒掉！」

紅衛兵把真身運回南華寺（即寶林寺）的大雄寶殿，唐朝時稱為大佛殿。他們剝掉真身上的衣服，用鐵棒在胸上打了碗口大的洞，將五臟六腑掏出來丟在大殿地上，肋骨、脊樑也丟滿地。口中還叫：「是假的！」「是豬骨頭！」

那天半夜一個瘦小的僧人偷偷溜入大雄寶殿，走路一拐一拐的，他是四十四歲的佛源，虛雲大師的弟子，曾任雲門寺住持。一九五八年佛源被畫為右派，鬥得半死，全身是傷。他拿著個麻袋，在地上摸索著收集六祖的遺骨，一面收一面哭。然後他到院子裡把遺骨放在一個大瓦罐中，把它悄悄搬到寺的後山，埋在九龍井旁的大樹下。

十三年後一九八〇年，文化大革命成為過去，佛源赴北京向趙樸初報告這件事，趙樸初急忙寫信給廣東省省長習仲勳，才由省政府下令復原六祖真身。

佛源取出靈骨時，肋骨、脊骨已經發黴，他用木炭把靈骨烘乾，把脊骨、肋骨黏在一塊檀香木上，放入真身的胸腔。把六祖的內臟烘乾成末，跟檀香末混合塑形後，置入胸內。佛源說：「我親眼見到六祖靈骨千二百多年後，仍是金黃色，堅硬如金，分量也沉重如金。」

以上材料見《佛源老和尚法彙》一書中的〈自述傳略〉。二〇〇七年七月我在香港的願炯法師引介下，到韶關乳源縣雲門寺親訪八十五歲的佛源方丈，他身體虛弱得像落葉，精神卻堅強如百煉鋼，說話發人猛醒像銳利的刀刃。我把這次跟佛源方丈參禪的經驗發展成小說〈禪機〉，收在《深山一口井》小說集中。願炯還帶我去南華寺的六祖殿參拜真身。六祖在神龕中，臉深褐色，因為塗了漆的緣故。他身著黃色法衣，披朱色袈裟，雙目低垂，厚重慈祥，殿中彌漫一片祥和。

24 惠能北向拓疆的弟子神會

惠能六十了，在粵北曹溪的寶林寺駐寺任教授師二十年，寺裡已經有四百多個跟他出家的弟子，還有兩百個沙彌和行者，都住在花果院。一天他在寮房，忽然心中一動，是的，今天會有一個拓展禪門規模、振揚禪門氣勢的人來投師。這時侍者帶一個人進來，定睛一看，是個十三、四歲的小沙彌，他個子雖小，卻肩膀厚實、腳步穩健有力、雙眼銳氣外露，看得出練過武功。少年一見惠能就向他合十問訊，惠能問他：「你從哪裡來？」

沙彌答說：「從當陽玉泉寺來。」

惠能想，有意思，這小傢伙才拜見過師兄神秀，就問他：「在那裡你看見什麼？」

沙彌用嘹亮的聲音說：「有一個和尚在坐禪，你見到，還是沒見到？」

忽然惠能舉起手杖打了沙彌的肩三下：「我打你，你痛，還是不痛？」

沙彌瞪大眼機靈地答：「也是痛，也是不痛。」

惠能徐徐地說：「我也見到，也沒見到。」

沙彌露出好奇的神色問說：「怎麼會『也見到，也沒見到』？」

惠能大喝一聲，聲音撼動少年的耳膜，說：「聽著，你方才問，見到，還是沒見到那和尚，就分了兩邊。我說『痛，還是不痛』，指意念的生滅。你連自性都看不見，還敢來耍嘴皮！自己去修，問我做什麼！」

沙彌一臉愧色，他就是神會。神會想，幾輩子都碰不到這樣的大善知識，要是能跟他學到正法，拚了命也值得。

神會十四歲到二十歲又出外參學，之後回寶林寺認真追隨惠能學習。到西元七一三年，神會三十歲，回寶林寺十年了，已成為惠能的大弟子之一。這年七月八日，七十六歲的惠能在寶林寺召集十大弟子和其他門人，跟他們說：「下個月我就離開世間，你們有疑問，現在就問。我走了以後，沒有人教導你們了。」

弟子們一聽，有的大哭，有的低頭啜泣，只有神會臉色平靜。惠能點頭說：「只有神會做到不生哀樂、領悟生死不二。你們悲泣，是因為不知道我會去哪裡，如果知道就不會哭了。二十年以後，不正之法當道，天下人不相信我們的正法。那時會有人挺身而出，不顧性命，推動正法。」

惠能圓寂後七年，唐玄宗開元八年，三十七歲的神會已經小有名氣，祠部司令他到河南南陽縣的龍興寺任法師。這時國師神秀圓寂已十四年，他的大弟子普寂被朝廷尊為國師，禪門北宗的勢力遍佈中原，到達巔峰，信徒以數十萬計。當時六祖惠能只有四個徒弟翻越大庾嶺北上傳法，因為他們修行精湛、聲名遠傳，朝廷任命他們到中原的佛寺常駐，一位是神會，一位是慧忠法師，後者被朝廷迎去長安的佛寺。還有懷讓，任命去南嶽衡山的般若寺常駐。行思被任命去江西青原山的靜居寺。

在龍興寺神會每次說法前，都先帶信眾拜三寶、發願和懺悔，說法又生動，信眾深深心服。由於神會自幼勤讀五經、老莊、史書、佛經，博聞強記，詞鋒飛速，所以不少達官貴人上門來跟他參佛法。敦煌石窟中發現的《荷澤神會禪師語錄》留下很多權貴、官員、僧人，由長安、洛陽、各地來南陽，參訪神會談禪的對話，顯然他們個個談得暢快淋漓，心領神會，包括宰相張說，曾任戶部尚書的刺史張琚，著名詩人侍御史王維；還有給事中房琯，他是杜甫的朋友，後來在安祿山之亂期間當宰相。

房琯在開元年間來南陽參訪神會，房琯問法：「『煩惱即菩提』是什麼意思？」菩提意指智慧。是啊，煩惱怎麼就是智慧呢？

神會答：「我藉『虛空』的比喻來跟你說明，虛空中本來就沒有動靜，不會因為有照明就亮起來，不會因為暗下來就暗了。在這個空間明暗自有去來，虛空沒有變化。

『煩惱即菩提』也是這個意思。迷悟兩種狀況雖有不同，菩提心一直沒有任何變化。」

房琯說：「您是說，可以由煩惱直達菩提，因為不變的是菩提心，覺心。」

神會說：「佛經裡說，佛為中下根器的人才說迷悟法。為上根器的人不說迷悟法。菩提心沒有過去、未來、現在，所以不要談得到不得到。房給事中，你會懂我的意思，中下根器的人就不懂了。」

真是論述敏捷，深中疑點。神會在士大夫中聲名大噪，人稱他為「南陽和尚」。要知道在唐朝「和尚」、「和上」不是指一般的僧人，出家比丘稱他的依止師父為和尚，又用和尚稱德高望重的出家人，或用以稱呼寺院的方丈。所以中年的神會已經成為朝廷上流圈子公認德高望重的法師。

惠能圓寂後兩年，神會還在寶林寺的時候，已經聽說北宗神秀的弟子普寂，在嵩山嵩嶽寺立碑，請書法家李邕撰寫碑文，碑文中列出禪宗的法統，說是達摩傳慧可，傳到五祖弘忍，五祖傳神秀。神會心中就想，總有一天要讓天下人知道，法統是五祖傳惠能，不是傳神秀。

到神會入駐龍興寺後，又聽說中原各寺院的北宗禪師共尊普寂國師為禪宗七祖，在嵩嶽寺立七祖堂，並追封神秀為六祖。神會一聽，義憤填膺，認為北宗太過分，實在應該匡正法脈。北宗修的法門是勤於清淨心念，師父惠能曾告訴他，「弘忍老和尚早就訓過神秀，說修清淨心念法，未能入門。」神會想，中原人不知道正法早已經越大庾嶺南下，師父惠能才是真正的六祖。神會跟河南滑臺、大雲寺的崇遠法師是論佛法的朋友，崇遠剛好是神秀的再傳弟子。神會找到了見縫插針的機會。

西元七三〇年，唐玄宗開元十八年，國師普寂八十歲，駐長安興唐寺。那年神會四十七歲，說服了崇遠舉辦一場流傳後世的滑臺無遮大會。無遮大會為古天竺式的僧俗公開大聚會，除了供齋，還舉行公開佛法辯論。七三〇年元月十五日神會率弟子十多人，由南陽北上赴位於今天河南省北部滑臺的大雲寺，與崇遠辯論佛法要旨。出席的還有大雲寺的法師、僧人六十人、居士五十人。法堂中崇遠和神會盤坐臺上。崇遠，高大莊嚴的北宗法師，意氣風發地說：「我們普寂國師教弟子禪坐，要凝心入定、住心看淨、起心外照、攝心內證。這才是真正的禪坐！」

神會發揮他勇猛直前的精神，即刻用宏亮的聲音正面反駁崇遠：「你們講究的這種法門，正正阻礙你們的覺悟。真正的入定是一念不起，絕對不是起心去入定、去看淨、去外照、去內證。真正的禪定是直見自己的佛性。而且禪門正法在六十年前，已由五祖弘忍傳給了六祖惠能，法早已經南下，有法衣為證，現在法衣供在嶺南曹溪寶林寺裡。神秀禪師生前從來沒有自稱六祖，普寂禪師怎麼可以妄言宣稱自己是七祖！」

台下大雲寺一百多人全嚇傻了，普寂是當時唐朝朝廷認可的天下第一國師，神會竟敢指責他打妄語！犯戒律！崇遠不可置信地問：「普寂國師萬眾景仰，你竟不自量力指責他，不怕自己成為眾矢之的？」

神會平靜地說：「為了弘揚佛教，建立正法，一己安危算什麼！」

崇遠揚聲說：「神秀禪師是長安、洛陽的兩京法王，是周武皇帝、唐中宗的帝師，這樣還不能當六祖嗎？」

神會心中歎息，北宗怎麼淪落至此！他沉穩地、語重心長地說：「從達摩大師到惠能大師，六代祖師沒有一個人去當什麼帝師的！」

聽眾聽到這話，有震驚的，臉色發白；有羞愧的，臉色變紅。

要知道神會歎息北宗的淪落是有道理的。神秀七〇六年在洛陽圓寂時，唐中宗為他舉辦的盛大葬禮，在中國宗教史上空前絕後。神秀葬於洛陽以南的龍門山，禮葬隊伍由皇宮出發，宮城和洛陽城大街上掛滿長長的、飄飛的、裝飾繁麗的白幡。靈柩之前一長列的羽林軍車駕、護衛、儀仗，望不見盡頭。衛士們執舉著旌羽、寶頂、旗旛，無比貴氣。靈柩之後一列看不見盡頭的比丘、比丘尼隊伍。中宗皇帝恭送到皇宮門外的便橋，沿途王公貴族設了數不清的路祭棚子，幾位公主府大門前都設了路祭，由公主主祭，駙馬讀祭文。尾隨送葬的居士幾十萬人，一路上民眾膜拜，號啕大哭，如喪父母。天下的出家人能不欣羨嗎？北宗具名聲地位的法師們能不興「有為者當如是也」之念嗎？神秀的隆寵在北宗僧人心中種下了對名位的貪念，成為他們修行路上的障礙。

神會一連三年都在正月十五率徒北上大雲寺，參加無遮大會的辯論，參加大會的僧人和居士越來越多。這系列無遮大會像是在黑暗的大殿中點起一支燭光，中原佛教界人士察覺他們所修所學的禪法可能不是正信真知，因為惠能禪師才是六祖，才是得法的大師。神會，一個南蠻的弟子，竟敢挑戰北宗兩代國師！從此北宗僧眾對神會心存忌憚，崇拜普寂國師的北宗居士和信徒視神會為眼中釘，一有機會就著手剷除他。

25 安史之亂和神會崛起

天寶年間在唐玄宗治下，子民安享太平盛世，即使北宗的普寂國師已經圓寂，一般士大夫家庭、富裕商家，都勤學北宗的禪法。雖然滑臺無遮大會上興起南宗為正統之說，但其影響力僅限於佛教出家人的圈子，中原一般佛教信徒都沒有聽聞過南宗禪法。天寶五年，西元七四五年，神會六十二歲，龍興寺南陽和尚的聲譽遍傳朝廷，時機成熟了。在他談禪的好友兵部侍郎宋鼎推薦之下，祠部司詔令他到洛陽荷澤寺任方丈。惠能圓寂三十多年後，終於有弟子在東都洛陽主持寺院，南宗在大唐政治、宗教的樞紐站住腳了。但七年後，神會又被北宗勢力驅離大唐中心。

能力高強的神會把荷澤寺經營得蒸蒸日上，僧伽壯大，信眾蜂擁而至。他還蓋了祖堂，供奉六祖惠能。有幾個北宗信徒假扮南宗居士，到荷澤寺打探，他們看到六祖堂，義憤填膺，為國師神秀叫屈。又見到寺中僧人上千，日日練武，而且每十天會有兩千民眾聚集，其實他們是來聽神會說法的。北宗信徒還見到掌管朝廷軍務的官員，像是兵部侍郎宋鼎、憲部侍郎房琯、將軍郭子儀，還有武林中人，頻頻出入荷澤寺。其實宋鼎和房琯是來替荷澤寺新建的殿堂寫碑文題字。

神會個性剛強耿介，剛好跟武將、武林中人特別投緣。這些北宗信徒看到荷澤寺威武氣盛，很是心驚，就向禦史中丞盧奕告密，盧奕是已故國師普寂的弟子，也覺得荷澤寺可疑，他上奏唐玄宗說神會「聚徒，疑萌不利。」

七五三年朝廷把七十歲的神會貶到江西戈陽縣的佛寺，幾個月後把他貶到陝西偏遠的佛寺，過幾個月又貶到湖北襄州的佛寺，最後貶到江陵的開元寺，兩年間令他東奔西走，就是怕他形成氣候。神會雖在顛沛流離中，總是隨緣傳法，欣然接眾，去到哪裡便成為當地地方官和軍營將領談禪的方外好友。他越受打擊，名氣越大。

終於在神會七十二歲那年，天寶十四年年底天下大變，安祿山之亂是唐朝由盛轉衰的關鍵，卻是禪門南宗興起的契機。神會被貶到江陵城（湖北省荊州市）直屬祠部司的開元寺任法師。江陵府的府尹和少尹都是神會煮茶論佛法的朋友，開元寺在長江邊，他們三人常南望窗外粼粼東流的長江水。農曆十二月十八日晚上，少尹周明敲開元寺的寺門，方丈和神會立刻到客堂接待他。周少尹說：「大事不好，洛陽確實在六天前被安祿山攻佔。今天我們府裡收到朝廷的快馬飛遞，令各州各府募兵、練軍、徵稅收和糧草，支援北方和京畿的戰事。悟法方丈，明年朝廷和官府給開元寺的費用會大減。」

兩位僧人都瞪著雙眼。方丈為開元寺來年的開銷煩惱。神會卻心繫洛陽荷澤寺自己剃度的弟子，他們一定在南來途中，不知安全否。周少尹跟神會說：「會和尚，今天我們收到洛陽之南，伊陽縣的快報，稟報寇安祿山在洛陽的動向。其中說到東京留守李憕和御史中丞盧奕不肯投降，被俘後為安祿山所殺。會和尚，以後你不會再受到盧奕的迫害了。」

神會卻點頭說：「盧奕是忠臣，我會替他誦經超渡。如今天下有難，我也會盡心力。」

過了兩天，有兩百多位僧人來到開元寺求見神會。他們是神會在龍興寺和荷澤寺期間接引出家的弟子。洛陽陷落之時逃出城的一百七十位僧人。還有南來路上加入他們隊伍的北宗僧人。北宗僧眾在戰火中流離失所，他們中不少人仰慕神會的佛法。神會來到寺門，他七十二歲了，身體依然壯健挺然，眼中的精光更盛了。二百僧人一見他出現，全跪到地上，一片呼喊師父之聲，一雙雙眼中含著淚。

在江陵城開元寺佛殿前的廣場，神會帶領兩百個弟子辦盛大的法會，超渡安祿山叛亂幾個月來的殉國將士：守洛陽的盧奕、李憕、蔣清，河南節度使張介然，滎陽太守崔無詖，將領荔非守瑜等。逾兩千名官民來參拜。辦完法會，神會決定帶兩百徒弟離開開元寺。在這天下大亂之際，寇軍由東北方向南下，唐朝官軍由西向東反攻。民眾，包括僧人，都是往南逃。只有神會帶著弟子向北走。

神會的確有類似軍人奮勇猛進的個性，只要他聽見什麼地方兩軍對峙，就帶著弟子前往。每一仗勝負分曉後，戰場上躺著許多不能動的死者、傷者。勝方會收拾埋葬己方的陣亡戰士，會安置己方受傷戰士，會俘虜敵方的傷兵，而對敵方死者，則任其日曬雨淋。神會卻帶著弟子去為敗方的死者收屍、埋葬，葬完誦經超渡，不論他是官兵，還是寇兵。

七五六年五月，洛陽失守五個月了，安祿山還沒有攻下長安。南陽太守魯炅在南陽城東北的葉縣帶五萬官兵紮營，築柵挖壕，固守防線。安祿山的手下武令珣、田承嗣率寇軍進攻，幾場仗打下來，屍橫遍野。神會帶著荷澤弟子日日安葬戰死軍士，忙碌不堪。幾個月來到處傳說神會的荷澤僧團是觀世音菩薩的分身，他們備受民眾和敵我雙方軍隊的敬重。

荷澤僧也有兩百人之多，他們的一日兩餐如何解決呢？因為神會跟官吏、士紳、官方將領，都有交情，當他們知道荷澤僧實踐慈悲行，很多人自動來捐助金錢、糧食。民眾也自動來寺裡的廚房幫忙。至於住方面，他們通常住在因戰亂而荒廢的佛寺裡。

西元七五六年七月長安已經淪陷，唐肅宗在寧夏武靈即位，朝廷採用中書侍郎裴冕的建議，令各府設置戒壇度僧，所收之度牒費、僧稅，抽取部分作為軍隊費用。大後方山南道的荊州和襄州五十多間大佛寺，共推神會為壇主。神會即刻帶弟子到襄陽城以北一間破敗廢棄的佛寺裡，用青石搭建莊嚴簡單的方形戒壇，由他主持替出家者剃度、受戒，並自己主持說戒。因為他名氣大，追隨他出家的人、前來受戒的各寺戒子非常多。加上受戒以後可以免兵役、勞役、稅收，家有資產的人也借機受戒成為出家人。神會所收的度牒費和善款為各州戒壇之冠，他全數捐給肅宗作為軍資，就近送去郭子儀的軍營。所以七五七年秋收復二京後，肅宗詔請神會入宮供養，並修建洛陽荷澤寺。

神會帶著兩百徒弟回洛陽，又召回流落各地的南宗徒弟，重建荷澤寺、重振宗風。而普寂在七三九年已經圓寂，那是安祿山之亂前十六年。安史之亂綿延八年，兩京和中原各地的寺院，摧毀殆盡，僧人四散。如日中天的北宗沒落了。北宗盛行於七世紀中葉起一百年，由武則天掌權的時代到在安祿山之亂前，神秀和他弟子普寂，成為天子帝師，其門人主持各地重要的寺院。天下人只要家境不錯，爭相學習北宗禪法：打坐、經行、食素、誦佛號、讀經。

此外北宗寺院的資產豐厚、奴僕眾多。法師的地位尊崇，一向受朝廷、信徒供養，安逸成習，不能刻苦願行。一旦支撐他們、供給他們的繁榮社會崩潰，他們的修行便無以為繼。要知道，有些宗教流派在時間洪流中湮滅，不只是因為戰亂摧毀了佛寺，更重要是因為傳人中沒有真正悟道的人。到第八世紀中葉以後，北宗沒有出得悟的大師，修不到巔峰的高度，連神秀、普寂那種修行深湛的高僧也沒有。沒有令人嚮往、追隨的高僧，最後整個北宗宗派就在人間消失了。

26 王維和南陽和尚神會

唐玄宗開元二年，西元七一四年，在山西蒲州城的王宅裡，崔氏盤坐在大矮足方床上，十四歲的王維和十三歲的王縉面對母親，坐在兩張小月牙凳上。崔氏問兒子：「《文心雕龍》裡的八體，你們喜歡哪一體？」

王維說：「『遠奧體』，『馥彩典文，經理玄宗者』。」

王縉說：「我喜歡『壯麗體』，『高論宏裁，卓爍異彩者』。」

兩個少年竟然能背誦《文心雕龍》！他們讀得懂《文心雕龍》嗎？真的讀得懂，因為兩個都是文學天才。那他們的母親也通《文心雕龍》？是的，崔氏是才女，出身世族名門，河南博陵的崔家。那為什麼由母親教他們讀書？因為他們父親王處廉七年前過世了。

下午崔氏帶著兩個兒子誦讀《楞伽經》，接著打坐。崔氏是普寂國師的在家弟子，普寂名重寰宇，就是北宗神秀國師的傳人，所以王維從小學習神秀一脈的漸悟法門。崔氏帶著一家人吃素，他們禪坐、經行時，不斷口念、心念佛名，以修清淨心。崔氏身為寡婦，無權無勢，如何能親近國師普寂，甚至有機會直接向他問法呢？在唐代蒲州城是天下六大雄城之一，因為普寂是蒲州人，他時而回蒲州的佛寺說法，崔家本有達官的人脈，每次聽國師說法，她都坐在第一排。

人到中年的王維，清臞而蒼白，他一路走來，官運不濟。西元七四〇年，王維四十歲還只當從七品下的殿中侍御史，不過他的詩名和畫名早已遍傳大唐天下。這年冬天，他由長安南下出使今廣西省的桂州，早就聽說南陽龍興寺的神會和尚是嶺南頓教惠能禪師的高徒，朝廷不少高官都讚美神會的佛法精湛，禪語銳利，發人省悟。王維希望能在出差途上跟神會一晤，就修書邀請神會和尚到南陽郡的臨湍驛站來會面，信中說，他對和尚聞名已久，因為公務在身，不能親上龍興寺拜見。神會對王維恬淡的為人和清雅的詩畫，也仰慕甚久，欣然赴約，龍興寺的惠澄禪師陪神會同來。

王維在驛站的大門迎接和尚，神會五十七歲，個子不高，卻身形壯碩，目射精光。禪師眼中的大詩人，儒雅內斂，心清如水，令神會聯想到王維〈清溪〉的句子：「聲喧亂石中，色靜深松裡。漾漾泛菱荇，澄澄映葭葦。我心素已閑，清川淡如此。」

戶外下著雪，在驛舍的官員客房中，地爐的爐火卻很溫暖，神會、惠澄、王維三人圍爐而坐。王維問神會：「我們居士求解脫，是不是靠努力修清淨心？」

神會微微一笑：「你的心本來就清淨，動努力修行之念，就是妄心。」

王維呆了片刻，現出恍然了悟的神情：「是、是、那是妄心。天啊！沒聽過你這種精彩的法語！」

過了五年，王維升官為從六品下的臺院侍御史。那時神會的佛法受到不少朝廷大臣的推重，祠部司詔令他出任洛陽荷澤寺方丈。王維由長安到洛陽去探望他，見到寺內僧人連走路都神氣充盈、兩人一排、步履整齊、衣袖生風。殿堂鮮亮整齊、香客不斷。王維祝賀神會說：「荷澤寺氣象宏大，頓教興旺可期。」

神會一臉肅靜地說：「王居士，旺和衰，寵和辱，是一體兩面，並無分別，這是我師父惠能老和尚的教導。以後十年我會歷遍寵辱。你十年內也會經歷遍。」

王維一驚，皺著眉頭問：「請禪師指點。」

神會說：「記住，到時你要寵辱不驚，回歸自性。這就是達摩祖師傳授下來的隨緣行，要做到苦樂齊受。」

神會又說：「有一事相求，請你替我的師父惠能大師撰寫碑文。師父圓寂四十年，請過幾位寫碑文，好不容易終於找到你這位不貳人選，不但瞭解佛法，而且文采斐然。」

王維寫成〈六祖能禪師碑〉。這碑文也是現代的我們研究惠能的重要文獻。雖然王維從小跟著母親學習北宗普寂大師的禪法，但是他能夠如實地表達了六祖的法意：「本覺超於三世，根塵不滅，行願無成，即凡成聖。」王維在碑文中也描繪出他方外好友神會禪師對師父的崇敬：「弟子曰神會，遇師於晚景，聞道於中年，廣量出於凡心，利智逾於宿學。」

七五五年十一月安祿山叛變，十二月攻下洛陽，自立為大燕皇帝，以洛陽為都。神會由谷底的翻轉開始了，王維的厄運也在半年後降臨。次年六月八日安祿山攻破潼關，長安危急。七十歲的唐玄宗自知已無將可用，大勢去矣。六月十二日凌晨，皇帝偷偷帶著楊貴妃、太子李亨、諸皇子皇孫、妃嬪，在禁衛軍保護下，逃離長安。之後幾天長安群龍無首，亂作一團。王維到處打聽玄宗的軍隊在何處，好投奔過去。第五天六月十七日安祿山領軍兵臨長安城下，京兆尹崔光遠下令開城門投降。安祿山即派幾支軍隊專門去抓唐朝官員，還點名不能漏抓著名詩人王維，因為大燕需要朝臣。

安祿山軍隊把王維在內的官員，由長安押送去大燕首都洛陽。那些沒有表態效忠安祿山的，全部軟禁在洛陽菩提寺。王維不知道太子李亨已在寧夏靈武登基，是為肅宗，但他知道只要一去安祿山的朝廷上朝，就坐實了叛國的罪名，正揪著心，忽然想到神會說的「寵辱不驚」，他盤坐定下心，打完坐想出辦法了。他跟軟禁在一起的太醫拿了巴豆丸，吃到腹瀉不止，順利請到假，免於上朝。

王維的至友裴迪獲准探望他，看見王維又枯又瘦，很心疼。因為菩提寺客堂裡有偽朝衛兵監視，裴迪使個眼色問：「最近有沒有新作？」

王維脫口而吟：「萬戶傷心生野煙，百官何日再朝天。秋槐落葉空宮裡，凝碧池頭奏管弦。」

王維沒有對裴迪訴說的是他的內疚，他聽說昨天安祿山在凝碧池畔下令梨園子弟奏樂，樂師雷海青當面擲琴，安祿山下令即刻把他在御花園五馬分屍。連樂師都能以死報國，自己偷生，多慚愧啊！

王維受軟禁一年零三個月以後，七五七年肅宗的郭子儀軍隊收復長安、洛陽。諷刺的是，這次王維又被押送，由唐朝軍隊把他從洛陽押回長安論罪。王維想，自己附賊，無可脫罪於天地之間，早該在一年多前被抓的時就自裁，但是學習佛法的人面對難關時，應該試圖化解、試圖承受，而不是自絕。儒釋二家的信念，令王維一直天人交戰。

偽官有些被處死，有些被流放。王維沒想到自己竟然免罪，還封了官，官位只比大亂前低一點點。一方面因為那首凝碧池詩早就傳開來，感動了肅宗，另一方面，弟弟王縉守太原城有功。王縉上奏願捨棄新封的官位，正三品刑部侍郎的官位，好保住他哥哥。王維深感此生不只欠了皇帝，也欠他弟弟。

七五九年春，王維聽說神會重整洛陽荷澤寺，煥然一新，才想什麼時候要去洛陽探望方外老友，過幾天又聽說叛軍史思明攻佔了洛陽，神會率徒南逃去嵩山的佛寺。是的，神會和尚在短短三年間又經歷巨大的起伏、天差地別的寵和辱。

王維由押送回長安，到六十二歲過世之間，只不過五年。那幾年他的官位越做越高，最後升到四品下的尚書右丞，但是王維的愧疚也越來越深。他想：「我應該是天下人唾棄的叛逆，怎麼可以一而再、再而三接受皇上的恩寵？」

他日夜活在自責的煎熬中。有一天他忽然想到，神會跟他講過達摩祖師的教誨「隨緣行」，是要苦樂齊受。於是他想通了，自己應該泰然接受皇恩，再以行動來懺悔自己的罪業。他把擁有的、珍惜的身外之物都捨掉，希望能回歸自在的本性。王維手頭不緊，因為他的山水畫，文章都千金難求，富戶大官求畫、求文的，絡繹不絕。

王維把蒐集的古董、文玩、書畫送給朋友，官舍中空蕩蕩的，非常簡樸，只剩下香爐、茶鐺、藥臼、經案。他懷虔敬之心，把過去兩年的薪俸全捐出來施粥給貧民；每天在長安官宅中供養十多位僧人，跟他們談論佛經。我們都聽說過王維在藍田營造的輞川別墅，你一定背得出「獨坐幽篁裡，彈琴復長嘯，深林人不知，明月來相照」。不錯，那就是王維在藍田別墅生活的寫照。他把終南山這座藍田別墅以亡母崔氏的名義捐給國家當佛寺。王維在臨終之際已由榮辱的情緒糾葛中得到解脫。

27 馬祖道一：一匹悍馬

說起禪宗六祖惠能的大名，人盡皆知，但是你叫得出幾個惠能弟子的名字？流傳到今天、以公案著名的兩位禪師，南嶽懷讓和青原行思，都是惠能的弟子。可是你有沒有注意到，《壇經》中惠能圓寂前對十大弟子做最後的開示，並交代後事，那十位弟子中並沒有懷讓和行思，也沒有唐肅宗時成為國師的慧忠。為什麼稱他們為「十弟子」呢？敦煌本的《壇經》說：「大師遂喚門人法海、志誠、法達、智常、智通、志徹、志道、法珍、法如、神會。大師言：『汝等十弟子近前。汝等不同餘人。吾滅度後，汝各為一方師。』」既然惠能認為他們將來各為一方師，他們不同於其餘弟子，當然可稱他們為「十大弟子」。

十大弟子中我們有些人聽聞過神會的事蹟，他進入北宗的地盤振興南宗法脈。另外我們知道排行第一的法海是寶林寺中，惠能花果院的首座，首座猶如今日的住持，他曾主持惠能在韶關城外大梵寺宣講《壇經》的記錄和編輯工作。《壇經》中十大弟子排第二的志誠原是神秀的弟子，改投惠能為師。是不是圍在開宗大師身邊的弟子，大都有治事才能，而不是修行境界高的呢？想來僧團像俗世一樣，有權力架構。像四祖道信任命弘忍為首座，弘忍集佛法修為與治事才幹於一身，那是道信大師有識人的智慧。還有，也可能因為現今流傳的《壇經》版本，大抵是神會的弟子、或再傳弟子編的，也許是他們把神會常談到的師兄弟排入重要弟子之列。

南嶽懷讓在禪宗的傳承上舉足輕重，因為沒有他一脈相傳，就沒有後世流傳到今天的臨濟宗，臨濟義玄是懷讓的第四代弟子。在師父惠能圓寂那年，開元元年（西元七一三年），中年的懷讓獲朝廷派任南嶽衡山般若寺的常住法師。他跟師兄弟辦完師父惠能真身遷回寶林寺的大事之後，離開寶林寺，翻越大庾嶺北上湖南的南嶽衡山。般若寺在衡山隱祕的群峰裡，雲深不知處。兩百年後，唐末五代的詩僧齊己作了一首〈題南嶽般若寺〉說：「石路險盤嵐靄滑，僧窗高倚泬寥明。」

懷讓在寶林寺初見師父六祖惠能時，才二十三歲，他感受到惠能無邊的自在怡然，深深給打動。懷讓隨侍師父十五年，學到師父的深入寂定。初見師父那天，師父惠能就提到懷讓未來會有一個了不起的徒弟，可見高僧們心念中常記掛禪法代代傳承的問題。惠能說：「我們祖師達摩的師父，般若多羅，在天竺曾有讖言說，在你懷讓收的徒弟之中，會出一位人才，『金雞解銜一顆米』是指他的名字裡面有一個『一』字。告訴你啊，你這徒弟有如名駒，踏殺天下人。你就放在心裡頭，不要說出來。」自從懷讓入住衡山裡的般若寺，就等他這個徒弟出現，由三十八歲等到五十五歲。

開元十八年，西元七三〇年，一位來自渝州（重慶）佛寺的僧人，進入深山中的般若寺來拜懷讓為師，他二十歲出頭。懷讓看見他進房，踏著闊步，穩如牛行，一雙圓滾滾的虎眼。懷讓問他的法號和俗姓，他答說：「師父，我法號道一，俗姓馬。」

懷讓當下知道這就是那匹名駒了。道一瞪著大眼觀察這個瘦瘦的師父，沉靜到像是幽谷底的一塊孤石，他想，這種泯然寂靜值得他敬仰。道一住進般若寺以後，除了午齋到廚房打飯，不見人影。禮佛、禮懺，甚至師父懷讓說法、參修，他都缺席。懷讓問大弟子，道一在忙什麼，大弟子說：「他總打坐，多次我叫他參加師父的說法、參修，他都繼續打坐，不理我。」

第二天早上，懷讓隨手取了一片堆在佛殿前的方磚，那種鋪地面的，深灰色的、兩公分厚的方磚。他走到弟子們的寮房前，房門敞開著，看見裡面道一背對著門，在地板上面牆打坐。懷讓叫他名字，徒弟沒理會師父。寮房前有一塊磨石，供僧人磨剃刀、戒刀用，磨石前有一塊當凳子用的石頭。懷讓坐到石凳上，在磨石上磨他帶來的方磚，發出刮刮聲。道一繼續打他的坐，懷讓繼續磨他的磚。

到了近午，道一張開眼，他習慣性地舒展雙臂，伸個懶腰，吐一下舌頭，舌頭長到觸及鼻尖。他站起身來，踏出寮房，過來看師父懷讓在做什麼。他問：「師父，您為什麼磚磨？」

懷讓說：「要磨成鏡子。」

道一失笑，說：「怎麼可能？銅鏡才會反光，磚怎麼做鏡子。」

懷讓望進徒弟的眼睛說：「磚磨不出鏡子，坐禪就能坐成佛嗎？」

道一愣住了，迷惑地問：「那要怎麼樣？」

懷讓清晰地說：「如果你是為了學禪，禪不在於你是不是盤坐。如果你想成佛，佛沒有定相可以觀想。你的念不應該停留在任何事物上，不應有取捨。想靠打坐成佛，等於是殺佛。如果執著於打坐，得不到解脫。」

道一銅鈴一樣的眼睛閃著澄澄的光，他悟了。打這一刻起他對師父口服心服。他跟著懷讓學習十年，成為一代名僧。他的法號是馬祖，禪門很少人用俗家的姓為號，大都用他寺院所在的山名，如南嶽懷讓，因為懷讓的般若寺位於南嶽衡山；或用他的寺院名為號，如臨濟義玄，因為他是臨濟院的方丈。

西元七四四年師父南嶽懷讓圓寂後，馬祖道一常到不同的道場說法，包括今江西省洪州（南昌市）的寶華寺和開元寺，還有江西省靖安縣的泐潭寺。他的聲名大振，機鋒直入人心，令參禪者拜服。你信不信？他竟有能耐令一個獵人當下放下弓箭出家。道一曾在江西省宜黃縣山裡的黃石砦前築庵修行，在庵門外，看見一隻鹿匆匆掠過，不久見獵人石鞏手執弓箭追來，道一故意擋在他面前。獵人問：「你有沒有看見一隻鹿跑過？」

道一反問：「你是什麼人？」

獵人見這個和尚威儀如巨松，答說：「我是獵人。」

道一問他：「你懂得射箭嗎？」

獵人覺得和尚問得離譜，但還是禮貌地答：「我懂。」

道一看得出他不亢不卑，內斂平和，也瞭解獵戶有不濫殺的傳統，好讓動物滋生，就問：「你一箭射幾個？」

「一箭射一個。」

「你不懂射箭！」

獵人聽出僧人的話有玄機，就反問：「難道你和尚懂射箭？」

道一說：「我懂，我一箭能射一群。」

獵人珍惜生命，說：「彼此都是生命，你何必射殺一群！」

道一心想，中了，用「彼此」二字就是有平等心、慈悲心，說：「既然你瞭解這一點，為什麼不射自己？」

獵人心想，和尚問得越來越深，殺一個跟殺一群沒有分別，殺對方跟殺自己也沒有分別，自己應有很多該砍除的東西，他虔敬地說：「一個人要射自己，真是沒有下手之處。」

道一瞪著射出火焰的大圓眼說：「你這個莽漢，多少劫累積的無名煩惱，今天應該頓息了。」

獵人石鞏立刻把弓箭拋在地上，跪下拜馬祖道一為師，他就是僧慧藏。我想慧藏是一位宿世修行，有慧根的人，才能當下覺悟。

馬祖道一教導弟子的方法常奇峰突起。有一個僧人法號隱峰，是疾如風的求道者，他為了求明師，到各個山頭參學，也就是說，他很挑剔，如果禪師不能折服他，他還看不上眼。他已經是第二次來洪州開元寺向道一求法。一日道一帶著徒弟們出坡，道一鋤地累了，就坐在菜園子裡一塊石頭上休息，把雙腳展開橫在小路上。隱峰推著一輛獨輪車，上面載了收成的蔬菜。他在道一跟前把車停下，說：「請師父收起您的腳。」

道一想，給你參這個：「已經展開的不縮回。」隱峰想，實踐要勇往直前：「已經前進的不後退。」他居然推車輾過道一的雙腳，道一不動聲色，不久腳面瘀青起來。當晚在法堂夕參的時候，一百多個徒弟集合，全都垂手站立，道一由臺上的蒲團站起來，高舉一把斧頭，瞪著銅鈴虎眼，對眾僧大喝：「呵！剛才把我腳輾傷的人出來！」

隱峰立刻到道一前五體投地，並伸長脖子，表示願意接受任何懲罰，接受果報。隱峰給馬祖道一這個難題，看禪師如何走下一步，禪師真敢把斧頭砍下來嗎？道一卻慢動作輕輕把斧頭放到地面上。隱峰發現自己只會放、不會收，他頓時覺悟，放下也是勇往直前。他又行腳參學到各著名禪師的山頭繞了一圈，最後回江西洪州的開元寺，正式拜道一為師。

馬祖道一培育不少傑出的僧才，他的門下號稱有「八十八位善知識」，如百丈懷海、西堂智藏、南泉普願。是道一的曾徒孫臨濟義玄，開創了今天華人地區佛教第一大宗派臨濟宗。

28　百丈懷海的禪門清規

馬祖道一禪師，在洪州（南昌市）開元寺收了一個徒弟，法號懷海，天生具管理長才。馬祖把這個年輕的徒弟帶在身邊當侍者。要知道，如名稱所言，「侍者」是生活上服侍師父的徒弟，重要的是因為他隨侍在側，可以近距離觀察師父的言行、瞭解師父的用心，所以在徒弟之中學得最多的往往是侍者。一天馬祖和懷海師徒二人由另一間寺院回來，在山徑上看見一大群野鴨飛過，超過一百隻，漫天都是翱翔的水鴨。馬祖看看徒弟的意念修得如何，問懷海：「這是什麼？」

懷海不加思索就回說：「野鴨子。」

馬祖再給他一次機會，又問：「去什麼地方？」

懷海想這也是人生一段過程：「飛過去了。」

出其不意馬祖瞪著虎眼，用力扭徒弟的鼻子，用拇指、食指摳入鼻孔來扭。懷海痛得哇哇大叫。馬祖說：「你敢再說『飛過去了』！」

懷海若有所悟。他回到開元寺的侍者寮，裡面住了十個侍者，他們分別跟隨開元寺的五位教授師，馬祖是其中一位教授師，也是唯一的禪師，其他教授師分別教戒律、傳授不同的佛經。這時已經入夜了，牆的凹處放了一盞陶製的油燈，侍者們或打坐或睡覺，或喃喃誦經或聊天。懷海在自己的床位上放聲大哭。另一位馬祖的侍者問他是否因為想父母，懷海說不是。侍者又問是有人罵他？懷海說不是。侍者追問到底為什麼哭。懷海說：「師父扭我鼻子痛到現在。」

侍者問：「是你跟師父有什麼因緣不契合嗎？」

懷海叫那侍者去問師父答案。那侍者到馬祖的寮房，問：「海侍者哭，說鼻子痛到現在。是跟您有什麼不契合嗎？他叫我來問師父。」

馬祖說：「他知道答案啊，你去問他。」

懷海哭了一場，痛悔自己不夠精進，以後念念都要與道有關。侍者乖乖地回來問懷海：「師父說你知道答案，要我問你。」

懷海知道師父知曉他覺悟了，呵呵大笑。侍者迷惑地問：「剛才哭，現在卻為什麼笑？」

懷海點頭說：「剛才哭，現在笑。」

懷海此刻念念在道，所以是跟侍者說禪語，可憐的侍者滿臉茫然。讀者啊，有沒有注意到那侍者被師兄懷海指使得團團轉，做傳聲筒。禪語公案就是意在言外，一問一答的師徒心中了然，誰說馬祖和懷海不契合？

西元七七八年大雄山（江西省奉新縣）的鄉導庵請馬祖派人去接管，三十歲的懷海被派去任方丈，可見馬祖知道這個弟子胸懷宏圖，就給他機會去創建禪門急需的制度。懷海也心喜自己終於可以全權管理一間禪院，施行他心中規劃了幾年的禪門清規。這小寺離洪州開元寺一百公里，在山高一千二百公尺，深不知處，與世隔絕的峰上，懷海的號因此叫百丈，庵名改為百丈寺。

百丈懷海想到過去幾十年師父和師祖都沒有自己的佛寺，都依附在其他宗派的佛寺常駐：曾師祖六祖惠能住曹溪寶林寺、師祖南嶽懷讓住衡山的般若寺、師父馬祖道一在不同的佛寺各住一段時間，沒有真正的歸屬。他們總要處處遷就其他宗派的規矩。是時候建立歸屬禪宗的寺院、設定自己的規矩。

在懷海的心目中，禪寺一定要是清修之地，不應該以吸引香客為目的。主要建築只有法堂和僧堂，不建佛殿、觀音殿、經樓，其餘只建功能性的食堂、浴堂、庫房等。法堂是大眾一同朝參夕聚、早課晚課之地，僧堂為休息、修行之處。一般的佛寺在生活上階級分明，三綱（首座、寺主、維那），還有教授師、執事，侍者都有專用的寮房，其他一般僧人則住大寮房。以後在禪寺中，除長老住方丈寮，其餘所有人，包括首座、寺主、維那、教授師，都住僧堂的大通鋪，有時間僧人就在自己床位上打坐，太累時作短暫吉祥臥。更重要的是普請法，不論在寺內位階的高低，人人都要出坡，去勞作、農耕，自食其力，務求農作物能讓全寺自給自足。

七八三年，百丈寺建寺第五年，天下大亂，發生涇原兵變，唐德宗逃離長安，藩鎮朱泚造反稱帝，亂了近一年才平定。懷海知道，即使百丈寺地處隱祕，朝廷緝拿的叛軍仍然可能混入寺裡躲藏，就提醒管風紀的智願維那要注意。懷海相信自己訂定的清規能整治僧伽，讓大家安心修行。七八四年夏來掛單的僧人中，有一位引起智願維那的注意，那人三十歲左右，法號志藏，體格魁梧，眼露狠光，但是梵唄、打坐倒是在行。

志藏入住一個月以後，一位年輕的常住僧人悄悄來跟智願維那報告，說他看見志藏在僧堂偷了靈悟教授師的菩提子念珠。寺裡僧人都知道這串一百零八顆念珠，顆顆大如龍眼核，因年代久遠發出油潤的光澤，是靈悟的師父傳給他的。智願維那在大眾出坡時，帶兩位僧人到僧堂中志藏床位前架子掛的包袱中搜查，找到那串念珠。

在方丈寮中，懷海方丈盤坐矮床上，他才三十五歲，雖然清瘦，卻顯露堅定不移的意志，具有金剛力士的威儀。他前面立著五位僧人，智願維那和兩位僧人助理、嫌犯志藏、和作證的僧人。志藏跪下，面現慚愧，懷海冷靜地說：「你犯偷盜戒。還查出你的度牒是假造的，假冒僧人不但犯妄語戒，也犯盜名罪。我們不會把你送官，而是按本寺清規行罰。有什麼話說？」

志藏低聲說：「感謝方丈不送官，那是死路一條，我是朱泚部下，姓孫，校尉軍階。我甘願按清規受罰。」

維那召集大眾到寺院牆外，觀看土坑中孫校尉的僧衣、度牒、陶缽、方便鏟付諸炎炎烈火。僧眾又圍觀孫校尉受杖刑二十下。之後給他穿上常服，讓他帶走自己的銀錢，兩位維那助理打開牆邊的側門，把步履蹣跚的孫校尉逐出寺院。

因為懷海禪師清規嚴謹，禪法精湛，幾十年後百丈寺的僧伽已增至七百人。懷海六十多歲了，出坡依然都帶頭勞動，而且做的比別人多。一個春日早上，因為寺內人口越來越多，需要在山坡上砍樹墾地，加闢菜園。當家的智空寺主知道這些工作要使力氣，懷海師父年紀大了，怕傷了他身子，就把懷海的鋤子和鐮刀藏起來，然後對來工具寮的懷海說，請他今日休息罷。清瘦的懷海說：「我有什麼德行呢，怎麼可以讓別人為我勞作？」

懷海找不到他的工具就回方丈寮。禪寺午齋時，方丈每日都坐在食堂的前方，面對一排排僧人、沙彌、行者，方丈帶領他們誦回向偈，帶領他們攝心受食。但是這天方丈的坐席是空的。寺裡的僧人對他更加敬愛。現在你知道「一日不作，一日不食」成語的出處了。從此百丈寺的清規聲名遠播。百丈清規留傳到今天只有短版的〈禪門規式〉，但是歷代增訂、刻版印出，成為各佛寺遵守的規律，如元朝朝廷頒佈的〈敕修百丈清規〉。

29 老太太指引黃檗希運

百丈懷海跟他徒弟黃檗希運的緣分不淺。他們兩人都來自今日的福建省，懷海家鄉在福州長樂縣（今福州市），希運的家鄉在泉州萬安縣（今福清市），兩地距離只有幾十公里。唐朝的版圖那麼大，怎麼原來不相識的高僧師徒，碰巧都來自那麼偏遠的同一地區？

唐德宗貞元七年，西元七九一年，在洛陽附近一個縣城裡，有位二十多歲、個頭高大的苦行僧正沿門托缽。他法號希運，他的長相奇特，額頭隆起像皮膚裡藏了一顆大珠子。第一家看來像破落戶，漆剝落的門板裂了縫，門旁的夯土牆上長了雜草。希運站定，開始誦唱「南無大慈大悲觀世音菩薩，南無……」因為他中氣足，嗓門大，整個巷子迴響他的誦唱。門呀一聲開了，一位頭髮雪白的老太太出來，滿面皺紋，眼睛卻晶亮，她大聲嚷說：「真是貪得無厭！吵死了！」

希運回她嘴說：「你都還沒有施捨食物，憑什麼罵人貪得無厭？」

老太太掩嘴而笑。希運想，奇怪，她怎麼竟沒生氣，而且笑時以手掩嘴，是來自有教養家庭女子的舉止。老太太回身入門裡，正要拉上門，希運大聲重複一句：「憑什麼罵人貪得無厭？」

老太太回過身來瞪住他，聲音低沉而清晰，答說：「因為誦唱空空洞洞。」

希運心想，這是位大德，因為手還捧著缽，所以向她深深躬身行禮，朗聲說：「請問施主，如何唱出法音？」

老太太望著他點頭說：「你去洪州開元寺拜馬祖禪師罷。」

希運真的聽她話，南下到開元寺（江西省南昌市），寺裡僧人告訴他，馬祖道一禪師兩年多前圓寂了，他的舍利塔蓋在石門山寶珠峰（江西省靖安縣）下的泐潭寺，馬祖生前多次在此寺弘法。所以希運又南下到泐潭寺去找馬祖。

在泐潭寺外的浮屠塔林，他找到馬祖的舍利塔，旁邊有一間草棚。希運合十繞塔三圈，草棚走出一位四十多歲的僧人。他們互通法號，原來他就是馬祖的徒弟懷海禪師、百丈寺的方丈。希運眼中的懷海，個子清瘦、相貌莊嚴、沉著深邃；懷海眼中的青年僧人根器深植，額頭的凸珠為累世修行所結。希運請教懷海，馬祖生前說過什麼精湛有力的句子。懷海說：「你巍巍堂堂從何方來？」

希運不由自主地答：「我巍巍堂堂從嶺南來。」

懷海說：「巍巍堂堂到底為了什麼？」

希運答：「巍巍堂堂不為別的事。」

一連幾個「巍巍堂堂」震撼希運，巍巍堂堂、光明正大，是為了自渡渡人，希運話還沒說完便五體投地拜懷海為師。

懷海帶希運回到大雄山（江西省奉新縣）百丈寺。懷海已經把朝參和夕聚制度化。希運加入僧伽一個月後，一天夕聚，就是晚上的參禪大會，法堂中肅立許多僧人，共兩百人，一邊一百人分開站，兩邊面對面，側耳聽師父說話，聽師徒的公案對話，窗外滿庭月光，這一刻的場景三百七十年前曾在般若多羅祖師的意識中閃現過，般若多羅就是達摩祖師的師父。

侍者在法堂講臺側高聲宣說，「長老升座。」百丈懷海上臺盤坐矮床上。懷海說：「佛法不是小事。以前我問問題，被師父馬祖大喝一聲，我耳朵聾了三天！」

希運聽師父舉這個例子，吐了一下舌頭。

懷海看見他吐舌頭，問他：「希運，難道你不想接你師祖馬祖的法嗎？」

希運答說：「不是的，今天聽見師父舉這個例子，見識到馬祖師祖的大機大用，幸虧我沒有機緣見到他。如果我成為馬祖的徒弟，會沒有徒子徒孫。」

懷海接著說：「說的是，說的是。如果徒弟的見識水準跟師父一樣，德行會只有師父一半。見識要超過師父，才有識有德傳給自己徒弟。你的見識可以說超過師父。」

懷海肯定希運的見識，也肯定他的德行。希運一聽完就伏在地上拜懷海，為什麼呢？我想他深深感念師父對他光大禪門的期許。

希運在師父百丈圓寂後，到江西宜豐縣山上，尋找建立自己禪院的地方。看見高峻的鷲峰跟福建故鄉的黃檗山幾分像，就改其名為黃檗山，在山腳建立大安禪院。後來他以黃檗希運聞名。他收徒注重慧根，寧缺毋濫。徒弟義玄的悟性高，令他欣慰。

有一次，希運禪師來到僧堂前，那是一個春日，小徒弟義玄在僧堂前的大石頭上打坐，陽光曬在他身上，他的雙眼半開半閉。義玄知道師父希運一直走到他跟前，也知道他是來考核自己的進境，義玄就繼續打坐，把雙眼緊緊閉上。師父像頑童一樣，臉對著徒弟的臉，張牙瞪眼作恐怖狀，義玄一直緊閉眼睛。師父回身就走，義玄彈簧一樣跳起來跟，一直跟到方丈寮。在方丈寮中希運坐上矮床，義玄埋頭就拜，說：「謝謝師父。」拜完就走。你說這是不是像兒童戲耍？

首座義如法師一直跟隨在希運身後，回到方丈寮中希運對義如說：「義玄這比丘雖然年輕，卻懂得這件事。」希運的「這件事」應該是指禪悟，指徒弟義玄能做到如如不動、能做到念起念滅。

首座義如說：「老和尚腳跟不點地，卻驗證這年輕的得悟了？」這是大弟子挑戰師父，認為他的教法不夠徹底。

希運打自己一個耳摑，首座義如忙說：「他知道了就是得到了。」

不論是希運和義玄之間，還是希運和大弟子義如之間，他們的關係都打破形式和名位。這小徒弟義玄就是臨濟宗的祖師。

八四一年任洪州刺史的裴休，是位虔誠的佛教徒。他到任後就去開元寺禮佛。當家的寺主陪同地方首長裴刺史參觀寺院，裴休觀看佛殿外牆上的壁畫，畫了一位老僧坐在矮床上，就問：「畫的是誰？」

寺主答：「畫的是一位高僧。」

裴休問：「形影在這裡，高僧在何處？」

寺主答不出來，裴休心中一動，問：「有沒有禪師住在寺裡？」

寺主說有一位今天才來掛單。原來黃檗希運這年七十多了，因為他心念師祖馬祖道一，就來馬祖曾經常駐的開元寺掛單住幾天。寺主帶刺史裴休來見希運，裴休見這位禪師相貌奇古，額有凸丘，就把這次相見的因緣說給禪師聽，裴休講到那壁畫，講到自己問「高僧在何處」一句，希運插嘴朗聲叫喚：「裴休！」

裴休自動答：「是。」

希運接著問：「你在何處？」

希運一句問話，裴休頓時覺悟到應該把握自己的心，去除妄念回歸本心，他雙眼滿是感激。從這一刻開始了高僧與朝臣深交的佳話。十一年後唐宣宗任命裴休為宰相。裴休把向希運禪師學習禪法的內容記錄下來，即〈黃蘗希運禪師傳心法要〉。

30 逢著便殺的臨濟義玄

臨濟宗是二十一世紀臺灣、香港和華人地區最大的佛教宗派，也盛行於日本和韓國。我的師父白雲禪師為臨濟宗第四十代傳人。佛光山的星雲大師也屬臨濟宗。臨濟宗的祖師就是唐朝的臨濟義玄（？—八六七）。為什麼義玄的禪法能流傳一千二百年而不衰？我想跟他教導徒弟的方式和顯現佛法的方式有關。義玄接引徒弟，機鋒峻烈，迎頭痛擊，掃除依物攀緣的心障。《鎮州臨濟慧照禪師語錄》中，義玄這麼說明他教徒弟的方法：「向此間從頭打，手上出來手上打。口裡出來口裡打，眼裡出來眼裡打。」這樣為的是「治病解縛。」我想他教會了弟子要對自己的心障迎頭痛擊，要對自己嚴厲。因為弟子起心動念都受嚴格訓練，所以才會代代出高僧。

義玄一位出家弟子問：「師父唱的是哪一家的曲子？我們的宗風是繼承何人？」

義玄故意壓低聲音答他：「在我師父黃檗那裡，我三次發問，三次挨打。」

義玄已經暗示徒弟不要動一些跟修行、跟佛法無關的念頭，但這徒弟還在轉念頭怎麼繼續跟師父討論下去，於是義玄大喝一聲，接著用手中拂塵打徒弟的頭說：「不可以向空中打木樁。」

你看，在西元九世紀初，棒喝已經是禪門師父教學常用的方法了。馬祖道一對百丈懷海大喝，震得他耳聾三天。臨濟義玄禪師對徒弟又喝又打。之後一千二百年，在臺南關廟的菩提寺，我親耳聽見我師父白雲禪師也用「大喝」來教育出家徒弟。二〇〇八年一天我坐在知客室長椅上。白雲禪師正跟一位出家弟子兩人站著說話，我跟這出家弟子相當熟，協助她辦過寺裡的活動，她聰慧靈敏能力強。忽然一聲大喝像大樓塌了，整個寺院都迴響著，嚇得我差一點跳起來。原來大喝聲來自九十四歲的禪師，那出家弟子震呆了，臉色微紅。白雲禪師的僧俗弟子都知道這是獅子吼。我則慶幸被喝的不是我，白雲禪師對在家弟子一向慈愛和氣，其實在獅子吼那一刻我也應該認真反省自己，才有所獲。白雲禪師圓寂後幾年，我又跟那位被喝的尼師談話，發現她跟以前不同，能剎那沉靜，能細察別人內心深處。這跟那次獅子吼有沒有關係呢？

唐宣宗大中八年（八五四年）義玄在鎮州（河北省正定縣）城東南滹沱河畔建立臨濟院，「濟」字意指渡河，他的禪院應該位於滹沱河的渡口旁邊。之後他主持另一間禪院，也命名為臨濟院，因此後世稱他為臨濟義玄。我想義玄發了大願要渡眾生，才為他的禪院起名為臨濟，在渡口幫人到彼岸。

一天晚上在臨濟院法堂夕參，一個掛單的僧人來拜見義玄禪師，義玄問他：「你從哪裡來？」

掛單僧人大喝一聲，義玄向他作揖，請他到臺上盤坐他身旁。法堂中四十多個弟子都瞪大眼看著這個過了第一關的外單。義玄看掛單僧人正轉念下一步要問禪師什麼問題，義玄就用手中的拂塵打他。僧人起身跑下臺出去。

第二天這僧人到義玄的方丈寮來，義玄把手上的拂塵豎起來，僧人向義玄禮拜，拜還沒拜完，義玄就用拂塵打他。第三天這僧人又來方丈寮，義玄又豎起拂塵，這次僧人站著，不動聲色，義玄還是打他。

你會說，做禪師不難啊，只要拿拂塵打人就行了，或是豎起手中的拂塵就行了，是不是？非也，像義玄這樣的高僧是能洞悉對方心中轉的每一個念頭，能洞悉這念頭是否與道相合。如果義玄發現求教者的念跟道不相合，就立刻用棒喝、用突發的行為幫他止念。我想這樣有助於徒弟時刻觀想和糾正自己方起的念頭。

鎮州有個瘋和尚，法號普化。他手裡拎著個小銅鈴，走在大街上，只要迎面來人，就對他響一聲鈴，不論他是衣冠楚楚的少爺，還是衣衫襤褸的乞丐，他說，「這就是普化。」

有時路上他前面有一個人在走，就湊過去在對方耳邊搖鈴，對方一回頭，普化就向他攤開手掌說：「給我一文錢。」給不給他都哈哈大笑。

有一天普化跑到城外的荒墳堆裡，搖著鈴高聲唱：「明頭來，明頭打。暗頭來，暗頭打。四方八面來，旋風打。」

看來普化所言所唱跟義玄的傳法方式實在相似。

普化常常晚上到臨濟院的菜園子，偷拔菜生吃。方丈義玄叫僧人逮住他，問他說：「將來沒法子這樣偷吃你怎麼辦？」

普化用臂托開僧人的手，說：「沒有臨濟院，將來有大悲院。」

義玄笑他說：「你這條漢子吃菜像一頭驢！」

普化毫不介意，就像驢一樣地大聲嘶叫。從此普化常常跟著義玄，像助教一樣跟義玄對話，以幫助弟子參禪。

鎮州冬天連日大雪，寒冷刺骨。一日臨濟院來了兩位嘉賓：河陽長老跟木塔長老。義玄請他們到僧堂內的地爐周圍盤坐、取暖，方形的地爐放了炭，中央鐵架上，小鐵壺正燒著茶。今日在日本的榻榻米老式房間中央還有地爐，是唐朝傳過去的室內設備。在三位長老身後面還坐了一圈出家弟子聆聽。

義玄跟兩位長老談到普化瘋瘋癲癲的事，像是在大街上搖鈴討錢。義玄說真不知他是平凡人還是悟道者。話還沒說完，僧堂的門打開，大個子普化跟著一陣風雪掃進堂來。義玄問他：「你是凡還是聖？」

普化毫不猶疑反問：「你說我是凡還是聖？」

義玄大喝一聲。普化用手指一一點他們三人，一面唱一個偈子：「河陽新婦子，木塔老婆禪。臨濟小廝兒，卻具一隻眼。」

普化膽大而富批判性，他認為河陽的法像新娘子，困在規矩中；木塔的法像個老禪婆，囉囉嗦嗦，只有義玄的法清嫩如小廝，別具法眼。義玄覺得他還是對法有執著，罵他：「賊！」

普化覺得義玄一樣執著，大聲回嘴：「賊！賊！」

普化說完奪門而出。坐在後面一圈的出家弟子參禪陷入沉思。臨濟禪的顛覆性很強，戳穿了表象門面，顛覆了長幼尊卑，顛覆師徒關係，更顛覆了人的自尊、自我。

義玄曾到河南省三門峽市、李村鄉、熊耳山下的空相寺，參拜達摩塔。禪宗達摩祖師來此地是在三百多年前六世紀西元五三五年左右，那年他已經一百四十多歲，空相寺還叫定林寺，是東漢古寺。達摩於西元五三七年在此寺圓寂，次年蓋了達摩靈塔。達摩圓寂兩百多年後，安祿山之亂期間，郭子儀率兵路過，入寺參拜達摩塔，許願如果亂平，必請皇帝恩敕重修定林寺。亂平定後郭子儀啟奏，唐代宗在大曆七年（七七二年）將定林寺改名為空相寺，並賜寺額。為什麼叫空相寺呢？為什麼唐代宗賜塔名為空觀之塔？跟一隻鞋子有關嗎？據說在達摩圓寂後不久開棺，棺中只剩下一隻鞋。難道這塔下安置的就是達摩這隻鞋子？二十一世紀的今日達摩塔尚在，是座八面七層塔，樸實斑駁，古意盎然。

義玄到了定林寺，管理達摩塔的塔主僧把義玄帶到塔前。塔主拿出開塔門的鑰匙問義玄說：「請問長老，您是先禮拜佛陀，還是先禮拜達摩祖師？」

必然是塔內有佛陀的龕，也有達摩的龕。義玄說：「佛陀、祖師都不禮拜。」

塔主一臉詫異地問：「佛陀、祖師跟長老您有什麼冤仇？」

義玄一拂袖，回身就走，離開空相寺。你說義玄拂袖表示什麼？為什麼連自己的祖師爺也不拜了？他是在點化那個滿腦子恩怨果報的塔主嗎？塔主後來悟了嗎？禮拜的順序完全不重要，禮拜不禮拜也不重要，是冤家還是恩人也不重要。那麼，什麼重要呢？你參參看。

當臨濟義玄站在空相寺達摩的空觀之塔前，是第九世紀前半葉，距離達摩圓寂已經三百多年了，義玄是達摩的第十代傳人。由達摩到惠能，禪宗法脈危如絲縷。惠能圓寂後一百年，生機迸發，九世紀前半葉是禪門南宗的大盛時期，這幾十年高僧輩出，像是惠能的第三代弟子還在世的，有百丈懷海、南泉普願、藥山惟儼，正值壯年的惠能第四代弟子黃檗希運、溈山靈佑、趙州從諗，第五代弟子德山宣鑒、臨濟義玄。猶如一下子菩薩們都趕著降生到中土來了。

接著是唐武宗的滅佛運動，滅得非常徹底，由西元八四二年開始，八四五年全面執行，大寺拆四千六百座，小寺拆四萬多間，還俗僧尼幾十萬。沒收寺院財產數千萬頃田，屬寺院的十五萬奴婢變更為納稅戶。唐武宗於一年之後，八四六年過世，繼任的唐宣宗崇佛，但是以前淨土宗、律宗、天臺宗、華嚴宗、法相宗那些宏偉華麗的佛寺過了許多年都無法恢復，因為唐朝朝廷不再有能力提供豐富的資源給它們。倒是禪宗寺院很快就復元，因為禪院自食其力，不靠朝廷。建築只需要簡樸的法堂、僧堂，不需要巨大的佛殿、不需要高聳的佛像、不需要藏書萬卷的經樓，只需要具有開悟潛能的僧才。禪宗就這樣生機蓬勃地流傳下來。

禪宗祖師傳奇箚記

這本小說出現十多位禪宗祖師，都是歷史上的真實人物。既然是真實人物就要做考據。所以才有這篇箚記。希望我寫的小說沒有背離基本的史料。這本書是小說、是傳奇，不是禪宗祖師的傳記。小說的本質，如英文fiction的含義，是虛構，所以小說必有虛構的故事。傳奇故事的本質，是具有離奇未測的情節。所以本小說許多故事是虛構的，具有神祕離奇的特色。為了小說的發展能引人入勝，有時我寧願採用找不到根據的傳說，而捨棄有依據、但沒有敘事效果的事蹟。

本小說中人物的歲數是中國人用的虛歲。所說的月分、日子，用古書上所列的農曆，所以到十二月，西曆年分會推到次年，會有些變動。本箚記中引用的書和文，可以在「引文書目」中找到出處。

般若多羅尊者（?—四五七）

＊般若多羅哪年圓寂，圓寂時顯何神通：根據《五燈會元》卷一，達摩的師父般若多羅圓

寂時，現神通：「尊者付法已，即於座上起立，舒左右手，各放光明二十七道，五色光耀。又踴身虛空，高七多羅樹，化火自焚，空中舍利如雨。收以建塔，當宋孝武帝大明元年丁酉歲。」宋孝武帝大明元年為西元四五七年。達摩生年可能是西元三八八年，那麼他師父圓寂時，達摩應七十歲。般若多羅圓寂材料用於〈達摩祖師尋覓徒弟〉。

＊**般若多羅對中國禪宗的預言**：根據《祖堂集》卷一，印度第二十七祖般若多羅收了徒弟菩提達摩，並用讖向達摩暗示，禪宗在中國代代傳人是誰，有關惠能的徒弟南嶽懷讓和徒孫馬祖道一，如是說：「金雞解銜一顆米，〔釋匡俊之注釋「『金雞者，金州也。讓師是金州人也。一顆米者，意取道一，江西馬祖名道一。』」〕供養十方羅漢僧。〔『讓和尚付法與道一，故言供養。十方者，馬和尚是漢州十方縣羅漢寺出家也。』〕」此預言用在〈馬祖道一：一匹悍馬〉。照理說，般若多羅不通中文，讖語是用天竺語說的。

菩提達摩祖師（三八八？—五三七）

＊**達摩生卒年**：生年資料欠缺者，用可考的卒年來推算生年。根據唐朝《寶林傳》卷八，達摩圓寂於梁武帝大同二年十二月，西元五三七年初。根據唐朝《祖堂集》卷

二：達摩於「後魏第八主孝明帝大和十九年入涅槃，壽齡一百五十。」北魏孝明帝有四個年號，但並無大和，孝明帝也只做皇帝十二年，《祖堂集》此卒年資料有問題。所以採用《寶林傳》，達摩卒於五三七年。以《祖堂集》說達摩壽齡一百五十來算，應出生於西元三八八年。

＊**般若多羅尊者對徒弟達摩說應何時去中國**：根據《祖堂集》卷二，達摩的師父般若多羅說，等師父死後六十七年才去中國：「汝今得法，亦莫遠化，待吾滅後六十七年，當往震旦大施法藥。」般若多羅卒於西元四五七年。當時達摩七十歲。根據他師父指示，達摩應在一百三十七歲去中國。因為我的小說〈達摩祖師尋覓徒弟〉安排達摩在中國學習中國文化多年，所以達摩一百三十七歲去太晚。我安排達摩三十歲得道時，般若多羅要他六十年後，九十歲時去中國。

＊**菩提達摩來中國的日期**：根據宋朝《景德傳燈錄》卷三：「爾時達摩和尚泛海東來，經於三載。梁普通八年丁未之歲九月二十一日至於廣州上船。刺史蕭昂出迎，奏聞梁帝。十月一日而至上元，武帝親駕車輦，迎請大師升殿供養。」據此達摩一到廣州，地方官刺史迎接他上岸，十天後送他到大梁首都建業（南京），梁武帝迎入皇宮。接

著就是二人不投契的對話。我認為達摩一上岸就入皇宮的說法牽強。他人還沒來，大梁如何得知他是高僧？達摩到岸十多天，就要跟皇帝進行禪語對話，他懂大梁朝廷的官話嗎？譯官能翻譯深奧的禪對話嗎？如果他是西元五二七年到達廣州，他已經一百四十歲。何以到生命只餘十年，才來一生最重要的傳法之地？所以我不採用《景德傳燈錄》的來華日期。我採用唐代《續高僧傳》（七世紀）卷十六，說達摩「初達宋境南越。末又北度至魏。隨其所止，誨以禪教。」第一句是說達摩在南北朝劉宋（西元四二〇—四七八年）年間來到南越，即廣州。崔頌明在〈「西來初地」——中國佛教禪宗發祥地〉一文中說：「湯用彤先生明確指出，達摩於南朝宋時抵達中國……是相對準確的、可信的。南朝宋末或期間當是西元四七九年之前。這樣概略估算，達摩在中國足有五、六十年多時間，其遊歷南北、傳禪創教和活動，時間上是完全有可能的。」我同意湯用彤的說法，所以小說〈達摩祖師尋覓徒弟〉把他到達廣州的年分定在劉宋末年，西元四七七年。把達摩見梁武帝的年分定在五二〇年，他見梁武帝之前已經在中國住了四十三年，學會中國的地方話和官話，學會讀中國儒道釋的經典，瞭解中國的風土人情。我安排他長時間住建業，所以對梁武帝的崇佛活動相當瞭解。因為他通中國官話、地方話，他可以跟梁武帝直接對話，也能跟各階層人談話。我安排達摩西元四七七年到廣州，是年九十歲，一百三十三歲見過梁武帝以後，還活了十七年，找到傳人，更行腳傳法，先後在中國逗留六十年。印順認為達摩傳授弟子《楞伽經》，必「是長期在中國，通曉華文。」（一九八七年，十三頁）楊曾文推斷達摩在中國生活了五十八年。（一九九五年，三十八頁）

＊**達摩選《楞伽經》作為禪宗課本**：唐朝《楞伽師資記》中，達摩「謂〔慧〕可曰：『有《楞伽經》四卷，仁者依行，自然度脫。』」根據《楞伽師資記》，道信說法時：「及制入道安心要方便法門，為有緣根熟者，說我此法，要依《楞伽經》，諸佛心第一。」《楞伽師資記》中也說弘忍教神秀《楞伽經》。以下小說都用到《楞伽經》內容：〈達摩祖師尋覓徒弟〉、〈達摩一葦渡長江〉、〈慧可的護教任務〉、〈神秀拜弘忍為師〉。五世紀求那跋陀羅譯的《楞伽經》卷四說：「如來之藏，是善不善因，能遍興造一切趣生……為無始虛偽惡習所薰，名為識藏……離無常過、離於我論，自性無垢，畢竟清淨。」材料用於〈慧可在水面坐化〉。

＊**有關達摩拜求那跋陀羅為師**：求那跋陀羅（三九四—四六八年），中天竺人。西元四三五年來到廣州，宋文帝遣使迎入建業祇洹寺，從事譯經工作。翻譯多部佛經，包括四卷《楞伽經》。《楞伽師資記》（七〇八年）說：「魏朝三藏法師菩提達摩。承

求那跋陀羅三藏後。」如果達摩四七七年到達廣州，那時求那跋陀羅已經過世九年了，所以達摩不可能拜他為師。「承某某人之後」也可理解為，發揚某某人的學說。材料用於〈達摩祖師尋覓徒弟〉。

＊**達摩見梁武帝的日期：**為什麼我選定達摩在西元五二〇年求見梁武帝呢？因為我編撰達摩誤以為武帝是禪宗傳人的故事。五二〇年，即天監十九年，梁武帝在前一年受菩薩戒，包括十重戒、四十八輕戒。之前數年又發佈兩項意義重大的文章和法令：〈斷酒肉文〉和〈斷殺絕宗廟犧牲詔〉，前者要求佛教徒素食，大大影響中國佛教徒的飲食，和中國人的飲食觀念。後者表現了梁武帝敢於挑戰儒家，禁止在祭祖儀式上以魚肉祭祀祖先。根據元朝《釋氏稽古略》卷二，梁武帝天監十六年：「四月梁武皇帝詔以宗廟用牲牢有累冥道。宜皆以麵為之……十月詔以宗廟猶用脯脩更議代之。於是以大餅代大脯。其餘盡用蔬果。」在〈達摩祖師尋覓徒弟〉的情節安排上，達摩就有動機求見梁武帝了。

＊**有關道場寺：**〈達摩祖師尋覓徒弟〉安排道場寺為達摩常住的寺院，原因如下：一是道場寺位於建業；二是它在達摩來華時（四七七年）已是古寺，道場寺始建於晉太甯

初年（三二三—三二五年）；五世紀它是中國南方最重要的佛經翻譯場，其藏經閣必有豐富的經書。小說情節上，方便達摩學習中文，也方便他研究《楞伽經》的譯本。〈達摩祖師尋覓徒弟〉用了此寺的譯場背景。東晉義熙九年（四一三年），法顯在道場寺住五年，寫出中國第一部中亞、印度和南海的遊記《佛國記》，他翻譯自己帶回來的佛經六部，包括《涅槃經》。

＊**神光（慧可）初拜達摩為師的經過：**〈達摩一葦渡長江〉和〈慧可斷臂求法〉中，達摩在建業城外，雨花臺山上的甘露寺找到神光。接下來，神光一路跟著他，渡江而北，一直到少林寺。這純屬傳說，見網路維基百科〈菩提達摩〉項。我找不到這故事出處。但論戲劇效果，則可圈可點，尤其可以讓神光目睹達摩一葦渡江奇蹟，更堅定他拜達摩為師的決心。小說中神光在五二〇年遇見達摩時，三十四歲。其他說法是他過四十歲才自洛陽龍門南下去少林寺找達摩，見《祖堂集》卷二和《五燈會元》。

＊**古印度修道人的神通：**《祖堂集》說，禪宗印度第一祖為佛陀，到第十一祖富那耶奢尊者，他「遇一長者名馬鳴……告馬鳴曰：『我今將此正法眼藏付囑於汝。汝可流布，勿令斷絕。』……師付法已，則現神通，飛行自在。卻至本座，而入寂定。」

〈達摩祖師尋覓徒弟〉採用富那耶奢尊者的神通事蹟。

＊**甘露寺和雲光法師：**甘露寺即高座寺，在六世紀是梁國的重要佛寺，位於建業城南雨花臺山坡上，高座寺始建於西晉永嘉年間（三〇七—三一三年），初名甘露寺，得名於西晉（二六五—三一六年）年間掘的甘露井。元朝《釋氏稽古略》卷二，相傳梁武帝天監元年（五〇二年）高座寺的雲光法師在石子崗上設壇說法，說得生動絕妙，天上落花如雨。據此傳說石子崗改名為雨花臺。傳說中達摩在此寺初見神光。我把雲光法師和達摩遇神光兩段傳說寫進〈達摩一葦渡長江〉。

＊**長蘆寺和達摩的關係：**長蘆寺位於長江北岸，在今天的南京市區。此寺建於梁武帝普通年（五二〇—五二六年）間，梁武帝為女兒病癒還願而建。另一名為崇福禪寺。我想當初皇帝建時，寺名應為崇福寺，後因達摩一葦渡江，在此寺附近上岸，聲名遠揚，此地區改名為長蘆縣，寺改名為長蘆寺，以蘆葦為名。〈達摩一葦渡長江〉用以上資料。長蘆寺的原址不在今日南京市六合區長蘆街道，長蘆寺一千幾百年來多次改建，每次都北移，因為長江移岸，此寺常水淹故。

＊**定山寺和達摩的關係：**定山寺位於六合山獅子峰下，背山向南面長江，建於梁天監二年（五〇三年），由梁武帝撥款建造，賜名定山寺，贈與高僧法定。是達摩短暫入住之地，曾在此面壁修行。〈達摩一葦渡長江〉用以上資料。

＊**少林寺附近的達摩洞：**達摩洞現依舊在，位於少林寺初祖庵後兩公里，五乳峰中峰峰頂下十多公尺處。一個天然的石洞，洞深約七公尺，高寬三公尺餘。達摩曾在此面壁修行九年。〈慧可斷臂求法〉採用這資料。

＊**達摩遭人毒害六次：**達摩遭人毒害六次，皆被他化解，最後第七次，因為已經找到慧可為禪宗傳人，就不解毒就死。見《祖堂集》卷二：「師付法已，又告惠（慧）可曰：『吾自到此土，六度被人下藥，我皆拈出。今此一度，更不拈出，吾已得人付法。』」資料用於〈慧可斷臂求法〉和〈慧可的護教任務〉兩章。

＊**梁武帝之死：**《資治通鑑・梁紀十八》說，西元五四九年侯景攻陷建康，困梁武帝於臺城皇宮，限制他的飲食，「上所求多不遂志，飲膳亦為所裁節，憂憤成疾……五月丙辰，上臥淨居殿，口苦，索蜜不得，再曰：『荷，荷！』遂殂，年八十六。」（一

〇七一—一〇八六年，《資治通鑑》，冊六，卷一六二，頁五〇一七）「荷，荷」是士兵先退後進的口號。資料用於〈達摩祖師尋覓徒弟〉。

＊**維那屬佛寺管理層：**南北朝至唐，佛寺的方丈之下，領導有三人，稱三綱，「上座」（即首座）為修行深、受敬重之位，如首席教授師，地位類似今日之住持。「寺主」類似今日統領寺務、執事的當家。「維那」主僧眾之綱紀和戒律。見《大宋僧史略》卷二。維那資料用於〈慧可斷臂求法〉、〈百丈懷海的禪門清規〉兩章。今日寺院的維那只在舉行法會、課誦時，擔任眾僧的先導，掌理舉唱、迴向等。

＊**達摩所說的理入、行入和四行：**唐朝《楞伽師資記》記錄達摩傳的法：「入道多途，要而言之，不出二種。一是理入，二是行入。理入者……凡聖同一真性，但為客塵妄覆，不能顯了。若也捨妄歸真，凝住辟觀，自他、凡聖等一，堅住不移……行入者，所謂四行……何等為四行：一者報冤行、二者隨緣行、三者無所求行、四稱法行。云何報冤行？修道行人，若受苦時，當自念言：『我從往昔，無數劫中，棄本逐末，流浪諸有。多報怨憎，違害無限。今雖無犯，是我宿殃，惡業果熟。非天非人，所能見與，甘心忍受。都無怨訴。』……第二隨緣行者，眾生無我，並緣業所傳，苦樂齊

受，皆從緣生。若得勝報榮譽等事，是我過去宿因所感，今方得之。緣盡還無，何喜之有？得失從緣，心無增減。喜風不動，冥順於通。是故說言隨緣行。第三無所求行者……安心無為，形隨運轉。萬有斯空，無所願樂。功德黑闇，常相隨逐。三界久居，猶如火宅。有身皆苦，誰得而安？了達此處。故於諸有，息想無求……第四稱法行者……法體無慳於身命，則行檀捨施，心無吝惜。達解三空不倚著，但為去垢。攝眾生而無取相，此為自復地。亦能莊嚴菩提之道。」資料用於〈慧可斷臂求法〉、〈慧可的護教任務〉、〈平凡又不平凡的僧璨〉、〈僧璨不一樣的立化圓寂〉、〈王維和南陽和尚神會〉五章。

＊**禪宗的傳法袈裟**：根據《祖堂集》卷二，禪宗法脈由佛陀傳迦葉後，在印度傳到二十五祖時，傳法袈裟出現不止一次。達摩是第二十八祖。天竺國王質疑二十五祖是否真得佛陀之法，二十五祖說有信物，得傳「信衣，名僧伽梨衣」。國王就用火燒這件僧伽梨衣：「其火熾然，光明貫天，祥雲覆地，而雨四花，異香氣馥，火燼衣存。」顯示傳法袈裟現奇蹟，且火不能燒燬它，但沒有此衣材質和形狀的資料。僧伽梨衣是僧人三衣中最正式的上衣。後來的文獻中的傳法袈裟，屬三衣中的鬱多羅僧，即正式的常服。我採用鬱多羅僧衣說法。《宋高僧傳》卷八說，惠能圓寂後，真

身置寶林寺塔中，此袈裟藏塔下：「其塔下保藏屈眴布鬱多羅僧。其色青黑，碧縑複袷。非人間所有物也。」「屈眴布」為第一好布，或大細布。以木棉之花心紡織而成者。「鬱多羅僧」，三衣之一，即上著衣，即七條衣，為常服中最上者，齋、講、禮、誦等諸羯磨事時，必著此衣，僅覆左肩以是披在僧衣外的袈裟，共有二十一格。「縑」，細緻的絲絹。「複袷」，雙層夾衣。此傳法袈裟出現以下章節中：〈慧可的護教任務〉、〈僧璨不一樣的立化圓寂〉、〈道信解救圍城〉、〈法脈細如絲〉、〈惠明和傳法袈裟〉、〈獵人隊伍中的禪行者惠能〉、〈法衣之北上南下〉等七章。

二祖慧可（四八七—五九三）

*　**神光（慧可）覓達摩為師的因由**：較早的七世紀《續高僧傳》、八世紀初《楞伽師資記》、十世紀《祖堂集》，甚至十一世紀初《景德傳燈錄》中，慧可因為慕達摩之名而拜師。南宋的《五燈會元》說神光「抵洛陽龍門香山，依寶靜禪師……年三十三，卻返香山，終日宴坐。又經八載，於寂默中倏見一神人謂曰：『將欲受果，何滯此邪。大道匪遙，汝其南矣。』……翌日覺頭痛如刺，其師欲治之，空中有聲曰：『此乃換骨。非常痛也。』祖〔神光〕遂以見神事白於師，師視其頂骨，即如五峯秀出矣。乃曰：『汝相吉祥，當有所證。神令汝南者，斯則少林達摩大士，必汝之師

也。』」《五燈會元》顯示慧可去少林寺拜師達摩是因為：一有神人指示他去南方覓師；二神光頭上長出五個突處，是吉象；三他原來的師父寶靜禪師，要他去拜達摩為師。這些細節並非寫小說的好素材，因為是靠神的指示，而非由事件自然發展而成，所以〈達摩一葦渡長江〉沒有採用。

＊**慧可臂膀是自己砍斷還是賊人所砍：**慧可圓寂不到八十年，唐太宗、高宗時代已流傳慧可之臂為別人所斷的說法。七世紀《續高僧傳》卷十六說，慧可的臂是賊人砍斷，「遭賊砍臂。以法禦心，不覺痛苦。火燒砍處，血斷帛裹。乞食如故，曾不告人。」這段表現慧可無畏於身體受傷，具無生法忍的修為。但慧可圓寂四十年，比《續高僧傳》早幾十年，唐朝名僧法琳（五七二—六四〇）已為慧可寫碑文，全文錄在中唐，西元八〇一年著作《寶林傳》卷八，《寶林傳》為禪宗祖師們的傳記。慧可碑原文說，「大師曰，夫求法者，不以身為身，不以命為命，方可得也。禪師乃雪立數宵，斷臂而無顧投地碎身。大師乃喜曰，我心將畢，大教以行。」這段點出因為慧可敢自斷臂，具體表現他殉道的決心，達摩才認定他是中土的傳人，心願已了。慧可最終也殉教身亡。後來有關禪學的史籍，如八世紀初《楞伽師資記》、八世紀《傳法寶記》、十一世紀初《景德傳燈錄》卷三、十一世紀《傳法正宗記》卷六，皆承襲法琳

之說，不用《續高僧傳》賊人斷其臂說。後來這段慧可「雪中斷臂求法」故事為一般禪家採用。〈慧可斷臂求法〉亦採斷臂求法說。

＊**唐代高僧法琳在朝廷護佛教抗道教：**元朝《釋氏稽古略》卷三說，西元六二六年，唐高祖「武德九年二月，太史令傅奕搆道士李仲卿，上〈十異九迷論〉，貶量佛聖。前後凡七上疏以毀教。宰相蕭瑀庭斥傅奕。四月帝以奕疏頒示諸僧，有法師釋明概，作〈決破傅奕謗佛毀僧事八條〉。法師法琳著〈十喻九箴〉，破李仲卿十異九迷之說。」法琳護佛教資料用於〈慧可在水面坐化〉。

＊**佛陀有一世為摩訶薩埵太子捨身飼虎：**此事「摩訶薩埵太子本生」見以下佛經：北涼法盛譯《菩薩投身飴餓虎起塔因緣經》、北涼慧覺譯《賢愚經》卷一〈摩訶薩埵以身施虎品〉、北涼曇無讖譯《金光明經》卷四〈捨身品〉。《賢愚經》〈摩訶薩埵以身施虎品〉說：「其王三子共遊林間。見有一虎適乳二子，飢餓逼切。欲還食之……內自思惟，我於久遠生死之中捐身無數，唐捨軀命，或為貪欲，或為瞋恚，或為愚癡，未曾為法……至於虎所投身虎前。餓虎口噤，不能得食。爾時太子，自取利木，刺身出血。虎得舐之，其口乃開，即噉身肉。」《菩薩投身飴餓虎起塔因緣經》

和《金光明經》中，母虎生七隻小虎。《景德傳燈錄》卷三，講神光自斷其臂之前的思維：「光自惟曰，昔人求道敲骨取髓，刺血濟飢，布髮掩泥，投崖飼虎。古尚若此，我又何人。」」慧可想到四個為道而不顧身體的典故以激勵自己，都有關佛陀前世：「敲骨取髓」是《大方便佛報恩經》卷二，佛陀有一世為忍辱太子，為醫父病，犧牲性命，以自己骨與髓為藥。「刺血濟飢」，典出佛陀捨身餵虎，割肉餵鷹。「布髮掩泥」的典故是佛陀曾一世為貧女。當時因燃燈佛出去弘法，貧女用頭髮鋪蓋泥濘地面供佛行走，燃燈佛給她授記說，一百劫後妳將成佛，名為釋迦牟尼（《過去未來因果經》）。〈慧可斷臂求法〉只採用摩訶薩埵太子「刺血濟飢」、「投崖飼虎」的典故。

＊**出家人燃指是佛教習俗**：《梵網菩薩戒經》輕垢戒第十六條說：「若不燒身、臂、指，供養諸佛，非出家菩薩。」又《法華經》的〈藥王菩薩本事品〉也有燃身供佛的記載：「若有發心，欲得阿耨多羅三藐三菩提者，能燃頭指乃至足一指，供養佛塔，勝於國城妻子，及三千大千國土、山森河池、諸珍寶物，而供養者。」《宋高僧傳》卷二十三後晉〈息塵傳〉記載，僧息塵燃燒多個手指供佛。隋朝大業五年（六〇九年），隋煬帝下令僧眾中戒德疏荒者還俗，寺院中住僧少者命廢卻，只有大的寺院存續下來。天臺宗的大志法師護教在嵩山燃手臂，之後入定坐化。七世紀《續高僧傳》

卷二十七〈大志傳〉說：「勅設大齋，七眾通集。志不食三日。登大棚上，燒鐵赫然用烙其臂，並令焦黑。以刀截斷肉裂骨現。又烙其骨令焦黑已。布裹蠟灌，下火然之。光耀巖岫。於時大眾見其行苦，皆痛心貫髓，不安其足。而志雖加燒烙，詞色不變，言笑如初。時誦法句，或歎佛德。為眾說法，聲聲不絕。臂燒既盡，如先下棚。七日入定，加坐而卒。時年四十有三。」近代虛雲老和尚五十八歲在寧波阿育王寺，拜佛陀舍利，並燃指以報母恩，見《虛雲和尚年譜》。資料用於〈慧可斷臂求法〉。

＊**慧可在周武帝滅佛前的護教活動**：《續高僧傳》卷十六說：「林法師（即曇林，或曇琳）……及周滅法與可同學，共護經像。」曇林是達摩的弟子，他把達摩的言行，整理為文，《楞伽師資記》說：「弟子曇林記師言行。集成一卷。名曰《達摩論》也。」曇林精通漢文與梵文，曾於北魏元象元年（五三八年）至東魏武定元年（五四三年）參與瞿曇般若流支、毗目智仙、菩提流支、佛陀扇多等的譯經工作。以上護教資料用於〈慧可的護教任務〉。

＊**蘭陵王高長恭的事蹟**：《資治通鑑》陳紀三：「蘭陵王長恭以五百騎突入周軍，遂至金墉城下。城上人弗識，長恭免冑示之面，乃下弩手救之。周師在城下者亦解圍遁

去，委棄營幕，自邙山至穀水，三十里中，軍資器械，彌滿川澤。」（一〇七一—一〇八六年，《資治通鑑》，冊六，卷一六九，頁五二四八）《北齊書》卷十一，列傳第三：「武平四年五月，帝使徐之範飲以毒藥。長恭謂妃鄭氏曰：『我忠以事上，何辜於天，而遭鴆也。』妃曰：『何不求見天顏。』長恭曰：『天顏何由可見。』」遂飲藥薨。」（六三六年，《北齊書》，冊一，頁一四七）資料用於創作〈平凡又不平凡的僧璨〉。

＊**在鄴城慧可遭道恆迫害：**《續高僧傳》卷十六說：慧可「天平之初北就新鄴，盛開祕苑……時有道恆禪師，先有定學王宗鄴下，徒侶千計。承可說法，情事無寄，謂是魔語。乃遣眾中通明者，來殄可門。既至聞法泰然心服，悲感盈懷，無心返告。」天平為東魏孝靜帝年號，天平二年是五三五年，慧可四十九歲。印順認為，在南北朝北方注重打坐、誦經，打坐要達至禪境。因為慧可主張「情事無寄」，以道恆等修的禪境為幻，所以道恆攻擊慧可用「魔語」。（一九八七年，印順，頁三十三—三十四）材料用來創作〈慧可的護教任務〉。

＊**慧可何時收僧璨為徒：**《寶林傳》卷八說：「於天平年中，後周第二主己卯之歲，有

一居士……及所禮拜〔慧可〕。」後周第二主己卯之歲，應該是西元五五九年，慧可收僧璨為徒。我安排慧可、曇林的護教行動也始於此年。這年慧可七十三歲，僧璨定為四十一歲。見〈慧可的護教任務〉、〈慧可在水面坐化〉兩章。

＊**慧可教育僧璨多少年後傳法衣：**《寶林傳》卷八中說，「其年（五五九年）三月十八日〔僧璨〕於光福寺受具戒，卻歸覲侍，經於二載，大師〔慧可〕告曰……我今將此正法眼藏付屬於汝，並師袈裟以為信……〔慧可〕便往鄴都，化導群品，三十四載。」慧可教了僧璨兩年，就把法衣傳他，然後去鄴城一帶，行腳三十四年。我認為教育兩年太短，又因為我的小說要處理慧可在道場寺運送佛寺經像的情節，所以把行腳三十四年，改為行腳二十年。改為慧可五七一年才傳法衣給僧璨，把他帶在身邊教育十二年。慧可八十五歲下山去行腳。見〈平凡又不平凡的僧璨〉、〈百歲慧可的天竺式行腳〉兩章。

＊**周武帝滅佛與慧可、僧璨的關係：**北周武帝宇文邕五六一年即位，時天下三分，長江以北，西為北周，東為北齊。長江以南是陳國。時佛教盛行於三國。周武帝即位六年後，開始在朝廷讓群臣、僧道議論儒釋道三家，目標是貶抑釋道，收回廟產、釋放人

力，以富國強兵。周武帝在位十三年後，於五七四年在北周全面推行滅佛，經像悉毀，令沙門道士還俗，寺廟財物散給臣下，寺觀塔廟賜王公。五七七年攻滅北齊，在北齊全面滅佛教。五七八年周武帝歿，佛教在長江以北經多年才慢慢恢復。有關慧可和曇林的護教活動，我安排在五七九年，周武帝在本國滅佛前十五年，兩人開始運送、藏起佛經、佛像。護教運動在北周滅佛五年前已完成。見〈慧可的護教任務〉。五七一年北周境內滅佛前三年，慧可下山行腳二十年，在滅佛期間都在行腳。根據《寶林傳》卷八，房琯〈僧璨碑〉中說「當周武滅佛法，可公將大師〔僧璨〕，隱於皖公山十有餘載。」慧可是把僧璨安頓在皖公山（即天柱山）的山谷寺。我的安排是，〈平凡又不平凡的僧璨〉中慧可五七一年在天柱山傳法衣給僧璨。並令他留在山中避禍，禍就是指三年後北周北齊的滅佛運動。我也安排僧璨在山洞修行共二十年，五九〇年才去山谷寺。

***慧可傳法衣給僧璨後的行腳：**《寶林傳》卷八說，慧可「後而變行，復異尋常，或在城市或於巷陌，不揀處所，說法度人。或為人所使，事畢卻往。彼有智者每勸之曰：『和尚高人，莫與他使。』可大師曰：『我自調心，何關汝事？』」《歷代法寶記》說，慧可得達摩傳法衣，「以後四十年〔慧可〕隱皖山洛相二州。」洛州在今河南陝西二省，相州在今河北省。我用《寶林傳》此材料創作〈百歲慧可的天竺式行腳〉。

***慧可參與陣亡將士法會的歷史背景**：西元五七五年八月，北周大軍攻入北齊境。未幾攻陷河陰，進圍洛口（今河南鞏縣東北），拔東西二城。周武帝宇文邕親自督軍攻洛州（今洛陽）不克。九月北齊右丞相高阿那肱自晉陽（今山西太原）率兵來拒周師，至河陽（今河南孟縣），值周武帝染病，周軍棄城回師。是年五七五年慧可八十九歲。〈百歲慧可的天竺式行腳〉用此歷史背景創作大法會情節。

***《梁皇寶懺》**：即《慈悲道場懺法》。應梁武帝要求，寶誌禪師等九僧為超渡其髮妻郗皇后所作，故俗稱《梁皇寶懺》、《梁皇懺》，於西元五〇五年編成。其中根據《法華經》、《華嚴經》、《涅槃經》、《楞伽經》等佛經中抄錄的一二七五佛號而編成，共計兩千多次禮佛，以與冤親債主解怨釋結，祈求陽世檀越除病消災。《梁皇寶懺》編成後七十年，北方的齊國採用它於超渡法會是有可能的。用於〈百歲慧可的天竺式行腳〉。

***慧可的死因**：《寶林傳》卷八說，辯和法師「遂于縣令翟仲侃言之云：『彼邪見道人，打破講席，亂壞佛法，誑惑百姓。』于時翟令，不委事由，非理損害。」《寶林傳》中沒有說明真正死因，只說「非理損害」，即沒有理據把他害死了。《歷代法寶

記》說，「菩提流支徒黨告可大師云，妖異奏勅。勅令所司推問可大師。大師答：『承實妖。』所司知眾疾，令可大師審。大師確答：『我實妖。』勅令城安縣令翟仲侃依法處刑……遂示形身流白乳，肉色如常。所司奏帝，帝聞悔過，此真菩薩。」《歷代法寶記》的說法很曲折，菩提流支派僧人誣告慧可，審時用刑推問，慧可故意承認自己是妖，我想大概是藉此時機坐化；慧可是被成安縣令依法處死的，但是資料沒有講用哪種死刑。《景德傳燈錄》說，「時有辯和法師者，於寺中講《涅槃經》。學徒聞師闡法稍稍引去。辯和不勝其憤，興謗于邑宰翟仲侃。仲侃惑其邪說，加師以非法。師怡然委順。識真者謂之償債。」也沒有說對慧可用什麼死刑，只說他「怡然委順」，即欣然就死。《傳法正宗記》卷六說慧可是受酷刑而死：「乃取加之酷刑。尊者因是而化。」〈慧可在水面坐化〉虛構慧可受鞭刑，他故意在當夜坐化。

＊**慧可真身的奇蹟：**《成安縣誌》卷之十，列傳九：「辯和忿怒，遂興謗于邑宰翟仲侃。加以非法。可死棄於野。數日視之異香馥郁。仲侃復令投之漳河。可忽於水面趺坐瞑目，溯流十八里，至盧村止。時年一百七歲，文帝開皇十三年三月十六日也。後葬於磁州滏陽縣東北五十里。」材料用於創作〈慧可在水面坐化〉。

三祖僧璨（五一九—六〇六）

***僧璨生卒年：**，根據《寶林傳》卷八，僧璨圓寂之年為「隋第二主煬帝大業二年丙寅之歲」，也就是西元六〇六年。僧璨在五五九年拜慧可為師，多種資料說他「四十許」，如果那年僧璨四十一歲，他在五一九年出生，享壽八十八。

***僧璨入住山谷寺毒蛇猛獸絕跡：**《寶林傳》卷八說：「山谷寺數有神光甘露之瑞……。先是此山多猛獸毒蟲，大師至此，遂絕其患。」我用這材料創作〈三祖僧璨、四祖道信面貌不同〉的情節。

***〈信心銘〉的作者：**〈信心銘〉的文本最早出現於《景德傳燈錄》（一〇〇四年）卷三十，其作者是三祖僧璨（五一九—六〇六）。《景德傳燈錄》編於僧璨亡後四百年，列在〈信心銘〉之下是牛頭宗法融（五九四—六五七年）所作〈心銘〉，內容與〈信心銘〉相近。近代學者認為〈心銘〉和〈信心銘〉可能同是法融所作。法融比僧璨晚生七十五年，同時代過。我想內容相近，不能證明是同一作者，可能是後來作者模仿前人。八世紀到十世紀的著作，如七〇八年《楞伽師資記》、七七四年《歷代法

寶記》、八〇一年《寶林傳》、九五二年《祖堂集》、九八八年《宋高僧傳》都沒有提僧璨寫〈信心銘〉。要言之〈信心銘〉可能不是僧璨的著作。但《楞伽師資記》編於西元七〇八年，僧璨圓寂後一百年，遠比《景德傳燈錄》早。《楞伽師資記》談到僧璨所傳之法：「帝網法界。一即一切。參而不同。所以然者。相無自實。」〈信心銘〉說：「真如法界，無他無自，要急相應，唯言不二……一即一切，一切即一。」兩者無論是文體或內容皆相似，所以也不能排除〈信心銘〉為僧璨所作。我是寫祖師的傳奇小說，不是祖師的傳記。我安排〈信心銘〉就是僧璨所作，而且本書有幾章在情節推動上〈信心銘〉起很大的作用。見〈三祖僧璨、四祖道信面貌不同〉、〈僧璨不一樣的立化圓寂〉、〈五彩璀璨的三祖舍利子〉、〈無姓兒弘忍〉四章。

＊慧可行腳前囑咐僧璨不要出山：《景德傳燈錄》卷三慧可對僧璨說：「汝受吾教宜處深山。未可行化，當有國難。」國難是指北齊被北周滅亡，北周在北齊境內毀滅佛教。小說安排慧可在西元五七一年對僧璨說不要出山。北齊亡於五七七年。材料用於〈平凡又不平凡的僧璨〉。

＊僧璨何時收道信為徒：《寶林傳》卷八說，僧璨在皖公山山谷寺隱居前後三十年，

「至隋開皇十二年，壬子之歲，導利沙界，大集群品，普雨正法，是時會中有沙彌，年始十四，名曰道信，來禮大師。」我安排那三十年，前二十年僧璨在山洞中修行，後十年，五九〇年到六〇一年才住山谷寺。還安排道信五九二年來見僧璨，是年僧璨七十四歲，道信虛歲十三。資料用於〈三祖僧璨、四祖道信面貌不同〉。

＊**僧璨如何交代自己的行腳，如何低調：**《楞伽師資記》中僧璨說：「昔可大師付吾法後，又於鄴洛二都，而自化導，經乎三十四年，吾今付汝法後，三二年間，悠悠在世，然往羅浮。」我想僧璨有些詼諧，他師父慧可傳法徒弟後就去頭陀行，他也依樣學樣，不過學得不像，慧可認真行腳三十四年，僧璨雲遊三兩年就「悠悠」然回來了。《寶林傳》卷八，房琯〈僧璨碑〉中僧璨告訴道信：「有人借問，勿道于我處得法，從此託疾山阿。」可見僧璨很低調。資料用於創作〈三祖僧璨、四祖道信面貌不同〉、〈僧璨不一樣的立化圓寂〉兩章。

＊**僧璨的立化：**《楞伽師資記》中，僧璨「大師云：『餘人皆貴坐終。嘆為奇異。於今立化。生死自由。』言訖遂以手攀樹枝。奄然氣盡。」《歷代法寶記》中僧璨攀樹枝立化。《寶林傳》說僧璨是合掌立化，沒有攀樹枝。我在〈僧璨不一樣的立化圓寂〉

中，採用合掌立化。

＊**僧璨燒出舍利子的前兆**：宋朝契嵩《傳法正宗記》卷六說，僧璨在山谷寺時，「一日有神光遽發其寺。甘露泫於山林。時人怪之以而相問，尊者（慧可）曰：『此佛法將興、舍利欲至之先兆耳。』其後京國大獲舍利。遂頒天下。果置塔於山谷寺……塔曰覺寂。」《傳法正宗記》是演繹《寶林傳》卷八房琯〈僧璨碑〉的說法。材料用於〈三祖僧璨、四祖道信面貌不同〉、〈僧璨不一樣的立化圓寂〉、〈五彩璀璨的三祖舍利子〉三章中。《傳法正宗記》中是慧可預言未來僧璨會燒出舍利子，我想慧可這麼說有些自誇門楣，所以改為由山谷寺的方丈說預言。

＊**隋唐時期對舍利子的崇拜**：隋朝時佛教徒極其崇拜佛陀和高僧的舍利子。《釋氏稽古略》卷二說，隋文帝時，「菩薩戒弟子皇帝堅敬白三寶。堅蒙三寶力為蒼生君父。今故分佈舍利起塔。願為眾生懺悔重罪……二年正月帝復分佈舍利於岐陝恒杭等五十三州。建塔一如前式。」隋文帝在五八二年於全國各州的大佛寺起舍利塔，舍利子似乎能助懺悔、消重罪業障，利益眾生。因為朝廷和佛教徒都注重舍利子，所以〈五彩璀璨的三祖舍利子〉中，李常會盡全力為三祖進行荼毗大典。

＊天寶年間李常燒出三祖僧璨舍利子：根據《寶林傳》卷八：「天寶五載乙酉之歲有河南少尹李常特往荷澤寺問神會和尚，『三祖大師墓在何所？』」神會告知不在粵之羅浮山，而在舒州山谷寺。卷八又曰：「其年七月十三玄宗敕貶李尹為舒州別駕……其年十一月十日李尹與長吏鄭公及州、縣官、僚等同至三祖墓所，焚香稽白。」得舍利三百餘粒。李尹在「墓所起塔供養一百餘粒……使人送一百粒與東荷澤寺神會和尚，于洛堂院前起塔供養。一百粒李尹家中自請供養。」《寶林傳》卷八記錄唐朝宰相房琯寫的〈僧璨碑〉，說李常「起墳開棺，積薪發火，灰燼之內，其光耿然，脛骨牙齒，全為舍利，堅潤玉色，鏗鐺金振，細圓成珠，五彩相射者，不可勝數。」材料用於創作〈五彩璀璨的三祖舍利子〉。

＊李常的官職：「少尹」，從四品，是府尹的副手。府比州高一級，州的首長是刺史，「別駕」為刺史的佐官。材料用於〈五彩璀璨的三祖舍利子〉。

四祖道信（五八〇—六五一）

＊道信生卒年：根據《祖堂集》卷二，道信卒於「高宗永徽二年……奄然而滅。壽年七十二。」永徽二年是西元六五一年，虛歲七十二，推算其生年是五八〇年。

＊**道信幾歲拜見僧璨：**《寶林傳》卷八說：「隋開皇十二年，壬子之歲，導利沙界，大集群品，普雨正法。是時會中有沙彌，年始十四，名曰道信，來禮大師。」《祖堂集》卷二，也說道信十四歲去見僧璨。隋開皇十二年是西元五九二年，道信實歲十二歲，虛歲應是十三歲，不是《寶林傳》說的十四歲。

＊**道信自少年修行有成：**《歷代法寶記》說道信「少小出家。承事璨大師。璨大師知為特氣。晝夜常坐，不臥六十餘年，脇不至席。神威奇特，目閉不視，若欲視人，見者驚悚。」道信夜不倒單的修行，用於小說〈僧璨不一樣的立化圓寂〉。道信因為修行，具有閉上眼睛也看得見的能力，用於創作〈無姓兒弘忍〉。道信「剃度師戒行不清淨，道信禪師曾多次勸諫」之事，見百度百科，〈司馬道信〉項。資料用於〈三祖僧璨、四祖道信面貌不同〉。

＊**道信通曉醫術：**唐代宗諡號道信為大醫禪師，可見他精通醫術。百度百科〈司馬道信〉項：開皇十九年（五九九年）道信二十歲，用中草藥遏止蘄黃的瘟疫，用芥菜粑治癒疥瘡。大業七年（六一一年）道信三十二歲，蘄春郡久旱，瘟疫流行，四祖回郡教民眾念經求雨，挖米菊做粑，旱象息瘟疫消。同年，廣濟縣久旱不雨，稻田龜裂，

饑民遍野。四祖道信率眾僧侶一面念《楞伽經》和《般若經》，一面上太平山橫崗山採苦菜、米菊、蕨根，助災民度荒。在〈三祖僧璨、四祖道信面貌不同〉，〈僧璨不一樣的立化圓寂〉兩章中，我創作一些道信行醫、治瘟疫、治傳染病的故事。

＊**道信和念力修持：**道信三十歲收七歲的徒弟弘忍，把他帶去江西的大林寺。應該是西元六〇九年的事，大林寺為天臺宗高僧智鍇（五三三—六一〇年）所建。《續高僧傳》卷十七說，智鍇「修習禪法，特有念力。」智鍇是天臺宗智顗大師的弟子，用止觀法，修意念。我想道信受智鍇指導，念力修持特別強。智鍇圓寂的那年，道信三十一歲。道信入大林寺，跟智鍇參學一兩年。〈道信解救圍城〉中道信是用念力助贛江水龍君引水，又引導全城軍民用念力，請來天兵、天將、雲神、雨神協助。

＊**道信的僧籍設吉州何寺：**根據一七二九年《江西通志》卷一一二，寺觀二，「吉安府」項目，祥符寺，即雪山寺，位於吉安府城東門外：「大業中，四祖住城東祥符寺時，被寇圍城七十日，祖令城中禁屠誦佛，時城上天王出現，賊懼而退。」情節上我安排祥符寺在城內有分院，這樣不必寫道信獲得寇軍允許入城的情節，我安排道信師徒在寇軍圍城以前就已在城中分院。材料用於〈道信解救圍城〉。

＊**道信解救吉州廬陵城**：道信解救圍城事蹟最先出現唐朝於西元七七四年編的《歷代法寶記》，距道信生時一百多年：「信大師於是大業年，遙見吉州，狂賊圍城。百日已上，泉井枯涸。大師入城，勸誘道俗，令行般若波羅蜜。狂賊自退，城中泉井再汎。」詳細一些記載見一〇六一年編的《傳法正宗記》卷六：「隋大業間，尊者〔道信〕嘗南遊至廬陵，會賊黨曹武衛，以兵圍其城七旬不解。尊者因勸城中人，皆念摩訶般若波羅蜜。賊黨俄見城堞之上有人，不翅千數，皆長丈許，其介胄金色，赫赫曜日。賊輩大駭相謂曰：『是城必有大福德人。不可攻也。』即日引去。」「不翅」指這些巨人沒有展開翅膀。一二五二年編的《五燈會元》卷一：「隋大業十三載領徒眾抵吉州。值羣盜圍城。七旬不解。」大業十三年（六一七年）發生解救圍城事蹟，道信三十八歲。印順說：「道信在江南遊學，受到了『摩訶般若波羅蜜法門』的深切影響……。以鳩摩羅什所譯的《摩訶般若波羅蜜經》……最為流行……卷八說：『於是般若波羅蜜，若聽、受持、親近、讀誦……』」（一九八七年，三十九頁）《摩訶般若波羅蜜經》卷八說：「爾時三千大千世界中諸四天王天、三十三天、夜摩天、兜率陀天、化樂天、他化自在天，乃至首陀婆諸天，白佛言：『世尊！是善男子、善女人能受持般若波羅蜜，親近、讀誦、正憶念、不離薩婆若心者，我等常當守護。何以故？世尊！以菩薩摩訶薩因緣故，斷三惡道、斷天人貧、斷諸災患疾病飢餓』……」我用這些材料創作〈道信解救圍城〉。

＊**圍廬陵城寇軍是否跟林士弘有關：**林士弘（？—六二二年），隋末農民軍領袖。大業十二年（六一六年），林隨同鄉操師乞起義，任大將軍，攻佔豫章郡（江西省南昌）。操師乞戰死，林繼領其眾，大敗隋軍於鄱陽湖，眾至十餘萬。稱帝，國號楚。林又攻取九江、臨川、廬陵、南康、宜春等郡，各地豪傑殺死隋朝的郡守縣令，歸附林士弘。一度據有北起九江，南達番禺（今廣東廣州）地區。六二二年林戰敗病死。林攻下九江一帶應是六一七年，跟道信幫助廬陵守城的時間相合。《新唐書》卷八十七列傳第十二說林士弘攻下廬陵郡，但是《資治通鑑》卷一百八十三列出他攻下的郡中沒有廬陵郡，所以道信可能幫忙守住了廬陵城。圍城的曹武衛可能是林士弘的部屬。我用這些材料創作〈道信解救圍城〉。

＊**道信如何擇地起幽居寺：**《歷代法寶記》說：「信大師遙見蘄州黃梅破頭山有紫雲蓋。信大師遂居此山。後改為雙峰山。」《景德傳燈錄》卷三說，道信「一日告眾曰：『吾武德中遊廬山。登絕頂望破頭山。見紫雲如蓋。』」武德中是唐朝六一八到六二六年，即道信三十九歲到四十七歲之間。道信在六一七年解救廬陵圍城之後，六一九年左右建幽居寺之前，登廬山找未來建寺之處。破頭山在大別山脈南端。材料用於〈道信解救圍城〉。

＊早期禪寺的出坡勞作：禪宗第一座寺院道信主持的幽居寺（四祖寺），寺中僧人是要勞動工作。《歷代法寶記》說，弘忍「常勤作務，以禮下人。晝則混跡驅給……」就是弘忍白天常搶著做搬運、清掃這些下人做的事。六朝規模大的佛寺非常富有。不論私有，或屬朝廷的寺院皆擁有田產、佃農、僕役。道信的幽居寺初創時應該不富裕，弟子要勞作。神秀初到五祖弘忍的東山禪寺也參加勞動，《景德傳燈錄》卷四說，神秀「誓心苦節，以樵汲自役而求其道。」就是神秀努力地又打柴、又汲水。材料用於創作〈道信解救圍城〉、〈道信禪師的受死和捨報〉、〈神秀拜弘忍為師〉三章。制度化的勞動出坡到百丈懷海時才實行。

＊早期禪院建築群：今日熟悉的佛寺建築群包括山門、天王殿、鐘樓、鼓樓、大雄寶殿、法堂、觀音殿、毗盧殿、藏經樓、方丈寮等，是宋朝以後格局。隋朝以前建築群以舍利塔為中心。七、八世紀的唐朝，殿內造巨像成風，佛殿代替塔。舍利塔、真身塔置於寺前後或旁側。道信的真身塔建在另一山頂上。道信的幽居寺建成於唐武德七年（六二四年）。禪宗興起後，提倡「伽藍七殿」制。七堂為佛殿、法堂、僧堂、庫房、山門、西淨（廁所）、浴室。小說中的幽居寺、東山禪寺採用早期禪寺建築群。到第八世紀百丈懷海禪師起禪寺更簡化，必要的大建築唯有法堂、禪堂。

＊**唐太宗詔道信，他寧死不入朝：**《傳法正宗記》卷六說：「正觀中太宗聞其風嘗三詔。尊者（道信）皆辭不起。又詔，太宗謂使臣曰：『今復不從吾命，即取首來。』詔至，果逆上意。尊者即引頸待刃。使者還以此奏之，太宗嘉其堅正，慰諭甚盛。」我用這材料創作〈道信禪師的受死和捨報〉。

＊**朝廷派何官員下聖旨給道信：**我安排朝廷派祠部司官員到幽居寺宣皇帝詔書，用「令史」和「書令史」兩位官員，根據《唐六典》卷四，「尚書禮部」，祠部是尚書省之禮部四司之一。祠部掌祠祀享祭，天文漏刻，國忌廟諱，卜筮醫藥，道佛之事。祠部郎中之下，設員外郎一人、主事二人、令史六人、書令史十三人、掌固四人。材料用於〈道信禪師的受死和捨報〉。

＊**道信真身塔的建築師：**《歷代法寶記》說，四祖道信令弟子元一師蓋真身塔。在《續高僧傳》卷二十六中，道信令弘忍建塔：「臨終語弟子弘忍：『可為吾造塔，命將不久。』又催急成。」為了人物的集中和統一，在〈道信禪師的受死和捨報〉中道信是令弘忍造真身塔。清華大學建築系徐伯安教授在《中國塔林漫步》中說：「毗盧塔內圓外方，造型絕特，於穩重裡帶些軒昂的氣魄，是我國現存第二座古老的四門塔珍貴

實例。」（一九八八年，頁一）

＊唐代方型真身塔：佛塔、浮屠、真身塔、舍利塔是放置高僧真身或舍利子的塔。唐代建方形真身塔，高僧在其中坐化。真身大多用坐缸夾苧法。現存之佛塔大多八角形多層，不一定置放真身。還有現存很多小型圓錐形浮屠，存放先荼毗了的高僧舍利子。唐代連放舍利子的小塔也是方型。法門寺發掘的小型「寶珠頂單簷四門金塔」，裡面放了一枚佛指舍利，就是方形塔。傳世到今天的唐代方形塔有山東省歷城縣神通寺四門塔，建於東魏武定二年（五四四年），比四祖真身塔早建四十年，全花崗岩石材構成。法門寺在高宗顯慶五年重建存放佛骨舍利的寶塔，是座四層方形樓閣式木構塔，佛骨放在地基，唐中宗提名為「真身寶塔」。〈道信禪師的受死和捨報〉提到這兩座方塔。

＊道信真身的奇蹟：《祖堂集》說：「師付法已，時當高宗永徽二年庚戌之歲，閏九月四日，奄然而滅。壽年七十二，葬後二年四月八日，塔門無故自開。容貌端然，無異常日。自茲已後，門人更不取閉。」用於〈道信禪師的受死和捨報〉。

＊**有關道信真身不壞：**見六祖惠能「真身不壞夾苧法」項。

＊**元朝詩人寫四祖寺塔的詩：**趙國寶的七言絕句《題毗盧塔》，見蘇錦秀的〈山靈水秀四祖寺〉（二〇一八年）。元朝初年漢人將領趙國寶封梁國公，他也許是這首詩的作者。這首詩用於〈道信禪師的受死和捨報〉。

五祖弘忍（六〇二—六七五）

＊**弘忍前世為道士的傳說：**弘忍身世有不同說法。《楞伽師資記》中弘忍幼喪父：「其先潯陽人，貫黃梅縣也。父早棄背，養母孝障。七歲奉事道信禪師。自出家處幽居寺。」《宋高僧傳》卷八中弘忍為父母雙全的神童：「其母始娠，移月而光照庭室。終夕若晝……迨能言，辭氣與鄰兒弗類。既成童丱，絕其遊弄。厥父偏愛，因令誦書，無記應阻其宿熏，真心早萌其成現。」《五燈會元》卷一說，弘忍前生是山上種松樹的高齡道人，向四祖道信求法，道信說他年紀太大，叫他下輩子來。道人「行水邊，見一女子浣衣。揖曰：『寄宿得否？』女曰：『我有父兄，可往求之。』曰：『諾我，即敢行。』女首肯之，遂回策而去。女周氏季子也。歸輒孕。父母大惡，逐之。女無所歸，日傭紡里中，夕止於眾館之下。已而生一子，以為不祥，因拋濁港

中。明日見之，泝流而上，氣體鮮明。大驚。遂舉之，成童，隨母乞食。里人呼為無姓兒。」《五燈會元》弘忍前世的故事，曲折離奇。我用來創作〈無姓兒弘忍〉。

＊**弘忍建寺之處**：弘忍在大別山脈南端，距離四祖寺破頭山東南十公里的馮茂山建東山禪寺。《景德傳燈錄》卷三說道信在建幽居寺之前，看見幽居寺所在之破頭山「有白氣橫分六道。」東山禪寺即四祖分出來的一道。

＊**弘忍的個性和外貌**：《歷代法寶記》說，「弘忍其性木訥沉厚，同學輕戲，默然無對。常勤作務，以禮下人。晝則混跡驅給，夜便坐攝至曉，未嘗懈倦。三十年不離信大師左右。身長八尺，容貌與常人絕殊。得付法袈裟。」我用這些材料創作〈道信解救圍城〉、〈道信禪師的受死和捨報〉、〈神秀拜弘忍為師〉三章中弘忍的形象與個性。

＊**弘忍弟子有官位高者**：《歷代法寶記》說：「大師當在黃梅馮茂山日，廣開法門，接引群品。當此之時，學道者千萬餘人，並是升堂入室，智詵、神秀、玄賾、義方、智德、惠藏、法如、老安、玄約、劉主薄等。並盡是當官領袖，蓋國名僧。各各自言，為大龍像。」材料用於〈神秀拜弘忍為師〉、〈弘忍門下人心大亂〉兩章。

＊**弘忍弟子慧安的成就：**慧安（五八二—七〇九）。隋大業中開通濟渠，饑殍相枕，安乞食以救之，獲濟者眾。煬帝徵之不赴，潛入太和山。唐貞觀中，謁黃梅五祖得法。神龍二年（七〇六年）唐中宗賜紫衣、摩衲，尊以師禮，延入宮中，供養三載。辭歸嵩嶽。資料用於〈弘忍門下人心大亂〉。

＊**弘忍弟子智詵的成就：**智詵（六〇九—七〇二）十三歲出家，唐太宗貞觀十九年（六四五年）玄奘法師從印度取經回國，智詵往長安拜玄奘學習經論。十幾年後，智詵熟知佛教的經藏和論藏，又對禪法產生濃厚興趣，遂辭別玄奘，到黃梅縣馮茂山投奔五祖弘忍學習禪法。根據《歷代法寶記》，萬歲通天二年（六九七年）七月，武則天詔智詵入大內，賜予達磨所傳、惠能所持之袈裟。惠能七一三年才圓寂，他是在圓寂前才告知弟子他不再傳袈裟。武則天不太可能於惠能在世之時，徵召傳法袈裟。我沒有採用武則天贈傳法袈裟給智詵的說法。其餘材料用於〈弘忍門下人心大亂〉。

＊**弘忍教育神秀用的佛經：**《楞伽師資記》說，弘忍曰：「我與神秀，論《楞伽經》，玄理通快，必多利益。」可見弘忍教神秀用《楞伽經》為教材。《楞伽師資記》說弘忍用《楞伽經》中法身的概念教神秀：「又云：『汝正在寺中坐禪時，山林樹下，亦

有汝身坐禪不？一切土木瓦石，亦能坐禪不？土木瓦石，亦能見色聞聲，著衣持鉢不？』。《楞伽經》云：『境界法身，是也。』」《楞伽經》卷四上，一切佛語心品第四，討論法身的文字如下：「惟一法身迴然獨立，不見諸法為所攀緣，故出一切虛偽……正覺法身與生死苦道，無一異之相可見。既無能見之人。豈有一異之法而可分別耶？」引文用於〈神秀拜弘忍為師〉中弘忍和神秀的師徒對話。

＊**弘忍何時令弟子呈偈以選拔傳人：**通常宗脈方丈選繼承人，多是在自知死期將近時，圓寂前兩、三年。《祖堂集》卷二說，弘忍「大師臨遷化時，告眾云：『正法難聞，盛會希逢。是你諸人如許多時在我身邊，若有見處各呈所見，莫記吾語，我與你證明。』」「臨遷化時」就是快圓寂時。《祖堂集》卷二說弘忍把法衣交付惠能時說，他三年後滅度：「師（弘忍）又告云：『吾三年方入滅度，汝且莫行化，當損於汝。』」點明是他把法衣傳給惠能三年後會圓寂。《歷代法寶記》說惠能是二十二歲時到馮茂山見五祖弘忍：「有新州人，俗姓盧，名惠能。年二十二拜忍大師。」惠能二十二歲時，弘忍還有十五年才圓寂，那時選拔傳人實太早。所以《祖堂集》的說法比較合理，弘忍圓寂前三年西元六七一年，那年惠能三十四歲。

＊**神秀和惠能的偈子：**敦煌寫本（十世紀初）和宗寶本《壇經》所錄的神秀和惠能偈子，略有不同，我採用敦煌寫本的偈子。

六祖惠能（六三八—七一三）

＊**《壇經》的版本：**目前通行兩種版本，一是法海本，又名敦煌寫本，手抄於唐末五代，即九世紀末、十世紀前半葉。不分品目，是現存最早版本，現藏大英博物館等。法海是惠能首座弟子，經的全名《南宗頓教最上大乘摩訶般若波羅蜜經六祖惠能大師於韶州大梵寺施法壇經》一卷，一萬兩千多字。第二種名為宗寶本，元世祖至元二十八年（一二九一年）僧人宗寶改編。一卷十品，約兩萬字，題名《六祖大師法寶壇經》。在法海本未發現前，宗寶本為常見流通本。有關惠能的小說章節，我參考這兩種版本，我稱之敦煌寫本和宗寶本。另還有惠昕本和德異本。惠昕本又名興聖寺本，二卷十一門，題名《六祖壇經》，惠昕於唐乾德五年（九六七年）根據繁本《壇經》刪定，書前有惠昕序。德異本，又名曹溪原本，一卷十品，題名《六祖大師法寶壇經》，全稱《六祖大師法寶壇經曹溪原本》，德異於元至元二十七年（一二九〇年）編。

＊**六祖名字是惠能還是慧能：**根據六祖弟子法海八世紀前葉寫的〈六祖法寶壇經略

序〉，《全唐文》，九一五卷。名字「惠能」是六祖出生時兩位僧人取的。所以惠能不是法號，盧惠能是他的名字：「誕師於唐貞觀十二年戊戌歲二月八日子時。時毫光騰空，異香滿室。黎明，有二異僧造謁，謂師之父曰，『夜來生兒，專為安名，可上惠下能也。』父曰，『何名惠能？』僧曰，『惠者，以法惠施眾生。能者，能作佛事。』」《壇經》中惠能就是他的法號。至於〈六祖法寶壇經略序〉真是法海寫的，還是後人杜撰，待考。本書中六祖名字和法號都用惠能。

＊**惠能幾歲拜弘忍為師，弘忍哪年傳法衣給惠能：**《歷代法寶記》說，惠能二十二歲到馮茂山見弘忍：「有新州人，姓盧，名惠能，年二十二。拜忍大師。」惠能二十二歲就大澈大悟實在早了些，此年為六五九年，距離弘忍圓寂還有十五年。《歷代法寶記》又說弘忍圓寂前三年公開向弟子徵求偈子以傳位，是在六七一年左右，時惠能三十四歲，他應該比較成熟，一點就開悟比較合理。王維〈能禪師碑〉說，弘忍「臨終遂密授以祖師袈裟而謂之曰：『物忌獨賢，人惡出己，吾且死矣，汝其行乎！』」（《王右丞集箋注》，四四七頁）據此傳袈裟應在弘忍臨終前不久。宗寶本《壇經》中，五祖云：「如是！如是！以後佛法，由汝大行。汝去三年，吾方逝世。」也是弘忍圓寂前三年傳法惠能。流傳日本，保留千年、撰於七八一年的《曹溪大師傳》

說「至咸亨五年，大師春秋三十有四。惠紀禪師謂大師〔惠能〕曰：『久承蘄州黃梅山忍禪師開禪門，可往彼修學。』大師其年正月三日，發韶州往東山尋忍大師。策杖塗跣，孤然自行，至洪州東路。時多暴虎，大師獨行山林無懼。遂至東山見忍大師。」我認為《曹溪大師傳》惠能三十四歲才去見弘忍的說法合理。敦煌寫本和宗寶本《壇經》在拜師跟傳法衣之間，惠能在碓坊踏碓舂米八個月。本書有關惠能事蹟的五章，都採用此年表：惠能三十三歲（六七〇年）去東山禪寺拜見弘忍，三十四歲（六七一年）得傳法衣，越大庾嶺南下，藏身獵人隊伍。三十八歲到法性寺，三十九歲（六七六年）在法性寺公開身分，開始傳法。

＊**惠能藏身獵人隊多少年**：敦煌寫本《壇經》沒交代在惠能得傳法衣和法性寺現身之間做什麼事，之間多少年，在大庾嶺被惠明追上，接著是在法性寺現身。《神會語錄》說，惠能二十二歲見弘忍，出家後行化四十年；這樣就兜不攏了，他七十六歲圓寂，中間少了十四年。宗寶本《壇經》中，說惠能「避難獵人隊中，凡經一十五載。」我想，產生惠能在獵人隊伍中十五年這種說法，是跟他二十二歲見弘忍的錯誤說法有關，因為如果惠能二十三歲離開東山禪寺，到他三十八歲出現法性寺之間，正好是十五年。但宗寶本《壇經》又說，五祖曰：「如是！如是！以後佛法，由汝大行。汝

去三年，吾方逝世。」難道弘忍竟會提早離世十二年？宗寶本自相矛盾。《祖堂集》卷二也自相矛盾，惠能說弘忍要他隱姓埋名十多年。但後面又說惠能隱身四年，就到印宗主持的法性寺公開身分：「後隱四會、懷集之間，首尾四年。至儀鳳元年正月八日，南海縣制旨寺遇印宗。印宗出寺迎接歸寺裏安下。」敦煌寫本說：「大師住曹溪山，韶、廣二州行化四十餘年。」是因為用二十二歲拜弘忍說法，誤算出來。惠能六七七年駐寶林寺，七一三年圓寂，應是行化三十六年。根據我的年表，惠能三十四歲在東山禪寺得傳法衣，三十八歲到法性寺。在獵人隊伍中三年多。

＊**有關弘忍用三天三夜傳法給惠能：**《歷代法寶記》說，弘忍「令能隨眾踏碓八箇月……於夜間潛喚入房，三日三夜共語。了付囑法及袈裟：『汝為此世界大師。』即令急去。大師自送，過九江驛，看渡大江已卻迴歸。諸門徒並不知付法及袈裟與惠能。去三日，大師告諸門徒：『汝等散去，吾此間無有佛法，佛法流過嶺南。』眾人咸驚，遞相問嶺南有誰。潞州法如師對曰：『惠能在彼。』眾皆奔湊。」我沒有採用傳法三日三夜的說法，因為弘忍急迫要帶惠能離開東山禪寺，所以〈法脈細如絲〉中把傳法和傳法衣安排在晚上九點到清晨三點完成。敦煌寫本和宗寶本《壇經》中弘忍也當晚傳完法就帶惠能下山。我沒有採用《歷代法寶記》所言弘忍對寺眾說，「吾此

間無有佛法，佛法流過嶺南。」我想只要弘忍在，佛法就在。弘忍怎會說此間無有佛法，叫門人散去，斷人求法路？怎能公開慧能的行踪？

＊**弘忍有沒有送惠能過長江：**宗寶本《壇經》中說弘忍「相送直至九江驛，祖令上船，五祖把櫓自搖。惠能言：『請和尚坐，弟子合搖櫓。』祖云：『合是吾渡汝。』惠能曰：『迷時師度，悟了自度。』」敦煌寫本《壇經》沒有這一段。十世紀的《祖堂集》卷二中，弘忍也送惠能過江。我想弘忍應該沒有送惠能過長江，其實只載兩人的小舟渡遼闊的長江很危險，可能後人要把惠能自渡的公案編入，就加這段弘忍送徒弟過長江的故事。七七四年印的《歷代法寶記》也只說「看渡大江已卻迴歸」，只看徒弟過江，沒有陪他過江。今日九江城在長江南岸，我們以為九江驛必在南岸。然而七世紀九江驛應在長江北岸。陳衛星的論文，〈《壇經》「五祖自送能於九江驛」釋疑〉指出唐時九江古城在長江北，弘忍應送到江北的九江驛。材料用於創作〈法脈細如絲〉。

＊**惠能藏身獵人隊伍，身在何地：**《祖堂集》卷二和《宋高僧傳》卷八都說惠能由東山禪寺逃出來回嶺南後，藏身在四會、懷集之間，即是在廣州西北的肇慶市附近。但是我安排他藏身在大庾嶺之南有滑石礦的山中，方便發展小說情節。滑石山脈盛產滑

石，位於廣東省北部，在大庾嶺之南，是一列東北、西南走向的山脈，北起始興縣湞江南岸，南至英德市翁江北岸。用於〈獵人隊伍中的禪行者惠能〉。

＊**惠能何時到法性寺，之後何時到寶林寺：**《祖堂集》卷二說：「至儀鳳元年（六七六年）正月八日，（惠能）南海縣制旨寺遇印宗。印宗出寺迎接歸寺裏安下……行者云：『仁者自心動。』從此印宗迴席座位。正月十五日剃頭，二月八日於法性寺請智光律師受戒……至明年二月三日便辭，去曹溪寶林寺說法化道。」根據《曹溪大師傳》惠能是鳳儀元年初到法性寺。根據法海所作〈六祖大師法寶壇經略序〉（《全唐文》卷九一五），惠能是鳳儀二年（六七七年）率眾歸寶林。〈獵人隊伍中的禪行者惠能〉、〈惠能和寶林寺的緣法〉兩章中，六七五年秋惠能入住法性寺，次年年初公開自己是六祖的身分，六七七年二月赴寶林寺。

＊**惠能跟寶林寺的淵源：**流傳日本，保存一千多年的七八一年手抄本《曹溪大師傳》說，惠能北上東山禪寺拜弘忍為師前，曾在寶林寺修行三年，「其年，大師遊行至曹溪，與村人劉至略結義為兄弟，時春秋三十……略有姑出家配山澗寺，名無盡藏，常誦《涅槃經》。大師晝與略役力，夜即聽經。至明，為無盡藏尼解釋經義。尼將經與

讀，大師曰：『不識文字。』尼曰：『既不識字，如何解釋其義？』大師曰：『佛性之理，非關文字能解。今不識文字何怪？』眾人聞之，皆嗟歎曰：『見解如此，天機自悟，非人所及，堪可出家住此寶林寺。』大師即住此寺，修道經三年。」宗寶本《壇經》說惠能越過大庾嶺南逃曾到寶林寺，「惠能後至曹溪，又被惡人尋逐。」寶林寺在大庾嶺之南的韶關城東南，應該是惠能躲在寶林寺，東山禪寺僧人追到，惠能又逃走。由以上兩種資料知道惠能跟寶林寺僧人熟識，所以他在法性寺公開身分後，寶林寺邀他去長駐。根據惠能弟子法海所作〈六祖大師法寶壇經略序〉（《全唐文》卷九一五），惠能應邀由法性寺到寶林寺，因為追隨者眾，寶林寺住不下，就另建花果院，「次年春（六七七年）師辭眾歸寶林，印宗與緇白送者千餘人，直至曹溪，時荊州通應律師於學者數百人，依師而往。至曹溪寶林，睹堂宇湫隘，不足容眾，欲廣之。遂謁里人陳亞仙曰：『老僧欲就檀越求坐具地得不？』仙曰：『和尚坐具幾許闊？』祖出坐具示之，亞仙唯然。祖以坐具一展，盡罩曹溪四境，四天王現身，坐鎮四方……仙曰：『知和尚法力廣大，但吾高祖墳墓並立此地，他日造墓，幸望存留，餘願盡舍，永為寶坊。』……遂成蘭若一十三所，今曰花果院，隸籍寺門。」根據這些材料創作〈惠能和寶林寺的緣法〉、〈惠能聽人誦經〉兩章。我安排惠能去東山禪寺之前，在寶林寺住兩個月，而非三年。

＊**印宗和尚：**根據《景德傳燈錄》卷五，印宗和尚（六二七－七一三年）吳郡人，「從師出家精涅槃大部。唐咸亨元年抵京師，勅居大敬愛寺。固辭往蘄春謁忍大師。後於廣州法性寺講《涅槃經》，遇六祖能大師，始悟玄理，以能為傳法師。」我看《景德傳燈錄》所用僧人的稱呼多為「禪師」，稱呼祖師為「大師」，如惠能大師，用「和尚」的非常少。在唐代「和尚」、「長老」可指一寺之方丈。因此印宗和尚應是法性寺方丈，也能任命惠能為傳法師，即教授師。由《景德傳燈錄》知道，印宗在遇見惠能之前，已見過弘忍求法。資料用於創作〈獵人隊伍中的禪行者惠能〉、〈惠能和寶林寺的緣法〉兩章。

＊**傳法袈裟備受覬覦：**〈法衣之北上南下〉採用《歷代法寶記》惠能圓寂前的話：「我緣此袈裟。幾度合失身命不存。在信大師處三度被偷。在忍大師處三度被偷。乃至吾處六度被偷。」

＊**唐朝廷向惠能索傳法袈裟：**惠能有沒有把法衣交武則天？《歷代法寶記》說，武則天請惠能到朝廷接受供養，惠能請辭，武則天要惠能送傳法袈裟到朝廷供養，「能禪師依請即擎達摩祖師傳信袈裟與勅使。迴得信袈裟。則天見得傳信袈裟來，甚喜悅，於

內道場供養。」武則天後把袈裟贈與智詵禪師，智詵也是弘忍的弟子。我在〈法衣之北上南下〉沒有用《歷代法寶記》的材料。採用《五燈會元》說法：「上元元年（七六〇年）肅宗遣使就請師衣鉢，歸內供養。至永泰元年（七六五年）五月五日，代宗夢六祖大師請衣鉢。七日，勑刺史楊瑊曰：『朕夢感禪師請傳法袈裟卻歸曹溪，今遣鎮國大將軍劉崇景，頂戴而送。朕謂之國寶，卿可於本寺如法安置。專令僧眾，親承宗旨者，嚴加守護。』」七六〇年安史之亂尚未平，七六三年始定。依此創作〈法衣之北上南下〉情節。

***真身不壞夾苧法**：見百度百科「六祖惠能」項：「據廣東省考古學家徐恆彬、韶關市博物館和南華寺僧人考證和研究，這座六祖造像的確是以六祖惠能的肉身為基礎，用中國獨特的造像方法——夾苧法塑造的。其法是：惠能圓寂前，身披袈裟，雙腿盤屈，打坐入定，不吃不喝，使體內營養和水分逐漸耗盡，最終坐化圓寂。然後將遺體放在兩個蓋密的大缸之中的木座上，座下有生石灰和木炭，座上有漏孔。經過相當時間後，內臟和遺體上的有機物腐爛流滴到生石灰上，不斷產生熱氣，水分被吸乾，變成坐式肉身乾體。然後進行塑造。先上香泥，其次加布，再以鐵葉、漆布固頸。」夾苧是指用了苧麻布和生漆。僧人坐缸，一到三年出缸，如真身不壞，再用夾苧法進行

後期製作。不壞真身見〈道信禪師的受死和捨報〉、〈惠能的真身歷經滄桑〉兩章。

＊**《壇經》有關惠能真身歸何寺**：宗寶本《壇經》說：「師於大極元年（七一二年）壬子延和七月命門人往新州國恩寺建塔，仍令促工。次年夏末落成……。七月八日，忽謂門人曰：『吾欲歸新州，汝等速理舟楫。』大眾哀留甚堅，師曰：『諸佛出現，猶示涅槃；有來必去，理亦常然。吾此形骸，歸必有所。』眾曰：『師從此去，早晚可回。』師曰：『葉落歸根，來時無日。』……師說偈已，端坐至三更，忽謂門人曰：『吾行矣！』奄然遷化，於時異香滿室，白虹屬地，林木變白，禽獸哀鳴。十一月，廣、韶、新三郡官僚，洎門人緇白，爭迎真身，莫決所之。乃焚香禱曰：『香煙指處，師所歸焉。』時，香煙直貫曹溪。十一月十三日，遷神龕併所傳衣缽而回。次年七月二十五日出龕，弟子才辯，以香泥上之。」《曹溪大師傳》：「滅度之日，煙雲暴起，泉池枯涸，溝澗絕流，白虹貫日。岩東忽有眾鳥數千，於樹悲鳴。」資料用於創作〈惠能的真身歷經滄桑〉。

＊**惠能預知有人欲取真身的頭**：宗寶本《壇經》中弟子問，「『此後無有難否？』師曰：『吾滅後五六年，當有一人，欲取吾首。』……門人憶念取首之記，遂先以鐵葉

漆布，固護師頸入塔。」我採用《曹溪大師傳》：「至開元二十七年（七三九），有刺客來取頭，移大師出庭中，刀斬數下。眾人唯聞鐵聲驚覺，見一孝子奔走出寺，尋邏不獲。」資料用於創作〈惠能的真身歷經滄桑〉。另一說是新羅僧買武功高強者，要取六祖真身的頭，回去供養。我沒有採用。

＊韋璩和惠能：宗寶本《壇經》開頭說，韶州韋刺史請惠能到大梵寺說法。敦煌寫本《壇經》說，韋刺史「令門人僧法海集記」、韋璩令法海記錄、編寫《壇經》。韋璩生平見張九齡著之〈故韶州司馬韋府墓誌銘〉，《曲江集》卷十八，韋璩曾任「廣州都督府、法曹參軍」，後任「韶州司馬，在郡數載，檢身一德，輔化致理，刑清訟息。」並說韋璩卒于任上，在西元七一八年之前，「享年五十有一……卒於官舍，開元六年冬十二月庚午，葬于少陵原。」何以墓誌銘說韋璩任韶州司馬，而非刺史？墓誌銘說他在韶州管理政務，我想他以司馬兼韶州刺史一職甚合理。資料用於創作〈法衣之北上南下〉。

＊韋璩為惠能寫碑：八世紀《荷澤神會禪師語錄》五十五則說，「殿中丞韋璩造碑文，至開元七年，被人磨改，別造文報鐫，略除六代師資相授及傳袈裟所由。除當作敘。

其碑今見在曹溪。」開元七年為西元七一九年，惠能圓寂後六年碑文即被磨改。資料用於〈法衣之北上南下〉。

神秀法師（六〇六—七〇六年）

＊**神秀拜弘忍為師經過：**《景德傳燈錄》卷四說，神秀「少親儒業，博綜多聞。俄捨愛出家，尋師訪道。至蘄州雙峯東山寺遇五祖忍師以坐禪為務，乃歎伏曰：『此真吾師也。』誓心苦節，以樵汲自役而求其道。忍默識之，深加器重。謂之曰：『吾度人多矣。至於悟解，無及汝者。』」用這些材料創作〈神秀拜弘忍為師〉。

＊**惠能拜弘忍時，神秀寺中地位：**宗寶本《壇經》說神秀在東山禪寺已任上座、教授師，「眾得處分，退而遞相謂曰：『我等眾人，不須澄心用意作偈，將呈和尚，有何所益？神秀上座，現為教授師，必是他得。我輩謾作偈頌，枉用心力。』諸人聞語，總皆息心，咸言：『我等以後依止秀師，何煩作偈？』」故當時神秀任上座、教授師。隋唐時代，上座或首座，為三綱之首，列寺主、維那之上。三綱之上為方丈。上座像今天的住持、首席教授師，寺主像當家，維那管全寺法紀。材料用於〈神秀拜弘忍為師〉。

＊南宗著作中神秀形象醜化：十三世紀宗寶本《壇經》中神秀完全不像修行人，他在乎名位、患得患失；當弘忍叫弟子呈偈，表現修行境界以選傳人，神秀寫好了偈，「數度欲呈；行至堂前，心中恍惚，遍身汗流，擬呈不得。前後經四日，一十三度呈偈不得。」但九世紀末的敦煌寫本《壇經》沒有這一段，應是後世南宗僧人加進宗寶本醜化神秀。在敦煌寫本，神秀寫好偈子，猶疑而沒上呈，原因是他反省、考量修行上的問題：「我將心偈上五祖，呈意即善，求法覓祖不善，卻同凡心奪其聖位。」其實北宗著作中，神秀修為很高。《楞伽師資記》中弘忍曰：「我與神秀論《楞伽經》，玄理通快，必多利益。」又說神秀「行至蘄州雙峯山忍禪師所，受得禪法。禪燈默照，言語道斷。心行處滅，不出文記。」以下四章把神會描寫成認真的修行人：〈神秀拜弘忍為師〉、〈弘忍門下人心大亂〉、〈國師神秀和武則天〉、〈法衣之北上南下〉，他只是沒修到大徹大悟。

＊神秀跟弘忍學什麼禪法：他跟弘忍學《楞伽經》和「一行三昧」。《楞伽師資記》中弘忍曰：「我與神秀論《楞伽經》，玄理通快。」《楞伽師資記》說，「則天大聖皇后問神秀禪師曰：『所傳之法。誰家宗旨？』答曰：『稟蘄州東山法門。』問：『依何典誥？』答曰：『依文殊說《般若經》一行三昧。』」《文殊師利所說摩訶般若波

羅蜜經》，即曼陀羅仙譯《文殊師利般若經》卷下（大八・七三一中）：「善男子、善女人，欲入一行三昧，應處空閑，捨諸亂意，不取相貌，繫心一佛，專稱名字；隨佛方所，端身正向，能於一佛念念相續，即是念中，能見過去、未來、現在諸佛。」印順也認為神秀受《般若經》影響，見《中國禪宗史》（二〇〇〇〔一九八七〕），四十六—五十七頁。材料用於〈神秀拜弘忍為師〉、〈弘忍門下人心大亂〉兩章。

＊**武則天禮遇神秀：**《宋高僧傳》卷八描繪武則天禮遇神秀，在洛陽周武朝廷他貴為國師，備受推崇，也描寫他威嚴外貌，五祖圓寂後，神秀「乃往江陵當陽山居焉，四海緇徒嚮風而靡，道譽馨香普蒙熏灼。則天太后聞之召赴都，肩輿上殿，親加跪禮。內道場豐其供施，時時問道……洎中宗孝和帝即位，尤加寵重。中書令張說嘗問法執弟子禮，退謂人曰：『禪師身長八尺，厖眉秀目，威德巍巍，王霸之器也。』」材料用於創作〈神秀拜弘忍為師〉、〈弘忍門下人心大亂〉、〈國師神秀和武則天〉三章。神秀不是武則天唯一尊崇的國師，弘忍另外兩個弟子，慧安和智詵也被尊為國師，另華嚴宗的法藏亦為國師。

＊**神秀向皇帝推薦惠能：**《釋氏稽古略》卷三說，「乙巳神龍元年（七〇五年）四月，

帝降御箚召曹溪六祖入京，其辭曰：『朕延安、秀二師宮中供養。每究一乘，二師並推讓云，南方能禪師密受忍大師衣法，可就彼問。今遣內侍薛簡馳詔迎請，願師慈念速赴上京。』」宗寶本《壇經》說：「神龍元年上元日，則天、中宗詔云：「朕請安、秀二師，宮中供養。萬機之暇，每究一乘。二師推讓云：『南方有能禪師，密授忍大師衣法，傳佛心印，可請彼問。』今遣內侍薛簡，馳詔迎請。」敦煌寫本《壇經》中沒有這一段。「安、秀」是指慧安和神秀，都是弘忍弟子。宗寶本《壇經》是南宗著作，《釋氏稽古略》晚至元朝，都會偏向惠能。但如果神秀修行境界高，一定尊重惠能得傳法衣的事實，會向帝王推薦惠能。我用這些材料創作〈法衣之北上南下〉。

＊**神秀葬禮之隆重**：《楞伽師資記》作於神秀圓寂後兩年（七〇八）。說神秀於「神龍二年（七〇六年）二月二十八日，不疾宴坐。遺囑三字云：『屈、曲、直』，便終東都天宮寺。春秋一百餘歲。合城四眾，廣飾宮幢，禮葬龍門山。駙馬公主，咸設祭文。」《釋氏稽古略》卷三形容神秀之葬禮：「葬日給羽儀鹵簿。帝送至便橋。」材料用於創作〈惠能北向拓疆的弟子神會〉。

＊**普寂繼神秀為國師：**神秀弟子普寂隨侍師父到京師。武則天駕崩於七〇五年十一月二十六日（西曆十二月十六日），次年二月神秀圓寂。《釋氏稽古略》卷三說，神秀圓寂後，普寂成為國師，「秀歿天下好釋氏者咸師事之。中宗聞其高行，特下制令，代神秀統其法眾。玄宗開元十三年有旨移居都城。時王公士庶爭來禮謁。」普寂遂繼為國師。各地佛教徒都希望拜他為師。開元二十七年（七三九）普寂在長安興唐寺圓寂，年八十九。神秀另一位弟子義福，也尊為國師，七三六年圓寂。由神秀七〇一年赴京師任國師，到普寂七三九年圓寂，四十年間北宗盛行中原，七五五年安祿山之亂前是北宗全盛時期。材料用於〈惠能北向拓疆的弟子神會〉、〈王維和南陽和尚神會〉兩章。

荷澤神會（六八四？—七六〇）

＊**神會生卒年：**神會卒年有兩種說法。根據《宋高僧傳》，神會卒於七六〇年（唐肅宗上元元年），年九十三歲，應出生於六六八。根據《景德傳燈錄》，神會也卒於七六〇年，但年七十五，應生於六八六年。根據《圓覺經大疏》，神會卒於六五八（唐肅宗乾元元年），年七十五，應生於六八四年。根據陳盛港，神會卒於六五八年。（二〇〇二，頁一七七）為方便〈惠能北向拓疆的弟子神會〉和〈王維和南陽和尚神會〉

兩章的情節發展，我安排神會生於六八四年，卒於七六〇年，年七十七。這樣王維的〈能禪師碑〉說神會「遇師〔惠能〕於晚景，聞道于中年」（《王右丞集箋注》，四四六頁）就說得通了，十四歲的神會六九七年去見惠能時，惠能六十歲，在七世紀中國，六十歲算晚年；惠能七一三年圓寂，神會三十歲，那個時代三十歲算中年。如果神會卒於六五八年，那時洛陽才收復一年，神會沒時間重建荷澤寺。如果他圓寂於七六〇年，有較多的時間在唐軍光復的長安、洛陽活動，奠定南宗力量。

***神會幼時所受教育**：《宋高僧傳》卷八說，神會「年方幼學，厥性惇明。從師傳授五經，克通幽賾。次尋莊老，靈府廓然。覽後漢書，知浮圖之說。由是於釋教留神，乃無仕進之意。辭親投本府國昌寺顥元法師下出家。其諷誦群經，易同反掌。」材料用於〈惠能北向拓疆的弟子神會〉。

***神會到寶林寺的時間和拜見惠能的對話**：宗寶本《壇經》說神會見惠能時才十三歲：「有一童子，名神會，襄陽高氏子，年十三，自玉泉來參禮。」拜見時間約在六九六年。在本書〈惠能北向拓疆的弟子神會〉中所寫神會初見惠能的對話，《壇經》兩種版本都有。陳盛港認為神會二十歲又回到寶林寺，一直追隨惠能到他圓寂。（二〇〇

二年，頁一八二）《景德傳燈錄》卷五說神會見惠能，參禪答話，被惠能用杖打，神會「於杖下思惟曰，大善知識歷劫難逢，今既得遇豈惜身命！自此給侍。」材料用於創作〈惠能北向拓疆的弟子神會〉。

＊**敦煌寫本《壇經》保留神會護教的預言**：敦煌寫本和宗寶本《壇經》中，惠能臨終前的講話，突顯神會比其他弟子傑出，敦煌寫本尤甚。宗寶本中，當惠能告訴眾弟子他不久人世，法海等「悉皆涕泣。惟有神會，神情不動，亦無涕泣。」惠能稱讚神會說：「得善不善等，毀譽不動，哀樂不生，餘者不得。」敦煌寫本中這一段內容類似，稱讚神會為得法者，敦煌寫本還多一段有關惠能的預言，暗示神會將大力護法：「吾滅後二十餘年，邪法繚亂，惑我宗旨。有人出來，不惜性命，定佛教是非，豎立宗旨，即是吾正法。」惠能圓寂於七一三年，二十年後即七三三年。神會就在七三〇到七三二年到滑臺大雲寺跟北宗的崇遠法師辯論，之後北宗開始對神會逼害。唐朝晚期敦煌寫本《壇經》可能是荷澤宗的弟子修訂，故突顯荷澤祖師神會的成就。材料用於創作〈惠能北向拓疆的弟子神會〉、〈王維和南陽和尚神會〉兩章。

＊**神會何時派往南陽龍興寺**：根據《宋高僧傳》卷八，神會「開元八年勅配住南陽龍興

寺。」即西元七二〇年，神會三十七歲。材料用於〈惠能北向拓疆的弟子神會〉、〈王維和南陽和尚神會〉兩章。

＊**在南陽神會跟官員的答問**：給事中房琯問「煩惱即菩提」義，神會答曰：「今借虛空為喻，如虛空本來無動靜，不以明來即明，暗來即暗，此暗空不異明空，明空不異暗空，明暗自有去來，虛空元無動靜。煩惱即菩提，其義亦然。迷悟雖即有殊，菩提心元來不動。」又問：「有何煩惱更用悟？」答：「經云，佛為中下根人，說迷悟法，上根之人，不即如此。經云，菩提無去來今，故無有得者。望此義者，即與給事中見不別，如此見者，非中下之人所測也。」（八世紀，《神會語錄》，頁一五六）。材料用於〈惠能北向拓疆的弟子神會〉。

＊**禪門北宗立自身為法統**：〈嵩岳寺碑〉，李邕（六七八—七四七年）撰於七〇七—七一二年間，碑文收在《全唐文》。碑文曰：「達摩菩薩傳法於可，可付於璨，璨受於信，信恣於忍，忍遺於秀，秀鍾於今和上寂。」就是禪宗法統由弘忍傳給神秀，神秀傳給普寂。〈南宗定是非論〉曰：「又今普寂禪師在嵩山豎碑銘，立七祖堂，修《法寶紀》……排七代數，不見著能禪師。」普寂在嵩岳寺還為自己建七祖堂。

（一九九七年，冉雲華，四二一，四二三頁）材料用於〈惠能北向拓疆的弟子神會〉。

＊**滑臺大雲寺大會的舉辦時間：**神會的弟子獨孤沛跟隨神會到滑臺大雲寺參加無遮大會，並且記錄大會上神會和崇遠的辯論，見敦煌石窟發現的〈菩提達摩南宗定是非論〉。獨孤沛還寫了序：「弟子於會和上〔和尚〕法席下，見〔和上〕與崇遠法師諸論義，便修。從開元十八、十九、廿年，其論本並不定，為修未成，言論不同。今取廿載一本為定。」可見大會是在西元七三〇、七三一、七三二年舉行。以上見胡適編的一九五八年《新校定的敦煌寫本神會和尚遺著兩種》。材料用於〈惠能北向拓疆的弟子神會〉。

＊**滑臺大雲寺大會的辯論內容：**我在小說〈惠能北向拓疆的弟子神會〉中，採用神會和崇遠對話，出自胡適編的一九五八年《新校定的敦煌寫本神會和尚遺著兩種》。如下，崇遠說：「嵩嶽普寂禪師，東岳降魔藏禪師，此二大德皆教人坐禪，凝心入定，住心看淨，起心外照，攝心內證，指此以為教門。」神會答：「此是障菩提。今言坐者，念不起為坐。今言禪者，見本性為禪。所以不教人坐身住心入定。」神會說：「唐朝忍禪師在東山將袈裟付囑與能禪師。經今六代。內傳法契，以印證心。外傳袈

裟以定宗旨。從上相傳，一一皆與達摩袈裟為信。其袈裟今見在韶州，更不與人。」崇遠問：「普寂禪師名字蓋國……。何故如此苦相非斥？豈不與身命有讎？」神會答：「我今為弘揚大乘，建立正法，令一切眾生知聞，豈惜身命！」神會說：「今秀禪師實非的的相傳，尚不許充為第六代，何況普寂禪師是秀禪師門徒，承稟充為第七代？」「遠法師問，秀禪師為兩京法主，三帝門師，何故不許充為六代？」神會答：「從達摩已下，至能和上，六代大師，無有一人為帝師者。」

＊王維何時在南陽見神會：《神會語錄》中神會的門人劉倩記錄：「於南陽郡，見侍御史王維，在湍驛中，屈神會和尚及同寺僧惠澄禪師，語經數日。于時王侍御問和尚言：『若為修道得解脫？』答曰：『眾生本自心淨，若更欲起心有修，即是妄心，不可得解脫。』王侍御驚愕云：『大奇。曾聞大德言說，皆未有作如此說。』」（八世紀，一二四－一二五頁）我查到唐朝南陽城附近有以下官道驛站：臨湍驛、官軍驛、曲河驛和南陽驛。神會七二〇至七四五年間派任南陽龍興寺法師。七四〇年王維時任殿中侍御史，冬，朝廷派他到嶺南出差，從長安經襄陽、郢州、夏口至嶺南，我想必途經南陽城西南的臨湍驛，此驛站位於湍河邊（今之鄧州市）應該就是《神會語錄》中的驛站。時神會五十七歲，王維四十歲。我安排神會配合王維的行程，到臨「湍

驛」跟他談禪，相聚數日。材料用於創作〈王維和南陽和尚神會〉。

＊**王維晚年敬佛施捨：**《舊唐書》〈王維傳〉說，「王維在京師，日飯十數名僧，以玄談為樂。齋中無所有，唯茶鐺、藥臼、經案、繩床而已。退朝之後焚香獨坐，以禪誦為事。」六五八年王維五十八歲，唐肅宗已免其附賊之罪，任命他為太子中允，他上〈謝除太子中允表〉請辭官職，自責甚深：「臣聞食君之祿，死君之難。當逆胡干紀，上皇出宮，臣進不得從行，退不能自殺。」（《王右丞集箋注》，二九四－二九五頁）六五八年底他上〈請施莊為寺表〉（《王右丞集箋注》，三二〇頁）給皇帝，把藍田別墅捐給朝廷為一小佛寺，以紀念過世的母親崔氏，崔氏晚年住在藍田別墅，勤修佛法。王維給皇帝上的〈請回前任司職田粟施貧人粥狀〉把兩任官職的薪俸捐出給貧民施粥：「任中書舍人、給事中，兩任職田併合交納。」（《王右丞集箋注》，三二五頁）我想王維應該是七六〇年六十一歲升尚書右丞時，把前兩任官職薪水捐出，即七五八年任中書舍人，七五九年任給事中。共捐兩年薪水。王維六十二歲過世。材料用於創作〈王維和南陽和尚神會〉。

＊**朝廷何時命神會任洛陽荷澤寺方丈：**宗密《圓覺大疏鈔》卷三之下說，於天寶四年

（七四五年），神會六十二歲，朝廷命神會主持東都荷澤寺。時普寂和義福都已去世。神會跟軍政官員往來甚密，他是宋鼎推薦到洛陽主持荷澤寺，七四八年宋鼎作〈唐曹溪能大師碑〉，神會在荷澤寺中建祖堂，宋鼎撰碑，時任兵部侍郎。給事中房琯作〈六葉圖序〉，房琯被貶為太守。（一九八七年，印順，二三六頁）材料用於〈惠能北向拓疆的弟子神會〉、〈王維和南陽和尚神會〉兩章。

***神會何時找王維寫惠能碑：**陳盛港定託請寫碑於神會任荷澤寺方丈的後期：「從碑銘文辭帶有相當程度『咐囑交代』與『政治辭令』之語氣來看，此碑銘之撰寫時間有可能已接近或〔神會〕知道有被放逐可能前的情景……。此碑銘有可能撰寫完成在七五三年初或中。」（二〇〇二，頁一七九－一八〇）〈能禪師碑〉碑文見王維，《王右丞集箋注》（四四六－四五九頁）。材料用於創作〈王維和南陽和尚神會〉。

***神會在荷澤寺和安祿山之亂期間事蹟：**《宋高僧傳》卷八敘述神會在荷澤寺事蹟：「於洛陽大行禪法，聲彩發揮。先是兩京之間皆宗神秀……從見會明心六祖之風，蕩其漸脩之道矣。南北二宗時始判焉，致普寂之門盈而後虛。天寶中御史盧弈阿比於寂，誣奏會聚徒疑萌不利……二年，勅徙荊州開元寺般若院住焉。十四年，范陽安祿

山舉兵內向，兩京板蕩，駕幸巴蜀。副元帥郭子儀率兵平殄，然於飛輓索然。用右僕射裴冕權計，大府各置戒壇度僧，僧稅緡謂之香水錢，聚是以助軍須。初洛都先陷，會越在草莽，時盧弈為賊所戮，羣議乃請會主其壇度。於時寺宇宮觀，鞠為灰燼，乃權創一院，悉資苫蓋，而中築方壇，所獲財帛頓支軍費。代宗、郭子儀收復兩京，會之濟用頗有力焉。肅宗皇帝詔入內供養，勅將作大匠併功齊力，為造禪宇於荷澤寺中是也。」我想神會如果在洛陽附近設戒壇，那裡一直打仗，很難運作。所以安排在襄陽城附近，肅宗軍隊掌控的地方。材料用於創作〈惠能北向拓疆的弟子神會〉、〈王維和南陽和尚神會〉、〈安史之亂和神會崛起〉三章。

南嶽懷讓（六七七—七四四）

＊**南嶽懷讓生平**：《宋高僧傳》卷九說懷讓拜惠能為師，「因入曹侯溪，覲能公。能公怡然，無馨無臭……讓之深入寂定，住無動道場，為若此也。能公大事緣畢，讓乃躋衡嶽……傳法弟子曰道峻，曰道一，皆升堂覩奧也……讓以儀鳳二年（六七七年）生，至天寶三載（七四四年）八月十日終於衡嶽，春秋六十八，僧臘四十八。」材料用於創作〈馬祖道一：一匹悍馬〉。

*懷讓早知道馬祖道一的預言：見前箚記「般若多羅」輯，「般若多羅對中國禪宗的預言」項。又見《古尊宿語錄》卷一，惠能告訴懷讓：「汝向後出一馬駒。踏殺天下人。應在汝心。不須速說。」材料用於創作〈馬祖道一：一匹悍馬〉。

*懷讓磨磚：根據《古尊宿語錄》卷一，懷讓「一日將磚於庵前磨。馬祖亦不顧。時既久。乃問曰：『作什麼？』師云：『磨作鏡。』馬祖云：『磨磚豈得成鏡？』師云：『磨磚既不成鏡。坐禪豈能成佛？』祖乃離座云：『如何即是？』……又云：『汝學坐禪。為學坐佛。若學坐禪。禪非坐臥。若學坐佛。佛非定相。於無住法。不應取捨。汝若坐佛。即是殺佛。若執坐相。非達其理。』」材料用於創作〈馬祖道一：一匹悍馬〉。

*齊己詩〈題南嶽般若寺〉：此詩見《全唐詩》，卷八四四。齊己（八六三年—九三七年），唐朝晚期詩僧。材料用於〈馬祖道一：一匹悍馬〉。

馬祖道一（七〇九—七八八年）

*道一拜懷讓為師：《宋高僧傳》卷十說，道一「聞衡嶽有讓禪師，即曹溪六祖之前後

也，於是出岷峨玉壘之深阻，詣靈桂貞篁之幽寂。一見讓公，泯然無際。」材料用於〈馬祖道一：一匹悍馬〉。

＊道一的外貌奇異：《景德傳燈錄》卷六說，道一「容貌奇異，牛行虎視。引舌過鼻。」資料用於〈馬祖道一：一匹悍馬〉。

＊道一說服石鞏放下弓箭出家：《五燈會元》卷三說：「撫州石鞏慧藏禪師，本以弋獵為務，惡見沙門。因逐鹿從馬祖庵前過，祖乃逆之。師遂問：『還見鹿過否？』祖曰：『汝是何人？』曰：『獵者。』祖曰：『汝解射否？』曰：『解射。』祖曰：『汝一箭射幾箇？』曰：『一箭射一個。』祖曰：『汝不解射。』曰：『和尚解射否？』祖曰：『解射。』曰：『一箭射幾個？』祖曰：『一箭射一群。』曰：『彼此生命，何用射他一群？』祖曰：『汝既知如是，何不自射？』曰：『若教某甲自射，直是無下手處。』祖曰：『這漢曠劫無明煩惱，今日頓息。』師擲下弓箭，投祖出家。」資料用於〈馬祖道一：一匹悍馬〉。

＊隱峰輾道一雙足的公案：《五燈會元》卷三說「師〔隱峰〕一日推車次，馬祖展腳在

路上坐。師曰：『請師收足。』祖曰：『已展不縮。』師曰：『已進不退。』乃推車碾損祖腳。祖歸法堂，執斧子曰：『適來碾損老僧腳底出來！』師便出於祖前，引頸，祖乃置斧。」資料用於〈馬祖道一：一匹悍馬〉。

百丈懷海（七四九—八一四年）

＊百丈之號的出處：《五燈會元》卷三說，懷海「請於洪州新吳界，住大雄山（江西省奉新縣）以居處。巖巒峻極，故號百丈。」資料用於〈百丈懷海的禪門清規〉。

＊馬祖扭懷海鼻子的公案：《五燈會元》卷三說，懷海「侍馬祖行次，見一群野鴨飛過。祖曰：『是甚麼？』師曰：『野鴨子。』祖曰：『甚處去也？』師曰：『飛過去也。』祖遂把師鼻扭，負痛失聲。祖曰：『又道飛過去也。』師於言下有省。卻歸侍者寮，哀哀大哭。同事問曰：『汝憶父母邪？』師曰：『無。』曰：『被人罵邪？』師曰：『無。』曰：『哭作甚麼？』師曰：『我鼻孔被大師扭得痛不徹。』同事曰：『有甚因緣不契？』師曰：『汝問取和尚去。』同事問大師曰：『海侍者有何因緣不契，在寮中哭。告和尚為某甲說。』大師曰：『是伊會也。汝自問取他。』同事歸寮曰：『和尚道汝會也，教我自問汝。』師乃呵呵大笑。同事曰：『適來哭，如今為甚卻

笑？』師曰：『適來哭，如今笑。』同事罔然。」資料用於〈百丈懷海的禪門清規〉。

＊**流傳至今百丈懷海的〈禪門規式〉**：《景德傳燈錄》卷六錄〈禪門規式〉：「百丈大智禪師以禪宗……多居律寺……於是創意別立禪居。凡具道眼有可尊之德者，號曰長老……既為化主即處于方丈，同淨名之室，非私寢之室也。不立佛殿唯樹法堂者，表佛祖親囑授當代為尊也。所褒學眾無多少無高下，盡入僧堂中依夏次安排。設長連床施椸架，掛搭道具。臥必斜枕床唇，右脅吉祥睡者。以其坐禪既久，略偃息而已……其闔院大眾朝參夕聚。長老上堂陞坐，主事徒眾雁立側聆，賓主問醻激揚宗要者……行普請法上下均力也……或有假號竊形混於清眾，並別致喧撓之事，即堂維那檢舉，抽下本位掛搭，擯令出院者，貴安清眾也。或彼有所犯，即以拄杖杖之，集眾燒衣缽道具遣逐，從偏門而出者。示恥辱也。」《宋高僧傳》卷十說，「行普請法，示上下均力也。長老居方丈，同維摩之一室也。」方丈寮典出維摩詰之居所，方廣一丈，卻能容無數天人，稱之淨名居士方丈。資料用於創作〈百丈懷海的禪門清規〉。

＊**涇原兵變**：七八三年十月，因朝廷賞賜有失公平，激起涇原兵變，德宗倉皇出逃至奉天（陝西省乾縣），早年入朝面聖被軟禁在京城的前盧龍節度使朱泚在譁變軍士擁護

下稱帝，國號為秦。涇原之變時，長期討逆的朔方節度使李懷光，因盧杞挑撥而見疑於德宗，自危下加入叛亂陣營。唐中興名將李晟經歷艱難，擊破朱泚、李懷光聯軍，德宗在七八四年七月重返長安。資料用於創作〈百丈懷海的禪門清規〉的情節。

＊**懷海和「一日不作，一日不食」**：《五燈會元》卷三說，懷海「凡作務執勞，必先於眾，主者不忍，密收作具而請息之。師曰：『吾無德，爭合勞於人？』既遍求作具不獲，而亦忘餐。」資料用於創作〈百丈懷海的禪門清規〉。

黃檗希運（？—八五〇）

＊**希運何以號黃檗**：《五燈會元》卷四說，希運「閩人也。幼於本州黃檗山（福建福清縣城西十七公里處）出家。」後在洪州高安縣鷲峰山建寺，《景德傳燈錄》卷九說，希運「酷愛舊山。還以黃檗名之。」材料用於〈老太太指引黃檗希運〉。

＊**黃檗希運奇特的相貌**：《五燈會元》卷四說，希運「額間隆起如珠，音辭朗潤。」材料用於〈老太太指引黃檗希運〉。

＊**老太太禪修精湛、指點希運：**《古尊宿語錄》卷二說，希運「初到洛京行乞，吟添缽聲，有一嫗出林扉間云：『太無厭生。』師云：『汝猶未施。責我無厭何耶。』嫗笑而掩扉。師異之，進而與語，多所發。檗須臾辭去，嫗告之曰：『可往南昌見馬大師。』師至南昌，大師已遷寂，聞塔於石門，遂往瞻禮。」材料用於創作〈老太太指引黃檗希運〉。

＊**希運和其師父百丈懷海：**《古尊宿語錄》卷二說，時百丈「廬於塔傍。師〔黃檗〕序其遠來之意，願聞平日得力句。百丈乃問：『巍巍堂堂從何方來？』師曰：『巍巍堂堂從嶺南來。』丈曰：『巍巍堂堂當為何事？』師曰：『巍巍堂堂不為別事。』」便禮拜懷海為師。《古尊宿語錄》卷一說，「一日師〔懷海〕謂眾曰：『佛法不是小事。老僧昔被馬大師一喝。直得三日耳聾。』黃檗聞舉，不覺吐舌。師曰：『子已後莫承嗣馬祖去麼？』檗曰：『不然，今日因和尚舉，得見馬祖大機大用。然且不識馬祖，若嗣馬祖，已後喪我兒孫。』師曰：『如是如是。見與師齊減師半德，見過於師方堪傳授。子甚有超師之見。』檗便禮拜。」材料用於〈老太太指引黃檗希運〉。

＊**黃檗希運教義玄用頑童式教學法：**《古尊宿語錄》卷五說，義玄「一日在僧堂前坐，

見黃檗來，便閉卻目。黃檗乃作怖勢，便歸方丈，師隨至方丈禮謝。首座在黃檗處侍立。黃檗云：『此僧雖是後生，卻知有此事。』首座云：『老和尚腳跟不點地，卻證據個後生。』黃檗自於口上打一摑。首座云：『知即得。』」材料用於〈老太太指引黃檗希運〉。

＊**黃檗希運和朝臣裴休**：《古尊宿語錄》卷三說，黃檗曾在洪州開元寺入住，「裴相公一日入寺行次，見壁畫乃問寺主：『者畫是什麼？』寺主云：『畫高僧。』相公云：『形影在者裡。高僧在什麼處？』寺主無對。相公云：『是間莫有禪僧麼？』寺主云：『有一人。』相公遂請師相見。乃舉前話問師。師召云：『裴休。』休應諾。師云：『在什麼處？』相公於言下有省。」材料用於〈老太太指引黃檗希運〉。

臨濟義玄（？—八六七）

＊**義玄何以用臨濟為號**：《鎮州臨濟慧照禪師語錄》說，義玄，曹州（山東省荷澤縣）南華人，「既受黃蘗印可，尋抵河北鎮州城東南隅，臨滹沱河側。小院住持，其臨濟因地得名……適丁兵革，師即棄去。太尉默君和於城中捨宅為寺。亦以臨濟為額，迎師居焉。」材料用於〈逢著便殺的臨濟義玄〉。

＊**義玄掃除依物攀緣的心障：**《鎮州臨濟慧照禪師語錄》中義玄說，「如諸方學道流，未有不依物出來底。山僧向此間從頭打，手上出來手上打，口裏出來口裏打，眼裏出來眼裏打，未有一箇獨脫出來底，皆是上他古人閑機境。山僧，無一法與人。秖是治病解縛。」材料用於〈逢著便殺的臨濟義玄〉。

＊**向虛空裡釘橛的公案：**《古尊宿語錄》卷四中，有僧人問：「『師〔義玄〕唱誰家曲。宗風嗣阿誰？』師云：『我在黃檗處。三度發問三度被打。』僧擬議。師便喝。隨後打云：『不可向虛空裏釘橛去也。』」材料用於〈逢著便殺的臨濟義玄〉。

＊**禪師用拂塵打弟子：**《古尊宿語錄》卷五中，「師〔義玄〕問僧：『什麼處來？』僧便喝，師便揖坐。僧擬議，師便打。師見僧來便豎起拂子，僧禮拜，師便打。又見僧來，亦豎起拂子。僧不顧，師亦打。」材料用於〈逢著便殺的臨濟義玄〉。

＊**瘋僧普化搖手鈴：**《五燈會元》卷四說，普化或在「城市，或塚間，振一鐸曰：『明頭來，明頭打。暗頭來，暗頭打。四方八面來，旋風打。』……凡見人無高下，皆振鐸一聲，時號普化和尚。或將鐸就人耳邊振之，或拊其背，有回顧者，即展

手曰：『乞我一錢。』」材料用於〈逢著便殺的臨濟義玄〉。

＊**義玄和普化的互動：**《五燈會元》卷四說，「一日，臨濟令僧捉住〔普化〕曰：『不恁麼來時如何？』師〔普化〕拓開曰：『來日大悲院裡有齋。』……嘗暮入臨濟院吃生菜。濟曰：『這漢大似一頭驢。』師便作驢鳴。」《古尊宿語錄》卷四說，「師〔義玄〕一日與河陽、木塔長老同在僧堂地爐內坐。因說『普化每日在街市掣風掣顛，知他是凡是聖？』言猶未了，普化入來。師便問：『汝是凡是聖？』普化云：『汝且道我是凡是聖。』師便喝。普化以手指云：『河陽新婦子，木塔老婆禪。臨濟小廝兒，卻具一隻眼。』師云：『這賊。』普化云：『賊賊。』便出去。」材料用於〈逢著便殺的臨濟義玄〉。

＊**義玄到空相寺拜達摩塔：**《古尊宿語錄》卷五說，義玄「到達磨塔頭。塔主云：『長老先禮佛先禮祖？』師云：『佛祖俱不禮。』塔主云：『佛祖與長老。是什麼冤家？』師便拂袖而出。」材料用於〈逢著便殺的臨濟義玄〉。

引用書目（按著作年代排列）

＊西元四世紀。《摩訶般若波羅蜜經》二十七卷。鳩摩羅什（三四四—四一三年）譯。大正藏（T）第八冊 No. 0223。http://tripitaka.cbeta.org/T08n0223完成日期：二〇一六—二〇一九。發行單位：中華電子佛典協會（CBETA）。

＊五世紀。《楞伽經》四卷。劉宋求那跋陀羅（三九四—四六八年）譯。大正藏第十六冊 No. 0670。http://tripitaka.cbeta.org/T16n0670_004完成日期：二〇一六年六月十五日。發行單位：中華電子佛典協會（CBETA）。

＊六世紀。《文殊師利般若經》一卷。南朝梁三藏曼陀羅仙譯。大正藏（T）第八冊 No. 0233。http://tripitaka.cbeta.org/T08n0233_001完成日期：二〇二〇。發行單位：中華電子佛典協會（CBETA）。

＊六二九。《梁書》。唐姚思廉撰，五十六卷。北京：中華書局，一九八七，三冊。

＊六三六。《北齊書》。唐李百藥撰，五十卷。北京：中華書局，一九八七，二冊。

＊七世紀。《續高僧傳》。唐道宣（五九六—六六七年）撰。大正新脩大正藏經 Vol.

50, No. 2060。http://buddhism.lib.ntu.edu.tw/BDLM/sutra/chi_pdf/sutra20/T50n2060.pdf完成日期：二〇〇二年十一月四日。發行單位：中華電子佛典協會（CBETA）。卷十六有達摩、慧可資料。

*七〇八。《楞伽師資記》。唐代淨覺禪師景龍二年編著。大正新脩大正藏經 Vol. 85, No. 2837。http://buddhism.lib.ntu.edu.tw/BDLM/sutra/chi_pdf/sutra24/T85n2837.pdf完成日期：二〇〇二發行單位：中華電子佛典協會（CBETA）淨覺師承玄賾，玄賾師承弘忍。北宗立場所撰之禪宗傳承史。初期宗師傳法特重《楞伽經》，故名為《楞伽師資記》。本書內容：（一）楞伽經之譯者求那跋陀羅，（二）菩提達摩，（三）慧可，（四）僧璨，（五）道信，（六）弘忍，（七）神秀、玄賾、老安，（八）普寂、敬賢、義福、惠福等八代傳承，均屬北宗。

*八世紀前葉。張九齡。〈故韶州司馬韋府君墓誌銘〉，《曲江集》。劉斯翰校注。廣州：廣東人民出版社，一九八六。六四〇—六四一頁。

*八世紀前葉。〈六祖法寶壇經略序〉。法海作。引自《全唐文》，九一五卷。臺北：大通書局，一九七九。十九冊。一二〇三二—一二〇三三頁。

*七三〇。《開元釋教錄》二十卷。唐代智昇編於開元十八年。佛教典籍的目錄學著作。總錄十卷，以翻譯人為主，分十九個朝代譯出的經籍記錄。卷五，求那跋陀羅

（三九四—四六八年）。

*七三四。《傳法寶記》一卷。唐代杜朏撰。撰時下限可定為開元二十二年（七三四年），大雲寺無遮大會之前。為中國初期禪宗史傳。記述人物為菩提達摩、慧可、僧璨、道信、弘忍、法如、神秀。北宗的著作。

*七三九。《唐六典》，卷四，尚書禮部。https://ctext.org/wiki.pl?if=gb&chapter=314206完成日期：二〇〇六。發行單位：諸子百家Chinese Text Project。

*八世紀。《荷澤神會禪師語錄》。http://www.shaolin.org.cn/templates/T_new_list2/index.aspx?nodeid=256完成日期：二〇一七。發行單位：Shaolin Temple。

*八世紀。《神會語錄》。邢東風釋譯。高雄大樹：佛光文化事業有限公司，一九九六，出自敦煌文獻。

*八世紀。王維。《王右丞集箋注》。趙殿成箋注。臺北：河洛圖書出版社，一九七五。

*七七四。《歷代法寶記》一卷。作於唐大曆九年。在敦煌遺書中有此書首尾完備的寫本。為禪宗之保唐宗（創始人為益州保唐寺無住禪師）所傳。http://buddhism.lib.ntu.edu.tw/BDLM/sutra/chi_pdf/sutra20/T51n2075.pdf完成日期：二〇〇二年十一月四日。發行單位：中華電子佛典協會（CBETA）。禪宗法統由佛陀到六祖惠能。達摩之

前，語甚簡略，對弘忍諸弟子描述甚詳，敘述智詵、處寂、無相、無住諸師事蹟，為北宗的紀事。

＊七八一。《曹溪大師傳》。楊曾文。〈《曹溪大師傳》及其在中國禪宗史上的意義〉。文後附有《曹溪大師傳》全文，根據流傳日本的九世紀寫本。著作年代：唐德宗建中二年。http://www.zgfxy.cn/ztjj/zgfx/fy/zdeswq2007n/2012/04/06/15073891 5.html完成日期：二〇一二年四月六日。發行單位：中國佛學院網站。《曹溪大師傳》編撰於八世紀，久在中國失傳。日本保存九世紀日本天臺宗創始人最澄來唐求法期間抄錄的寫本，十八世紀曾刊印，在二十世紀初刊印《續藏經》收載。

＊八〇一。《雙峰山曹侯溪寶林傳》，即《寶林傳》十卷。趙城金藏本。唐代朱陵沙門智炬（或作慧炬）撰於貞元十七年。共十卷，缺七、九、十等三卷。https://ctext.org/library.pl?if=en&res=80701&remap=gb完成日期：二〇〇六。發行單位：諸子百家Chinese Text Project（哈佛燕京圖書館）。由佛陀到僧璨。卷八，達摩到僧璨。

＊九世紀後葉。《鎮州臨濟慧照禪師語錄》。慧然編。大正新脩大正藏經 Vol. 47, No. 1985。http://buddhism.lib.ntu.edu.tw/BDLM/sutra/chi_pdf/sutra19/T47n1985.pdf完成日期：二〇〇二年十一月四日。發行單位：中華電子佛典協會（CBETA）。

＊十世紀初。《敦煌寫本〈壇經〉原本》。周紹良編著。北京：文物出版社，

一九九七。

＊九五二。《祖堂集》。五代南唐，泉州招慶寺之靜、筠兩位禪師編成一卷本。傳至高麗後，增補成十卷本，後由分司大藏都監匡儁編成二十卷本印行。《大藏經補編》第二十五冊No.144。http://cbetaonline.dila.edu.tw/zh/B0144_001完成日期：二〇一九年九月十七日。發行單位：中華電子佛典協會（CBETA）。收自迦葉以至唐末、五代共二五六位禪宗祖師的事蹟及問答語句，而以南宗禪雪峰系為線索。六位祖師事蹟見卷二，卷三以後是六祖後世。

＊九八八。《宋高僧傳》三十卷。宋代釋贊寧著。《大正新脩大藏經》第五十冊No. 2061。http://cbetaonline.dila.edu.tw/zh/T2061_001完成日期：二〇一九年九月十二日。發行單位：中華電子佛典協會（CBETA）。卷八有以下人之傳記：弘忍、惠能、神秀、神會；卷九、卷十有六祖後世大師的傳記。

＊一〇〇四。《景德傳燈錄》三十卷。宋景德元年東吳道原撰。大正新脩大正藏經 Vol. 51, No. 2076。http://cbetaonline.dila.edu.tw/zh/T2076_001完成日期：二〇一九年九月十二日。發行單位：中華電子佛典協會（CBETA）。六位祖師資料，見卷三；六祖後世見卷四以後。

＊一〇六一。《傳法正宗記》九卷。宋代佛日契嵩撰。宋仁宗至和二年（一〇五五年）

起稿，嘉祐六年（一〇六一年）完成。大正新脩大正藏經 Vol. 51, No. 2078。http://buddhism.lib.ntu.edu.tw/BDLM/sutra/chi_pdf/sutra20/T51n2078.pdf完成日期：二〇〇二年十一月四日。發行單位：中華電子佛典協會。記錄由佛陀到惠能諸弟子。達摩祖師資料，見卷五；二祖到六祖資料，見卷六。

＊一〇七一一一〇八六・《資治通鑑》二九四卷，司馬光撰。北京：中華書局，一九九六。十冊。

＊一二五二。《五燈會元》二十卷。南宋淳祐十二年杭州靈隱寺普濟編。https://ctext.org/wiki.pl?if=gb&res=8127完成日期：二〇〇六。發行單位：諸子百家Chinese Text Project。卷二、卷三、卷四，有神會、慧忠、懷讓、道一、懷海、義玄等的傳。

＊一二六七。《古尊宿語錄》四十八卷。南宋禪僧賾藏編。https://ctext.org/wiki.pl?if=gb&res=103256完成日期：二〇〇六。發行單位：諸子百家Chinese Text Project。禪僧語錄彙編。由六祖惠能的弟子編起。

＊一二六九。《佛祖統記》五十四卷。宋朝志磐大師撰。https://ctext.org/wiki.pl?if=gb&res=103256完成日期：二〇〇六。發行單位：諸子百家Chinese Text Project。佛教通史，釋迦牟尼佛本紀起，至中國佛教的歷代祖師。上起周昭王廿六年（西元前一〇二七年），下迄宋度宗咸淳五年（一二六九年），跨兩千二百多年，記述以天臺

宗為正宗的傳法世系。

＊元朝。《釋氏稽古略》，簡稱《稽古略》四卷。覺岸著。大正藏（I），第四十九冊No.2037。http://tripitaka.cbeta.org/T49n2037完成日期：二〇一九。發行單位：漢文大藏經（CBETA）。以編年體撰寫的佛教史。由佛陀到南宋。

＊一六七三。《成安縣誌》編纂始於明朝嘉靖二十七年（一五四八年），劉希尹任知縣，修《成安縣誌》四冊。萬曆二十九年（一六〇一年），劉永脈任知縣，修《成安縣誌》。萬曆四十三年（一六一五年），賈三策任知縣，修《成安縣誌》共五卷。清朝康熙十二年（一六七三年），王公楷等編修《成安縣誌》十二卷。https://ctext.org/library.pl?if=gb&res=92800&remap=gb完成日期：二〇〇六。發行單位：諸子百家Chinese Text Project（哈佛燕京圖書館）。成安縣位於河北省南部，隸屬邯鄲市，始建於春秋，得名於北齊。

＊一七二九。《江西通志》（四庫全書本）。謝旻、陶成編。https://zh.wikisource.org/zh-hant/%E6%B1%9F%E8%A5%BF%E9%80%9A%E5%BF%97_(%E5%9B%9B%E5%BA%AB%E5%85%A8%E6%9B%B8%E6%9C%AC)%E5%8D%B7112完成日期：二〇一六年十月六日。發行單位：維基文庫。

＊一九五八。胡適編。《新校定的敦煌寫本神會和尚遺著兩種》。大藏經補編第二十五

冊 No. 0142。《中央研究院歷史語言研究所集刊》二十九。http://tripitaka.cbeta.org/B25n0142_001完成日期：二〇一六年六月十五日。發行單位：中華電子佛典協會（CBETA）。

＊一九七八（序）。呂寬賢編。《虛雲和尚年譜》。https://book.bfnn.org/books2/1184.htm上網日期：二〇一九年十月十二日。發行單位：報佛恩網。

＊一九八七。印順。《中國禪宗史》。南昌市：江西人民出版社，二〇〇〇（臺北：正聞出版社，一九八七）。

＊一九八八。徐伯安。《中國塔林漫步》。北京：中國展望出版社。

＊一九九五。楊曾文。《唐五代禪宗史》。北京：中國社會科學出版社，二〇〇六年重印。

＊一九九七。冉雲華。〈禪宗第七祖之爭的文獻研究〉。《中國文化研究所學報》新第六期，頁四一七—四三七。

＊二〇〇二。陳盛港。〈從《六祖能禪師碑銘》的觀點再論荷澤神會〉。《中華佛學研究》第六期（二〇〇二，三月），頁一七三—二〇四。

＊二〇〇三。崔頌明。〈「西來初地」——中國佛教禪宗發祥地〉。《佛教文化》，第五期，八十四頁。

＊二〇〇六。明向編。《佛源老和尚法彙》。成都：四川省佛教協會／廣東省雲門寺。

＊二〇〇九。陳衛星。〈《壇經》「五祖自送能於九江驛」釋疑〉。《江淮論壇》，二〇〇九年第一期。頁一五五—一五七，一七九。

＊二〇一五。〈六祖惠能〉。有關真身夾苧法。鳳凰網，二〇一二年五月十日。https://baike.baidu.com/item/%E5%85%AD%E7%A5%96%E6%83%A0%E8%83%BD/233016完成日期：二〇一五年三月三十日。發行單位：百度百科。

＊二〇一八。蘇錦秀。〈山靈水秀四祖寺〉。趙國寶絕句《題毗盧塔》。鄂州新聞網。https://kknews.cc/zh-tw/travel/82zrn8g.html完成日期：二〇一八年五月二十日。發行單位：每日頭條網頁。

＊二〇一八。〈司馬道信〉。有關道信通中醫事蹟。https://baike.baidu.com/item/%E5%8F%B8%E9%A9%AC%E9%81%93%E4%BF%A1/10398091?fromtitle=%E9%81%93%E4%BF%A1&fromid=931475完成日期：二〇一八年六月二十日。發行單位：百度百科。

＊二〇一九。〈菩提達摩〉。有關達摩在雨花臺見神光。https://zh.wikipedia.org/wiki/%E8%8F%A9%E6%8F%90%E8%BE%BE%E6%91%A9完成日期：二〇一九年三月二十日。發行單位：維基百科。

九　歌　文　庫　1331

餘響入霜鐘：禪宗祖師傳奇

國家圖書館出版品預行編目（CIP）資料

餘響入霜鐘：禪宗祖師傳奇 / 鍾玲著. -- 初版.
-- 臺北市：九歌, 2020.06
面；　公分. --（九歌文庫；1331）
ISBN 978-986-450-292-9(平裝)
863.57　　109006249

作　　者——鍾玲
責任編輯——鍾欣純
創 辦 人——蔡文甫
發 行 人——蔡澤玉
出　　版——九歌出版社有限公司
台北市 105 八德路 3 段 12 巷 57 弄 40 號
電話 / 02-25776564・傳真 / 02-25789205
郵政劃撥 / 0112295-1

九歌文學網　www.chiuko.com.tw

印　　刷——晨捷印製股份有限公司
法律顧問——龍躍天律師・蕭雄淋律師・董安丹律師
初　　版——2020 年 6 月
初版 4 印——2024 年 1 月
定　　價——340 元
書　　號——F1331
I S B N——978-986-450-292-9